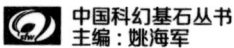

中国科幻基石丛书
主编：姚海军

宇宙涟漪中的孩子

谢云宁 著

四川科学技术出版社

图书在版编目(CIP)数据

宇宙涟漪中的孩子 / 谢云宁　著.

--成都：四川科学技术出版社，2017.7

（中国科幻基石丛书）

ISBN 978-7-5364-8735-2

Ⅰ.①宇…　Ⅱ.①谢…　Ⅲ.①科学幻想小说－中国－当代

Ⅳ.①I247.5

中国版本图书馆CIP数据核字(2017)第155834号

中国科幻基石丛书

宇宙涟漪中的孩子

出 品 人	钱丹凝
丛书主编	姚海军
著　者	谢云宁
责任编辑	宋　齐
特邀编辑	李闻怡
封面绘画	黄　钦
封面设计	姚　佳
版面设计	姚　佳
责任出版	欧晓春
出　版	四川科学技术出版社
	四川省成都市槐树街2号出版大厦　邮政编码:610012
开　本	147mm×208mm
印　张	10
字　数	220千
插　页	2
印　刷	四川省南方印务有限公司
版　次	2017年10月成都第一版
印　次	2017年10月成都第一次印刷
定　价	28.00元

ISBN 978-7-5364-8735-2

写在"基石"之前

■ 姚海军

"基石"是个平实的词，不够"炫"，却能够准确传达我们对构建中的中国科幻繁华巨厦的情感与信心，因此，我们用它来作为这套原创丛书的名字。

最近十年，是科幻创作飞速发展的十年。王晋康、刘慈欣、何夕、韩松等一大批科幻作家发表了大量深受读者喜爱、极具开拓与探索价值的科幻佳作。科幻文学的龙头期刊更是从一本传统的《科幻世界》，发展壮大成为涵盖各个读者层的系列刊物。与此同时，科幻文学的市场环境也有了改善，省会级城市的大型书店里终于有了属于科幻的领地。

仍然有人经常问及中国科幻与美国科幻的差距，但现在的答案已与十年前不同。在很多作品上（它们不再是那种毫无文学技巧与色彩、想象力拘谨的幼稚故事），这种比较已经变成了人家的牛排之于我们的土豆牛肉。差距是明显的——更准确地说，应该是"差别"——却已经无法再为它们排个名次。口味问题有了实际意义,这正是我们的科幻走向成熟的标志。

与美国科幻的差距,实际上是市场化程度的差距。美国科幻从期刊到图书到影视再到游戏和玩具,已经形成了一条完整的产业链,动力十足;而我们的图书出版却仍然处于这样一种局面:读者的阅读需求不能满足的同时,出版者却感叹于科幻书那区区几千册的销量。结果,我们基本上只有为热爱而创作的科幻作家,鲜有为版税而创作的科幻作家。这不是有责任心的出版人所乐于看到的现状。

科幻世界作为我国最有影响力的专业科幻出版机构,一直致力于对中国科幻的全方位推动。科幻图书出版是其中的重点之一。中国科幻需要长远眼光,需要一种务实精神,需要引入更市场化的手段,因而我们着眼于远景,而着手之处则在于一块块"基石"。

需要特别说明的是,对于基石,我们并没有什么限定。因为,要建一座大厦需要各种各样的石料。

对于那样一座大厦,我们满怀期待。

自　序

■ 谢云宁

　　这是我人生的第一部科幻长篇。

　　作为一个有着重度拖延症的作者,我在心底还是庆幸自己最终完成并出版了这部作品,虽然离动笔已过去了整整四年,中间经历太多事:离职、生病、成为父亲……

　　这部长篇缘起于发表在2012年《科幻世界》增刊的中篇《太阳知道答案》,那是一个情节相当粗糙的故事,但其中的核心创意,一种关于费米悖论的另类解释,还是让我颇为自得。再后来,这个并不让自己满意的作品竟意外收获了一些读者的喜爱,甚至出人意料地得了奖,于是我萌生了借用《太阳知道答案》的创意写一个更为广阔的故事的想法,那是一个在我心中飘荡了很多年的故事,一个发生在并不遥远的未来、物质已无限富足的社会的反乌托邦故事。

　　然而在写作过程中,这样一个单一的想法却

如投入荒原中的一粒种子，无意间蔓生出众多枝叶，不觉间创生出好几个其他主题的小故事，尽管这些小故事在自己看来都是推动主脉故事发展的支点，但这种构建长篇的写法，是让主线故事更为生动立体，还是更加支离破碎，我自己无从把握，效果还是交由读者去评判吧。

在小说第一稿完成后的一天，我和一群朋友在成都九眼桥一家小酒吧聚会。席间，有一位初次见面的朋友闲谈起他的人生经历，自己如何从金融公司高管转型为电影导演，他提到是一部电影改变了自己的人生轨迹，这一部电影叫作《肖申克的救赎》，当看到肖申克爬过了长长的下水道，满身泥泞地钻出地面，在滂沱大雨中张开双臂时，他被深深触动了。

"循规蹈矩的生活就像一座无形牢狱，你是否有信念与勇气如肖申克那样，去挖掘一条隧道，寻求自己想要的生活。"

当他说出上面那句话时，我看到一丝光亮闪烁在他眼中，这一刻，他身后的锦江灯火辉煌而迷离，忽然间，我想起了自己小说里的那些故事，以及故事里的那些主角，宁天穹、玻尔兹曼、建文帝、身陷北河二的宇航员、木卫二海底的鲛人……他们的人生轨迹无不是冲破了所在星球引力的桎梏，飞向了广袤的太空深处。

"梦从海底跨枯桑，阅尽银河风浪。"这或许也是这部小说的主题之一。

谈一下《宇宙涟漪中的孩子》这个多少有些拗口的书名吧。我以前还写过两个中篇，《宇宙涟漪中的星球》与《宇宙涟漪中的魔法师》，分别关于引力波和暗能量。"宇宙涟漪"这个词来源于大学时代阅读过的一本科普著作，《宇宙之海的涟漪:引力波探测》。将浩渺宇宙中无处不在的引力波比喻为大海中盈盈荡漾的涟漪，这样的意象让我沉迷不已。非常巧合的是，就在本书修改第二稿的时候，真实宇宙中缥缈的引力波终于被捕捉到了，各大媒体被引力波刷屏，我也沉浸在巨大的喜悦之中。这或许就是科幻的一种独特魅力吧，不经意间总是能与一些激动人心的科技进程同行。

《$S = k\ln\Omega$》是我心中这部小说的另一个书名。这个简洁而神奇的方程式由玻尔兹曼(他同时也是小说中的一个人物)发现,定义了一个封闭系统的无序程度——熵。这个公式不仅可以计算出我们身处这个宇宙程序的最大运算速度、能容纳的最大信息量,还能通过人类的寿命、大脑中神经脑回的数目,计算出一个人穷尽一生与外界作用出的最大熵。当然,这个数值是有限的,于是从一个人到一个文明,如何在一个有限的、熵增的世界且歌且行,如何巧妙地、递熵地度过自己的生命周期,这是一个值得思考的深远问题,本书只是对此进行了一些极其浅薄的思索。

本书的面世要感谢很多人。

首先感谢科幻世界杂志社,我仍然清晰地记得,1994年冬季在家乡报刊亭与《科幻世界》的那一次不期而遇。从那以后,我没有错过任何一期《科幻世界》(包括《科幻世界·译文版》),如今家里的旧杂志堆起来已经超过了自己的身高。二十二年前那个被《科幻世界》开启了一扇窗的少年,一定不会想到有一天自己能有幸成为这本杂志的作者,也不会想到有一天能由它出版自己的科幻长篇处女作。

还要感谢参与制作这部书的一些编辑,姚海军、王维剑、拉兹,是他们的辛勤付出让这部书得以面世。

另外,要感谢我的家人。感谢我的父母,他们的包容与支持,是我从中学开始的科幻创作生涯的最大支点;感谢我的妻子,她永远是我小说的第一个读者。

最后,感谢此书的所有读者,非常有幸与你们同行了这样一程。

目录

1. 玻尔兹曼

1906年9月5日,奥地利海滨度假小镇杜伊诺①。

黄昏时分,路德维格·玻尔兹曼将妻子与女儿支去海边游泳,自己借故身体不舒服,一个人留在了宾馆房间中。

就在今晚,他决定结束自己六十二岁的生命。

这间并不大的房间中一片寂静,唯有古老的钟摆在沉沉地摆动。玻尔兹曼动作迟缓地从床上拉下床单,撕成了几段,再拧成了一条结实的套索,系在天花板中央的木梁上。接着,他深吸了口气,颤巍巍地站上了高脚凳。

他伸出颤抖的双手拉住套索,将下颌轻轻挂上。这一刻,他的目光穿过套索的圆圈,凝视着这一间光线暗淡、没有窗子的狭小房间。

时间还很充裕,他尽可以稍作停驻,安静地回顾自己的一生,与尘世作最后的告别。

在世人眼中,贵为格拉茨大学校长以及奥地利皇家宫廷顾问的他无疑是绝顶成功的。然而,世上没有一人能真正理解他内心极度的苦闷与折磨,他是一个极其敏感而软弱的人,总是无力面对复杂的人际关系与激烈的学术纷争。过去的几十年里,他笃信的"分子

①Duino,原属奥地利,一战后划归意大利。

存在论"遭到了以奥斯特瓦尔德为首的"唯能论派"超出学术范围的疯狂打压,这让他感到了深深的挫败,心中"孤军奋战"的孤独感与日俱增。

同样让他陷入疯狂之境的还有自己的学说——二十九年前,在分子存在论的基础上,年轻的他几乎是凭借一己之力总结出了一个开创性的定理——热力学熵增原理。"在一个有限的时间与空间中,一切与热运动有关的过程都是不可逆的。"也就是说,一个封闭系统总是从有规则、有秩序的状态向着更加无规则、更加无秩序的状态跌落。

这无疑很像是他人生的隐喻,一个恰如其分的归纳总结,熵增现象就如同他日渐混乱不堪的精神世界,一个孤立无援的封闭系统——生活总是越来越支离破碎,焦虑与烦忧总是如滚雪球一般,无情地向着最大值飞奔而去。

于是乎,绝望到窒息的他找不到任何出路。

当然,这个世界也有诸多让他心存留恋的事物,比如他所钟爱的席勒的诗歌、贝多芬的古典钢琴曲,以及领悟到大自然深层奥秘那一刻无以言说的欣喜,更重要的还有自己的妻子亨丽埃特与十四岁可爱的女儿,这些都如刺破自己充满阴霾的一生中一缕缕的明媚阳光,一个封闭系统中奇迹般存在的一个个逆熵的小区域。

可是,这一切美好就如清晨的露珠,终究无法逃避烈日暴晒下稍纵即逝的命运。他深深地叹了口气,时至今日,自己早已积重难返,那一只看不见却不可逆转的熵增之手,一步步推动着他,让他濒临精神崩溃。在他此刻恍惚而迷乱的双眼中,哪怕是周遭透明的空气也令他感到不安,他真切地感受到,空气中的每一寸空间、每一个微观原子,无不在做着无规律的布朗运动,频繁地相互碰撞,蜜蜂般嗡嗡地震颤,用力地催促着自己尽快赴死。

唯有一死,才能让自己获得永远的安宁。永别了,他爱恨交织的世界。

他轻轻跷起了双脚。

然而就在这一刻,他恍然看到房间中一团金色的光亮正在破空而出。转瞬间,一个人形浮现在了他的面前。

发生了什么?

他只感到一阵天旋地摇的眩晕,便不由得放下了跷起的双脚,双手抓紧了绳索,以免让自己从凳子上摔下来。

这难道这是濒死的幻觉?

可是自己还没有上吊啊。他使劲眨了眨眼,而后睁大眼睛,再次向那团光亮望去。

金色人形全身如被烈火点燃了一般闪闪发光,但这并不是人类。他竹竿般纤细的身躯支撑着一个远比人类大得多的脑袋,脸庞上一双类似于昆虫复眼的大眼睛定定地注视着自己。

他听到金色生物体开口说:"玻尔兹曼先生,你好——"使用的是极其标准的德语。

不,这不是幻听。

"你是谁?"玻尔兹曼嗫嚅道。

"这并不是一个能够简单回答清楚的问题。"复眼人发声道,"我的母星位于被你们人类称为大熊座β星系的地方。"

"这么说,你是外星人?"

"你可以这样认为,但我此刻的身份是你们太阳系所在星域的云网管理员。"

"云网管理员?一个听上去很有意思的职位。"

"你可以理解云网是与你所在的物质世界相平行的另一个位面,这个位面中栖息着很多不同的种族。"

"对不起,我还是不太明白你的意思。"

"呃,我所说的对于你来说确实太过深奥与超前。对此你暂可不必深究。"

"好吧。那你为什么会来到这里?"玻尔兹曼提问道。

"当然,我远道而来并不是为了观摩你的自杀过程这样简单。"复眼人顿了顿,接着说,"我来自你此时所在时空两百年后的未来。"

"来自未来?"

"是的,直到那个时间点,我们才察觉到你的自杀行为。"

"你的这个说法真是奇怪。"

"确实有些。"复眼人脸上浮现出像是"微微一笑"的表情,"我此行的任务是帮助你摆脱自杀的人生困境,赋予你一次新生的机会。"

"非常感谢你的好意,只是,我死意已决。"玻尔兹曼断然拒绝道,"不过……我还是很好奇你为什么会帮助我?"

"因为你发现的那个方程式。"复眼人不动声色地说,与此同时,一列由金色字母与符号组成的方程式闪耀在空气中:

$$S = K \ln \Omega$$

上帝啊,玻尔兹曼惊讶地注视着这个以他名字命名的方程式,这是他一生最引以为荣的成就。他清楚地明白这个方程式的非凡意义,这四个字母如此简洁而优美地描述出任何一个无序多变系统的复杂度,微观世界与宏观世界仅仅通过这样一个方程式便和谐地统一在了一起。他永远忘不了自己第一次将这个方程式归纳成形,郑重地撰写在白纸之上时充盈在他内心的奇妙感觉,这就如同上帝借他之口吟唱出一句振聋发聩的诗句。

半晌之后,玻尔兹曼回过神来,喃喃地问:"可你说的与这个方程式有什么关系?"

"刚才我向你提到了我栖身的那个位面,实际上,这个位面横贯了整个宇宙,其广阔与繁复你无法想象。"

"然后呢?"

"这个位面基于你所发现的熵增方程式构建而成,"复眼人定定地望着他,"因此对于宇宙中每一个文明中独立发现这一宇宙奥秘的个体,云网都会对他进行一次特别的嘉奖。"

"一次嘉奖?"

"你没有听错,一次嘉奖。就像我现在做的一样,来到你的生命即将结束之际,邀请你加入到我们的位面。"

"你们的位面?"玻尔兹曼依旧是云里雾里,"你刚才似乎说你是来自未来……可是在我的理解中,根据热力学定理,时间这个变量似乎只具有单方向的秉性,是不可逆转的。"

"如果站在更高的层面上去理解,其实时间是并不存在的,过去、现在与未来息息相通,差异只在于不同时刻所在宇宙熵总量的变化。"

一个极具冲击力的新颖观点,玻尔兹曼在心中评价道,可惜自己已没有时间去进一步领悟了,"这么说,你们可以轻易地改变过去?"

"不,也不尽然。"复眼人依旧面无表情地说,"改变过去的事件涉及因果律,意味着你要抹去需要改变的事件已造成的所有影响,修改与之有关的所有事件,事无巨细到与之有关联的每一个微观粒子,这在耗散大量能量的同时也增加了整个宇宙的熵。"

"这意味着什么?"玻尔兹曼喃喃道。

"这意味着如果你穿梭回过去杀死你未成年的外祖母,理论上也是可行的,只是需要耗费庞大的能量,这个能量庞大到耗尽我们宇宙已有的全部能量都无法办到。"

"听起来很奇妙。"玻尔兹曼疑惑地说,物理学家的直觉让他觉得复眼人的说法似乎愈发地具有深意。

"事实上,我来到这里并不是试图阻止你自杀,而是想询问你,是否愿意将你自杀前一刻的意识转移到我们的位面。"复眼人语调平静地说,"当然,无论你愿不愿意跟我走,在你们世界以后的历史书上记载的都是你于1906年自杀身亡。"

"可是……你这样做难道不是在改变历史吗?这不需要耗费大量能量?"

"这确实需要改变历史,也需要消耗一定的能量。但因为你的意识从所在世界消失的方式是自杀,在你自杀成功的那一刻起,你的意识就消失了,你与世界的互动也就终结了。因此,我的行为并不需要付出多少能量去抹掉熵增。"

玻尔兹曼愣怔在高脚凳上,一时说不出话来。

复眼人又开口道:"你现在有机会在我们的世界中重新开始一次全新的人生。当然,这完全取决你的意愿,我会尊重你的选择。"

这一刻,玻尔兹曼的心平定了下来,他陷入了思考,复眼人所说的那个位面应该是一个更加广阔、开放的世界,兴许在那个世界中的生命体能与他友善地交流,和谐地共处,甚至有可能他们已经掌握了阻止宇宙熵增的科技……

考虑许久之后,他回到了现实,郑重地抬起头,目光坚定地望着复眼人,"我愿意试一试——"

复眼人赞许般地微微点了点头,脸上浮现出一种复杂的表情,他缓缓伸出一只手,手掌正对着玻尔兹曼。

瞬息间,一顶波光粼粼的蓝色力场笼罩了玻尔兹曼全身,推动着他身体飘浮了起来,他的脑袋被牵引着,伸进了套索,整个身体沉沉地悬吊起来。

与此同时，在复眼人的另一只手掌上，悬浮起了一个布满皱褶的大脑。就这样，承载玻尔兹曼天才思想的大脑被取出——此刻在他头颅中取而代之的是一团泡沫。

复眼人低头望了眼玻尔兹曼的大脑，紧接着，一道强光乍现，复眼人和大脑一同消失在了强光中。

两小时后，游泳归来的母女俩发现了悬吊在房梁上的玻尔兹曼，母亲当场昏倒在地，女儿大声哭泣着，惊慌失措地摇晃着父亲早已冰冷的身体，拼命想唤醒他。

然而，这个位面的玻尔兹曼没有再醒过来，随后他的身体被连夜运送回了维也纳，安葬在郊外的国家公墓，在那一块阔大的墓碑上只铭刻了一个简单的公式：$S = K \ln \Omega$。

2．超频社区

第二故事从2035年一个飘雪的冬日夜晚开始。

这一天，毕松加班到了晚上十点才离开公司，还好他一路小跑，顶着天空中飞扬的雪花赶上了最后一班地铁。

屏蔽门在毕松双腿跨进车厢的一瞬关闭，他气喘吁吁地瘫靠在座位上，待呼吸顺畅后，方抬起疲倦的目光环顾四周，车厢中并没有多少乘客，仅有的几位年轻乘客全都埋头于手中的手机或是VR①，离他最近的位置坐着一位大学生模样的短头发女生，戴着虚拟现实眼镜，嘴角挂着微笑，旁若无人地沉浸在与韩剧男主角的互动当中。她的天蓝色羽绒服与发梢上沾着点点雪花，在车厢明亮的光线中如绒毛般微微发亮，又一点点地在温暖的空气中消融。

在偷瞄了短发女生几眼后，他收回了目光。他想起自己背包里还装着一本前两天买的科幻杂志《临界地带》。于是他取出杂志，漫不经心地翻阅了起来，从儿时起他就是个科幻迷，工作后尽管难得有时间阅读科幻小说，但他还是坚持每月购买这本科幻杂志。

这期的主打文是《无尽的远方》，作者"海尘"，他不由得眼前一亮，这是一位他近来非常喜爱的作者，说起来，这位"海尘"出道才短

①Virtual Reality，虚拟现实设备。

8

短两年多,然而他的作品读起来却毫无新人文笔与技巧上的青涩,与之相反,他总是能将一个个充满想象力的故事通过极为老练的文字娓娓道来,更为可贵的是,这位新人可谓相当地勤奋,两年来一口气奉献了十多个中短篇,甚至推出了三部质量不俗的长篇小说。与此同时,这一位冉冉升起的科幻新星又低调得近乎神秘,他的照片从未公之于众,他也从不接受采访或出席笔会,网上科幻论坛甚至有读者猜测"海尘"只是某位知名作家的马甲。

毕松充满期待地阅读起来,果然这篇小说一如既往地保持了高水准,小说以第一人称讲述了一个"变形族"的成长史,所谓的"变形族"是一群寻求时髦的年轻人,他们热衷于改造自己的身体,用DIY的精神为笨重的肉体安装上高频处理芯片、更为强健的心脏、看得更远的眼珠、更为坚硬的骨骼,甚至是能够让身体飞翔起来的翅膀,与此同时,他们在精神上追求一种"永远在路上"的状态,候鸟般在世界各地迁徙、流浪,只身前往人烟罕至的地方冒险,挑战过去人类很难踏足的极端自然环境。小说情节随着主人公漫游世界所经历的一系列奇遇展开,在岁月的磨砺下,主人公从一位在北京胡同长大、性情顽劣反叛的少年成长为了一位成熟而睿智的中年人,从最初单纯追求感官快感升华到了锐意探索身体与自然的边界,当高科技浪潮引发的"奇点时代"逼近,人类社会掀起一股移民火星的风潮,主人公凭借改造后能够适应火星上无氧的恶劣环境的身体,经过选拔,成为第一批火星的移民。

在小说的最后,已年届不惑的主人公即将登上飞往火星的宇航飞船,在宇航站外他与女儿依依惜别,动情地回忆起了少年时代的一段往事:

有一年,还是小学生的他在学校的组织下参加了国庆大游行,从早上四点天还没亮就排队集合，穿着好看的校服，系着崭新的红领巾，一路摇着鲜花，步行穿过天安门，游行一直到中午才结束。一回到家，他感到困极了，竟不知不觉地睡着了，也不知道自己昏昏沉沉睡了多久，当他醒来推开窗，窗外已是深沉的夜，就在他睡眼恍惚间，北京的夜空忽然梦幻般绽放出一束束绚丽缤纷的烟火——国庆的烟花表演开始了。这一刻，一种强烈的奇幻感升腾在他年幼的心中，生命就如同是一盒精心包装了很多层的礼物，当你不断向下打开盒子，总是能遇到很多不期而遇的惊喜，从那一天起，这样的一个奇妙感受一直支撑着他长大后在世界各处漫游，而现在他还将前往地球之外更加广阔的世界，继续追求新的惊奇。

　　这是海尘惯用的一种结尾方式，借主人公一段感人至深的回忆升华了主题。

　　然而这样一个故事结尾却让毕松怔住了，他目光直僵僵地停留在杂志上，脑海中浮现起一件蹊跷的遥远往事。那是六年前的暑假，还在读大学的他用平时做兼职挣得的钱买了火车票前往 C 城，参加了一次由《临界地带》组织的读者见面会。

　　见面会安排在距离城市四十多公里的一个度假村中，在这里，他得偿所愿地见到了众多科幻作家的"庐山真面目"。在度过了充实而愉快的两天时光后，第二天傍晚，毕松心满意足地离开了度假村，踏上了归程。

　　让他感到万分幸运的是，在开往火车站的大巴上他遇见了一位作者方若恩，于是他主动坐到了方若恩的身旁。

　　俩人天南海北地攀谈起来。

　　与笔会上给人略显沉默的印象不同，近距离接触时方若恩显得非常健谈，他侃侃而谈着自己的人生经历，不时闪现出的风趣幽默让毕松忍俊不禁。

然而，就在那次难忘的聊天过去一年后，毕松得知了一个令人无法接受的噩耗：方若恩身患绝症，离开了人世。

在此后的很多年中，毕松多次心痛地怀想起方若恩，总会回忆起那一次夏日的偶遇，在那辆黄昏中颠簸的大巴上方若恩告诉自己的那些有趣的故事。其中印象最深刻的是方若恩讲的一件少年时代参加国庆游行的往事，而这件往事竟然与此刻读到的小说情节如出一辙。

这又如何解释？

或许只是"海尘"在某一次机缘下认识了方若恩，方若恩碰巧也把这个故事告诉了"海尘"，可是……神秘的"海尘"与方若恩的行文风格有着几分相似，或许……自己对"海尘"文字天然的亲切感就来源于此？

难道"海尘"就是方若恩？

这个想法让他打了一个寒战，他恍然抬眼望着四周，这一刻，他瞥见洞开的车门外已是自己的目的站，他慌忙起身冲出了车厢。幸好没有坐过站。

冒着大雪回到家里，毕松迫不及待地打开了电脑，在浏览器地址栏敲入了一个他曾经无比熟悉的网址——"星际边缘"主题科幻网，缓缓地，一团蔚为壮观的星云出现在屏幕中央，这是著名的猎户座马头星云，年轻而炽烈的恒星、斑斓的云气和黝黑的尘埃混织在一起，交相辉映成了一座气势磅礴的"恒星孕婴场"。

往昔的记忆如被阳光照射下的尘埃，翩然飞扬起来，他愣怔着，将光标移至了"马头"的位置，很快，页面跳转，进入了一个老式的论坛界面。

　　这里是方若恩生前的个人论坛，不过如今早已荒芜了多时，偶尔的发帖时间大多集中在方若恩的祭日，毕松默默地浏览这些如同挂满了蜘蛛网的帖子，他甚至在一个帖子里找到了自己很多年前的足迹，在同一个帖子中，他还见到了方若恩的发言。

　　他想象着这位戴着黑框眼镜、圆脸帅气的中年男人在某个赶完稿的夜晚，面带着温和的微笑，耐心地回复读者的留言。他的手指下意识地移动起鼠标，将光标放在了"方若恩"ID上，一个提示框跳了出来——"给他写信"。

　　毕松愣住了，半晌后，他点击了提示框。

敬爱的方老师：

　　我是你忠实的读者，你的离去让我感到无比感伤。最近科幻圈出现了一位叫作"海尘"的新人，他富有意趣的小说风格让我莫名地想到了你，他很像是你衣钵的继承者，字里行间无不透露出飞扬的想象力以及睿智的思想，虽然你是无法被取代的，但我很想告诉你，他真的很像是你，我甚至觉得他就是你本人，当然这是完全不可能的事。这应该只是我过于敏感的错觉吧。我也不知道自己为什么会给你写这封信，或许是一种在夜深人静之时莫名冒起的对你无法排解的怀念吧。说起来，我在你的生前甚至有一次与你碰面的经历，然而却没能当面向你表达敬意。现在就让我用这封迟来的信，感谢你的小说带给我的那些快乐，让我感到生命是如此美好。非常感谢！

　　祝一切安好。

　　　　　　　　　　　　　　　　　　　　　　　你的读者毕松

　　写完，他阅读了一遍，禁不住摇了摇头，信写得实在是语无伦次,可……这又有什么关系?他抬头望着窗外浑茫的夜空,雪似乎已经停了,万物笼罩在一种深沉的寂静中。方若恩永远也不会收到这一封信,他在心中淡然一笑。

随后,他点击了"发送"。

在一个月后的一个早晨,毕松端着一杯热气腾腾的咖啡开始了一天的工作,与往常一样,他首先打开了自己的邮箱。他发现邮箱里躺着一封很是特别的信,发信人的开头赫然显示着"方若恩",并以"星际边缘"网址作为后缀——这是方若恩给他来信了?

不,他摇了摇头,这应该只是网站的一个自动回复。

他点击了来信。

亲爱的朋友:

你或许还记得一个月前,你曾用"星际边缘"的内部邮件向我发来过一封私信,我第一时间回复了你,不过你似乎没有再登录过论坛,于是我从你注册的个人资料里找到你的邮箱,冒昧地向你写了这一封信。

首先,由衷地感谢你还记得我以及我的作品。

另外,你的直觉非常敏锐,是的,海尘就是我,尽管我早在五年前离世,但你可能难以想象,我还在这个世界上遗留了一位不为人知的代理人,有时我会如幽灵附体般在他身上复活,以"海尘"这个笔名发表那些作品。而你的来信就像是投向装着薛定谔猫盒子的一束目光,让我能够在一段时间里坍塌成形。此刻复活的我如此迫切地期待能与你交流。所以,我亲爱的朋友,如果你有兴趣进一步了解这一切,请在回信中附上你的姓名、身份证号码以及通信地址,让我为你订一张飞往北京的机票,在北京我将当面向你解释你想知道的一切。请相信我,这并不是我有意故弄玄虚,因为其中缘由并不是一两句能够说清。

真诚地期待你的北京之行,时间足够你来一场冒险。

你的朋友,方若恩

毕松目瞪口呆地读完了这一封"天国来信"。这到底是怎么回事? 平行世界? 超时空对话? 虚拟化生存? 人工智能? 克隆人? 抑或只是一场故意捉弄他的恶作剧,甚至是一出拙劣的连环套连环的骗局?

可是自己只是一个苦逼的单身上班族,又有什么可骗的?

也许是传说中的贩肾集团?

毕松不由得心尖一颤。

好奇害死猫,他最好还是无视这封奇怪的来信。可是就此放弃又让他心有不甘。

"时间足够你来一场冒险。"毕松的目光长久地注视着这句话,它改写自美国科幻大师海因莱因的名作《时间足够你爱》,方若恩生前非常钟爱这句话,曾在多部小说中借用过。

毕松心情忐忑地步入接机大厅,在接机的人群中看到写有他名字的牌子,举牌的是一位身材魁梧、满脸络腮胡的中年人,四十多岁,戴着黑框眼镜,一身户外运动的冲锋衣。

毕松迟疑着走上前去,"你是海尘?"

"当然不是,我是海尘的朋友。我现在带你去见他。"络腮胡向毕松伸出了手。

毕松只得很不自然地与他握了握手。

"我叫马路,'野马'的'马','道路'的'路',你可以叫我老马。"

络腮胡面无表情地自我介绍道。

说完,络腮胡转身领着毕松走出机场,坐上了一辆SUV。

戴上墨镜、专心开车的马路显得更加冷酷,毕松也不好多问话,只是悄悄地打开了手机里的GPS。

一小时后,SUV驶离了高速路,进入了一个并不算繁华的街区,GPS上显示他们已经到了昌平。

很快,SUV驶进了一座类似于798的艺术公园,这里聚集了很多外形时尚的艺术青年,现代主义的雕塑、前卫的绘画与废弃的陈旧厂房比邻而立。最后,SUV停在了一截锈迹斑斑的绿皮火车车厢前,这截车厢如同一只庞大的史前恐龙化石,孤独地陈列在绿草坪上,在四周充满混搭的景色衬托下倒也不显得多么突兀。

毕松跟着马路下了车,走进车厢内。

空荡的车厢里保留着两排老式硬皮座位,并没有其他人。

在马路的示意下,毕松与他面对面地坐了下来。

"这是哪里?"毕松尽量让自己显得不那么紧张。

马路微微一笑,"你有没有听说日冕公司?"

"当然,我前几天还买过一副日冕公司推出的虚拟现实眼镜。"毕松说。

"这里就是日冕公司。"

"这里?"毕松怀疑自己听错了。

"当然,这里只是日冕公司中国分部的一个研发点。"马路说着递给了毕松一副无框眼镜,"你可以试试最新版本的虚拟现实眼镜。"

毕松接过了这副看上去极其普通的眼镜,小心翼翼地戴上,然而视野并没有发生什么变化。

但很快,毕松感到车厢轻微地震动了一下,他慌忙向车窗外望去,见到景色正在加速地向后倒。他下意识地摸了摸鼻梁,却没有触摸到任何东西。他慌张地将目光投向了马路。

马路仍若无其事地坐在他的对面,"别紧张,现在火车正在开往海尘居住的城市。"

毕松怔怔地点了点头,将目光转回窗外。火车快速驶出了灰蒙蒙的城市,进入了一片风景如画的原野,远处是连绵的海岸线与碧蓝广阔的大海。火车沿着海岸线行进的速度变得越来越快,渐渐地,车窗外景色移动得太快竟变得模糊起来,抽象成了一团团扭曲的斑斓色块,相互纠错着,犹如凡·高笔下超现实的油画《星空》。

毕松不安地抬腕看了看手表,表面上的指针像是被什么东西粘住了,转动的速度变得异常缓慢,几乎完全停滞了一般。

这让毕松有了一种强烈的奇异感:这列火车已经飞离了地球,正行进在一个时空错乱的神秘旋涡中。

由于失去了时间的概念,毕松也不知道过去了多久。终于,车窗外的景色又恢复了正常,他见到此刻火车正缓缓地行进在一道景色峻美的峡谷中,两侧屹立着一座座苍翠的山岭。

伴随着一声悠长的汽笛声,火车慢慢地驶进了峡谷底的一座老式的小车站,最后停了下来。

"我们到站了。"马路微笑着说。

车门开启,毕松走下了车,踏上空荡无人的站台,一股山间特有的冷冽而新鲜的空气扑面而来。

一走出车站,映入毕松眼中的是一片犹如明信片的湖光山色,一座静谧小镇坐落于翠绿群山的环抱之中,一块蔚蓝的湖泊如宝石般镶嵌中央,五颜六色的鲜花盛开得漫山遍野,一座座漂亮的中世纪城堡点缀其间。

马路领着毕松沿着一条鹅卵石小径走向了这座童话般的小镇,当毕松走近小镇,他的耳畔隐约地捕捉了一丝轻柔的琴声。

当路过第一座城堡,他们见到了一位站立在自家花园中的老者。他一副出席古典音乐会的盛装打扮,像是正在悠然聆听着音乐。他放下了叼在嘴里的烟斗,热情地问候道:"马路,你又带来了新的居民?"

"不,他是访客,来这里拜访老方。"马路微笑着挥了挥手。

毕松也向老者报以微笑。

告别了老者,他们向小镇中心走去,悠扬的音乐声愈发地清晰,这一串串婉转跳动的音符宛若可见的元素盈盈流动在空气中。一路上,毕松见到了各色皮肤、有老有少的男男女女,他们身着典雅礼服,每个人脸上都挂着阳光般明媚的笑容,友善地向他们打着招呼。

"你相信吗?这个小镇每天都有着完全不同主题的景色。"马路介绍道,"今天的主题是古典音乐。"

"每天的主题需要小镇居民装扮出不同的样子?""是的,在这里很容易办到。"

"这里是一个虚拟世界吧?"毕松终于忍不住说出心中早已得出的答案。

"算是吧,不过情况并不是你想象的那样简单。"马路又卖了一个关子。

在一棵枝繁叶茂的无花果树下,毕松寻找到了琴声的源头,一位长发的中年女子正端立在树下拉着小提琴。她身着一件细碎蓝白花纹的拖地长裙,衬托出修长窈窕的身姿,白皙的脸庞散发着一股沉静而端庄的气质。全心沉浸在音乐中的她始终低垂着眼帘,精致的琴身依靠在她洁白无瑕的颈脖上,一只纤手灵活而节奏有致地拉动着弓弦。

从女子弓弦中流淌出的琴声时而如泣如诉,时而又激越高亢,像是在诉说着她生命历程中那些不为人知、或悲或喜的往事。

在驻足聆听了一会儿后，他们继续沿着道路向远处的湖边走去，马路突然停下了脚步，"我们已经来到了方若恩的住所。"

"在哪里？"毕松惊讶地环顾四周，他没有看到任何的房子，静谧的湖面上只有几只白天鹅在悠然漂游。

"平时他的房子是折叠起来的。"马路说道。

在马路的话音中，一团奇异的物质突然从岸边茵绿草地上破土而出，如雨后绽放的苔藓，向天空飞速生长。很快，一座外形别致典雅的木结构小屋呈现在了他们的眼前。

马路上前推门走进了木屋中，毕松也跟了进去。相比一路上见到的奇幻风光，屋里的样子显得相当朴实无华：地上铺就着红黑色地毯，几样简单的家具，茶几上的花瓶中插着几枝白色的康乃馨，让空气中弥散着淡淡的芬芳。

"我带你到书房去。"马路引着毕松走进了一间小房间中。

在这里，毕松见到了方若恩。此刻他正埋头于电脑专心地创作，全然没有注意到来客的到来。毕松怔怔地注视着方若恩，岁月似乎没有在他脸上留下太多的印记，已过不惑之年的他仍有着一张年轻而精神饱满的脸庞。

"方老师——"毕松轻声开口道。

毕松的这声呼唤就像是触动了对方体内的某个机关，方若恩身体如同被唤醒似的微微一震，蓦地站起身来，"你们来了？"

"你真的还活着？"毕松欣喜地说，"你还记得我吗？六年前我们在C城的笔会上见过一面。"

"对不起，我不太记得了。"方若恩喃喃地说，僵着的脸上划过一丝恍惚的神情。

毕松不由得心中一颤，眼前的"方若恩"真的是方若恩吗？

"事实上，你见到我的此刻，我早已离开了人世。"方若恩轻声说。"可是现在的你——"

"你此刻看到的我只是一个五年前就设计好的计算机程序,程序功能是迎接你的来访。因此你不要向我提出太过复杂的问题,我可能无法跟上你思维的节奏。"方若恩一字一顿,表情认真地说。

"你是说……方若恩留下了一份能够创作小说的计算机程序?"

"不,至少在方若恩去世时,人工智能还无法创作出真正有创意的科幻小说,这些年来你读到的海尘的小说全都创作于五年前,方若恩去世之前的半年里。"

"这怎么可能? 半年时间怎么可能达到如此大的产量?"

方若恩露出了一丝狡黠的微笑,"你有没有发现这里和外面的世界有什么不一样?"

"这里是一个虚拟世界……"毕松困惑道。

"是的,这里是一个虚拟世界,但不一样的是这里的时间流速是真实世界的十六倍。因此我在离开人世前在这里生活了七年之久。"

"十六倍……这如何办得到?"

"原理实际上很简单,因为,赛博空间与真实世界的时间并不需要同步一致。"

"是吗?"毕松茫然道,这与他的直觉相悖。

"当人类的意识驳入这座小镇,时间流速相对外面的现实世界被加快了,这样一来,接入者大脑接受信息的速度变快,这要求大脑做出反应的速度也变快。事实上,这对人类大脑来说并不算难事,就如同你做过的那些时间流速飞快的梦境——很多人都有过这样相同的经历,只需要打盹几秒却经历了一场完整而情节复杂的长梦。"

"人的大脑可以长时间地承受飞速运转的梦境?"毕松表示怀疑。"答案是肯定。实际上,人类高度发达的大脑使用的部分很少,尚有极大部分没有被很好地开发与利用，换句话说，我们这个小镇的功能就是将上帝为人脑预留的此种潜力激发出来。当然，我们对人类大脑的超频极限还没有足够的认知，目前这样的'超频社区'还只处于试验阶段，因此是对外界保密的。这个小镇从创建以来一直维持着一百多名居民规模，体验者来自世界各地，只限于身患疾病仅剩下短暂生命的病人。"方若恩说。

"你是如何得到这个机会的?"毕松好奇道。

"五年前，老马无意间在报纸上得知我患病的消息，虽然我们并不认识，但他是一位从小阅读科幻长大的科幻迷，于是他找到了我，询问我是否愿意作为体验者进入'超频社区'。"

"于是你答应了?"

"当然，作为一位科幻作家，我非常乐意尝试全新的事物。"方若恩沉默了片刻接着说道，"更何况，谁又不想让有限的生命变得更长呢?"

毕松点了点头，又关心道:"你在小镇上生活得还开心吧?"

"当然，你知道，我在真实世界中并没有结过婚，在外人眼中我是一个多少有些特立独行的异类，看上去总是对庸常生活提不起太多兴趣。但在这里不一样，这里的气氛让我感到轻松自在，乐于与人交际，因为每天都是全新的——每位小镇居民都有一个特别的任务，轮流负责将这个小镇装扮成自己熟悉的主题乐园。这样一来，所有小镇居民都能分享到其他人的精彩人生，而不再仅仅局限于自己的世界。在这里我自得其乐，甚至也收获了一份爱情，当然，那已经是另一个故事——"说着，老方的声音忽然低了下来，脸上流露出了一丝幸福的笑容。

"方老师，我很想听听这个故事。"毕松兴奋地追问道。

"好吧，当刚入住这个小镇时，我发现小镇的居民或许是因为从死神那里'偷'来了大把时间,大都表现得和善而开朗,然而唯一的例外是我的一位邻居。她是一位奇怪的少女,终日穿着黑衣黑裤,总是一脸的郁郁寡欢,她除了对我热情的问候表现出十足的冷漠外,还喜欢把房子装扮成竖着十字架的阴森古堡,总是有哀伤的音乐从古堡传出,这让我的心情变得很糟糕。于是我'取关'了她。"

"'取关'?"

"和外面的网络语言差不多,'取关'意味着我屏蔽了她所有的痕迹,我看不到她和她的住所,她也看不见我。"

"她会知道你'取关'了她吗?"

"当然,她会的。'取关'在小镇上是一种非常过分的社交行为。不过当时的我并不觉得有什么不妥,直到有一天我偶然听说了这位女孩的故事。"方若恩顿住了,将目光转向了窗外,低声说道,"女孩的名字叫作梅岚,她的母亲很早就过世了,她的父亲是一位有名的生物医学家,在一次试验一种新药物时不幸感染了病毒,剩下的时间不足一年。后来他也被选中进入到了超频社区。可留在真实世界中十六岁的女儿却因太过思念父亲而陷入了抑郁症。直到有一天,女孩想出了一个疯狂的办法。"

"她做了什么?"毕松紧张地问。

"她偷偷进入父亲的实验室,打破了一个装有她父亲感染过的细菌的试管,成功感染上了病毒。她用这样极端的方式要求日冕公司也能让她进入到超频社区。"

"后来女孩成功了?"

"是的,我们刚刚看到的在树下拉琴的那位女子就是梅岚。"这一刻,一直沉默在一旁的马路忍不住插话道。

"天啊,她还活着。"毕松愕然道。

"梅岚已经离世,是你的来到唤醒了她。"方若恩短暂地露出了一丝笑容,失神的目光仍飘散在窗外某一个异常遥远的地方,"当时日冕公司同意了她的要求,她得以进入小镇,陪着父亲度过一段快乐的时光。然而,小镇毕竟只是将时间拉长,终究无法阻挡死神的脚步,在她进入这里一年后,她父亲还是与世长辞了。深爱着父亲的梅岚再次失去了生活的寄托,又一次坠入了无尽的忧伤中。可在这个虚拟的世界中她甚至无法自杀,于是她选择了用自我放逐的方式度过剩下的十多年时间。"

"后来发生了什么?"

"她的故事让我对自己的行为深感歉意,接下来的日子里,我解除了'取关',并试图走进她的世界。我用了很多方法,我发现她很喜欢音乐,碰巧我也对音乐有一点了解,于是每天向她送去精心设计的音乐礼物,在我负责的主题日中特别选择以她作为主角。渐渐地,她终于打开了紧闭的心扉……"

"我想起来了,海尘最近的几部作品似乎与你过去的风格有一些变化,爱情的元素变多了——"毕松恍然意识道。

"是吗? 我倒没有察觉。"方若恩有些不好意思地笑了笑,将目光从窗外收回,他的表情变得轻松起来,"好了,毕松,我的故事讲完了,我作为一个计算机程序的任务也就完成了,非常感谢你的倾听。"

"我的访问结束了?"

"是的,我将继续沉睡,等待下一位读者的来访。"

"可我到现在还是不太理解你为什么邀请我来到这里——"毕松茫然道。

方若恩微微一笑,"虽然我在这里创作出了大量作品,但由于超频社区在当时是绝密的,因此我不得不委托老马在我死后用笔名发表我创作的作品。不过我在心底仍幻想着有一天有某位细心的读者能够从海尘的作品中寻找到真相，他（她）会给我写信，而老马可以邀请他来到这个小镇，了解我在这里的生活。"

"我真是非常幸运。"毕松恍然道。

"我想我们还可以在不远的未来再见面。"

"是吗？"

"我深信，要不了多久，超频社区就将在全世界范围内推广，到那时，所有虚拟世界的时间都会被加速，并最终连成一片。日冕公司答应永远保留我一部分生前的数据。因此到那时，你能自由地出入这个小镇，来到这片湖畔唤醒我。"

说完，方若恩微笑着向毕松挥了挥手，消失在了空气中。

紧接着，书房变得如气泡般透明起来，然后也消失不见了。

他们重新置身在了空旷的河畔草地上，毕松愣怔着站立在原地，久久没有回过神来。

空气中弥散着水草的淡淡清香，远处悠扬的琴声仍在缓缓流淌，天空中和煦的阳光从云缝中穿出，斜斜地照在毕松的身上，让他感到一丝温暖。

或许方若恩说得很对，时间足够你来一场抵达未来的冒险。

3．奇点前夜

第三个故事从一场婚礼与一场葬礼开始。

当三十六级的冰系魔法师百里牧城急匆匆地上线时,他所在的中国服务器的22区已经聚集了上千名魔法师,这几乎达到了游戏区的人数上限。来自不同工会的魔法师密密匝匝地会聚在广袤无垠的伊顿荒原上,火系、风系、雷系、死灵、精灵族,不同职业的魔法师身上环绕的光团呈现出了不同色彩和亮度,就如涟漪般汇聚成了一大片蔚为壮观的魔法波澜。

通过好友列表,他很快找到了游戏中的搭档艾薇朵儿,职业是暗月精灵的她身背一把火红色长弓,一身紧身皮甲勾勒出玲珑有致的曲线,笼罩在她身上的紫罗兰光团还在急剧加深——她正一件件加载极品装备。相比之下,他一身极为普通的青铜盔甲显得很是相形见绌。

"哈啰,朵儿——"他悄然出现在了朵儿的身旁。

"你才来啊!"朵儿夸张地惊呼道,作为对他的招呼,她摇晃起了波光粼粼的曼妙身姿,此刻的她已经玩到了游戏的六十二级。

"哦,还好,没有错过这场世纪婚礼。"百里牧城回应道,在另一个维度里,他的操控者终于松了一口气,将身子放松地靠在电脑椅上,悠然点燃一支烟。百里牧城只是网络游戏《灰烬之塔》中的一个虚拟角色,事实上,他线下的名字叫宁翌。

宁翌等待的是一场游戏世界中的网络婚礼。

没有等待多久,游戏界面中的天空涌动起了一团团异彩纷呈的云朵,一个视频窗口抖动在了天空中。

宁翌点击了视频,视频随之变成了屏幕的一半大小。画面中出现的是一片色彩明亮的开阔草地,白色与粉色交织的细碎花瓣飘飞在空中,落英缤纷,草地的尽头矗立着一座优雅华丽的古堡,古堡高耸的尖顶映耀在灿烂的阳光下,似梦似幻。

这一刻,耳塞中响起旋律优美的《婚礼进行曲》,一大队虚拟人物缓缓地进入了画面中,队列的最前面的正是今天婚礼的新郎李诺与新娘杨曼,他们同骑在一条憨态可掬的大白龙背上。只见身为火系魔法师的新郎剑眉星目,身披一套火红色的厚重盔甲,显得英气逼人;坐在他身后的美丽新娘则是长耳精灵族装扮,一袭粉红色华袍熠熠闪光——这是在游戏中早已绝版的"风之叹息"套装。

很快,队伍停了下来,新郎与新娘翻身下到草地上。

这一对闪亮的新人走向了一扇由玫瑰花与星星编织的拱门,待他们站定,一位喜感十足的绿色树精摇晃着滚圆的身子,一蹦一跳地来到了他们面前——这是婚礼的主持人,他们共同的好友"南宫翎"。

"南宫翎"满面笑容地向着四周挥手致意,一板一眼地念起开场白:"所有《灰烬之塔》的战友们,非常感谢你们的到来,大家都知道,《灰烬之塔》曾举行过无数次的虚拟婚礼,但却从未有过今天的盛况,所有的游戏分区中都没有了往日攻城略地的喧嚣与激烈,所有过去关系剑拔弩张的工会都暂时冰释前嫌,各个服务区的玩家全都会聚到一起,只为见证一段感人至深的爱情。"

说到这里,"南宫翎"顿住了,此刻,天空中央开启了一方窗口,摇曳而下的流沙缓缓流淌起来,瞬息变化的沙画编织出一幅美丽的三维光影,娓娓讲述起一个温暖而又哀伤的爱情故事。这一对恋人的结识要追溯到大半年前《灰烬之塔》开服,他的网名叫"逆风之狼",她叫"我心未央"。最初的一次不经意的狭路PK让他俩不打不相识,从此结为了搭档。尽管现实中他们天南海北地分居于中国地图的两端——杨曼在北京上大学,而李诺远在广东打工,但慢慢地,他们的爱情从虚拟世界延续到了真实世界。

半年后的一天,李诺毫无征兆地从游戏中消失了。

十几天后,杨曼收到了李诺的一条短信:"忘了我吧,我现在有了新的生活,不再有时间玩《灰烬之塔》。"

杨曼后来才辗转得到了消息,原来李诺被确诊患上了血癌,正在医院接受治疗。

知道真相后的杨曼知道自己错怪了李诺,她与工会的其他好友商量着一起出钱让李诺到北京接受更好的治疗。

后来李诺终于来到北京。但很快,高额的治疗费耗尽了大伙筹集起来的钱。李诺不得不停止了治疗,准备返回广东。在与朝夕相处了一个月的女孩行将诀别之时,他告诉兄弟们自己最大的一个愿望是与女孩举行一场婚礼,一场他曾答应过女孩的虚拟婚礼。

为了帮助李诺完成愿望,一筹莫展的大伙儿找到了《灰烬之塔》营运公司。游戏公司的工作人员被李诺与杨曼的故事打动,他们向全游戏的玩家发去了"帮帮我们的兄弟李诺"的消息,消息一发出,立刻在游戏世界中引发了从未有过的震动,玩家们纷纷慷慨解囊,甚至甩卖极品游戏装备,为李诺捐款。

同时,游戏公司为李诺与杨曼精心筹划了一场盛大的网络婚礼,面向全游戏的玩家直播。

缓缓流动的沙画最终定格、消失。此时的两位新人早已是泪流满面。

"南宫翎"收回了目光,"李诺与杨曼,你们一路携手走来,我知道你们心中一定有千言万语想向对方倾诉,此刻就在所有战友的见证下,大声地说出来吧!"

新郎点了点头,用力地擦拭掉眼泪,将热切的目光转向了天空,酝酿了片刻,郑重地开口:"杨曼,能够遇见你是我一辈子最大的幸运,是你的陪伴让我有了活下去的勇气。现在的我一无所有,甚至连明天也没有……"

新娘猛地抬起了泪光闪闪的眼睛,急切地说道:"不,李诺,我什么也不要,只要和你在一起,我就觉得自己是世界上最幸福的人。"

新郎感动地说:"我不知道你是否愿意成为我的新娘……"新娘哽咽道:"我愿意……"

新郎与新娘含着热泪,深情地对望着。

"好了,现在请交换戒指——"在"南宫翎"的话语中,一对新人的面前凭空浮现出了两枚由草叶编织而成的对戒,但当他俩取下戒指并为对方套上手指时,草叶瞬间变成了光彩璀璨的钻石戒指。

"新郎,你还傻站着干吗?赶紧伸出坚实的臂膀去拥抱你的新娘,亲吻你的新娘吧——""南宫翎"拖着长长的颤音高喊道。

"逆风之狼"慢慢地走上前,拥吻起了落泪的新娘"我心未央"。在宁翌的印象中,过去游戏中是没有亲吻这个动作,这应该是游戏工作人员专门为这次婚礼设计的桥段。

这一刻,亲吻的画面一下子定格了下来,缤纷绚烂的礼花绽放在天空中。蓦然间,一连串满载祝福话语的弹幕出现在了焰火的繁花中,婚礼的直播至此完美谢幕。

接下来的时间里,视频中循环播放起了真实世界的一组照片,背景是重症病房。照片中,二十岁出头的李诺虚弱地躺在白色病床上,虽然瘦得已是皮包骨头,一脸的苍白憔悴,但他仍对着镜头用力地微笑着。陪伴在他的身旁是杨曼,照片中的杨曼看上去还是位稚气未脱的漂亮小姑娘,她眼圈红红的,也在努力做出各种搞怪的表情。

宁翌打开了他所属游戏工会的语音公共频道,南腔北调的声音立刻涌入耳鼓,大伙儿仍沉浸在婚礼的激动中,久久难以平静。有人在用跑调到七环路外的音准高唱着献给婚礼的歌,还有人用方言插科打诨地祝福着新人,甚至还有人借着这个机会在向人告白。

他很快又关掉了语音,因为里面没有朵儿的声音,一直以来朵儿在游戏中都只使用纯文字对话框与他交流。

他将界面切换回了游戏,朵儿的身姿仍在闪烁着,她还没有下线。"朵儿,今天的婚礼真是让人飙泪啊。"他向朵儿发去了一段文字消息。

很快,朵儿回复道:"是哇,我一包纸巾都用光了,感动得一塌糊涂。"

"哈哈,原来大师也是性情中人。"他调侃道。

"呵呵,时间不早了,我要下了。明晚你还上线吗?"

"当然上啦,生活还要继续。有啥差事需要我效犬马之劳啊?"宁翌不由露出了笑容,他手指翻飞地敲击着键盘。他是一家软件公司的程序员,一年前研究生毕业后只身来到了这座被称为"帝都"的陌生大都市,在这里他并没有什么朋友,《灰烬之塔》差不多成了他工作之余唯一的慰藉。也是在游戏的同城服务器中他认识了艾薇朵儿,他们一起在魔法世界中挥剑斩魔,快意恩仇。半年下来,尽管他从未见过艾薇朵儿的真实模样,甚至连她的声音都未曾亲耳听过,但他在心底早已把她当作了自己在这座城市中最知心的朋友。

"没啥,姐就是看你一身穷酸装备,明晚你跟着姐到暗夜沼泽屠龙吧,姐给你打些好装备。"朵儿回答道。

"全听主公安排。呵呵。"

"那明晚不见不散了,好困@_@我要去睡觉了。"

"朵儿,等等——"宁翌心中一颤,今夜的婚礼让他的心情变得有些不一样,他心里有些话要向朵儿倾吐。

"还有什么事吗?"

宁翌深吸了口气,鼓足勇气在键盘上敲道:"明天是星期六,你有空没,我们能见个面吗?我是说在线下。你上次说起很喜欢北海公园的荷花,我们在那见面,好吗?"

这一次,对话框没有了回应。时间仿佛永远被冻结住了。

"真是不好意思,明天我要去亲戚家。"对话框终于再次跳闪出了回复。

"是吗?没关系,找下次吧。"宁翌慌忙用变得僵直的手指回应道。

"谢谢啦,我下了,晚安。"游戏中的朵儿向他挥了挥手,随即消失了。

宁翌愣怔了半晌,木然取下了巨大的耳塞,激越的游戏声立即退去了,他又回到了自己与人合租的房间里,狭小而凌乱的小隔间此刻显得如此地安静,安静得让他能听见窗外午夜未眠的城市所发出的低沉嗡鸣声,异常空洞而遥远……

星期六晚上八点,宁翌准时上线。

与朵儿会合后,俩人择路飞奔在广袤的布洛斯泽大陆上,在地图的指引下,一路越过生机勃勃的森林、冰原、湖泊,最后进入了一片弥散着浓雾的沼泽,这就是暗夜沼泽。

他俩放慢步子,走在湿滑泥泞的沼泽地中,没过多久,两人来到了一座隆起的山坡前,一个掩映在杂乱灌木丛中的巨大洞穴出现在他们视线中,从洞内深不可测的黑暗中隐约传来一声声食肉动物急促的喘息声。

"小心,巨龙应该就在洞内!"经验丰富的朵儿警觉道。

他俩迅速肩并肩摆出了战斗的姿势,光彩夺目的冰光剑与暗月魔杖凭空出现在百里牧城与朵儿手里。就在此时,一声令人悚然的号叫从洞内传来,沉睡的大地随之躁动起来,紧跟着,一个浑身暗绿的庞然大物巍巍颤颤地探出身来。

这是一头身躯庞大如山丘的超级巨龙,全身绿色鳞甲沾满了一团团黏糊糊的脓液,身后奋拉着一对削薄而锐利的飞翼,重见天日的它抖擞着丑陋头颅,目光凶狠地俯视着这两个打搅自己美梦的不速之客。

与此同时,巨龙身旁的空气中浮现出了一串深蓝色文字:

暗夜巨龙

等级:72级

生命值:2000

攻击:3200～3890

防御:2200

技能:地狱烈焰

"哇,72级的BOSS怪物!"百里牧城惊叹道。

"破龙斩!"朵儿站在原地挥动魔杖,率先发起了进攻。"寒冰之光!"百里牧城也举剑向巨龙砍去。

粼粼剑光飞旋而至,巨龙屹立在原地并没有闪躲,在一阵噼里啪啦的攻击后,巨龙的生命值大幅下降。

终于,感受到疼痛的巨龙发出一声长啸,它扑棱着离开了地面,急剧拍振的双翼狂暴刮擦树木与大地,顿时间,整个沼泽地动山摇起来。

百里牧城能感受到四周巨量的魔法元素在飞速聚集,猛然间,一连串炽烈的火焰球从巨龙的血红大口喷吐而出。

"地狱烈焰!"

百里牧城惊呼道,漫天的火球倾泻而下,他与朵儿都施展出"移步幻影"的魔法,身形敏捷地闪躲起来,与此同时,他俩合力发出了"冰旋雪舞"冲击波。

只见一束束冰箭齐刷刷地飞向了巨龙。

一轮攻击下来,俩人与巨龙竟都毫发未伤,巨龙率先停止了喷火,恼羞成怒的它张舞着利爪猛扑向了两人。

"快使用冰雾!"朵儿大喊道。

百里牧城慌忙使出一道冰雾魔咒。

转瞬之间,陡然幻生出的浓雾让四周变成了白茫茫一片,能见度急剧降低,然而这并没有让巨龙俯冲而至的进攻停滞下来。

就在这千钧一发之际,朵儿迎着巨龙伸来的利爪高高跃起,她手中的魔杖倏地变幻成了一把长长的雪亮利刃——"屠龙枪!"

巨龙似乎并没有看清朵儿的动作,她毫无阻碍地将屠龙枪笔直地刺入了巨龙高昂的脖子。到它整根刺穿进去,又迅即拔出。

顿时间,如注的殷红龙血从龙脖上喷涌而出。在定格了数秒钟后,巨龙发出了一声撕心的哀号,紧接着,庞大的身躯从空中重重地跌落在了地面。

受伤的巨龙痛苦地挣扎在了泥浆中。"快补一剑!"朵儿大喊道。

百里牧城明白她的意思,她是要他手刃巨龙,从而提升他的魔法师等级。

"冰封之剑!"他举剑劈向已奄奄一息的巨龙,剑光划过,龙体被

31

生生斩成两块,巨龙消失,但让他震惊不已的是,一幕奇幻的图景出人意料地浮现在了他的面前。

这是一大群不知从哪个异次元空间蹿出来的奇怪球体,如一只只蓝色半透明的水母,球体表面充满了凸起的触角与难看的褶皱,翩翩游动的同时还在迅猛地分裂。

这群不明来历的异形看起来活像是某种丑陋的深海软体生物,又像是森林角落里妖艳生长的有毒菌类,抑或是某种生物体内外形古怪的细胞……

紧接着,蓝色球体周围又冒出了一大堆古怪的火红色黏液,黏液有着黏糊糊的流体外形,飞速地扑向了蓝色球体,将其团团包裹住,红色黏液颤颤移动起来,像是在摸索蓝色异形表面上某种表壁特有的bug。很快,黏液像是成功锁定了bug,蓦地变成一团燃烧火球,喷吐火焰,在转瞬间吞噬掉了蓝色球体。

"游戏的彩蛋!"宁翌惊喜地意识到:这是《灰烬之塔》特有的彩蛋,会随机出现在怪兽被玩家消灭之时,据说每一次所出现的彩蛋有着不尽相同的古怪外形。

不过游戏玩家碰到彩蛋的概率非常之小,他还是第一次遇到。

关于这个抽象的彩蛋背后蕴含的深层意义,论坛上诸多玩家众说纷纭,至今没有人能够给出明确的答案,不过这样的设置倒也给游戏增加了几分神秘色彩。

宁翌呆呆地注视着红色黏液在全歼对手后消失,眼前又恢复了正常的游戏界面,一副金光闪闪的盔甲浮现在了他的眼前。

他缓步过去穿上了金色盔甲。就在金甲加身的一刹那,他的经验值如滚雪球般飞增起来。

"哇,今天真有成就感啊!"宁翌开心地对朵儿感叹。

"看你嘚瑟的样子,你的级别还差我好大一截呢,不过也只能下次再找机会帮你升级了,呵呵。时间不早了,我先下了。"朵儿回应道。

朵儿的话唰地把宁翌拉回了现实中,"才十点半呢,明天是星期天,我们再聊一会儿吧。"他意犹未尽地恳求道。

"那好吧,就再多聊几句。你今天过得还好吧?"

"我啊,一整天都宅在家里。"宁翌不好意思地回答,他抬头望了眼还摆在茶几上吃剩下的方便面盒,在迟疑了几秒钟后,他敲道,"朵儿,说真的,最近我遇到一件烦心事,你能帮我出些主意吗?"

"你快说啦,什么时候变得这么客气了啊。"

"我妈托人为我安排了一场相亲,"他艰难地敲击键盘,"你说我需要去见一面吗?"

接下来,对话框是一阵长时间的静默。宁翌能听见自己突突加快的心跳声。

"这是大好事啊,百里,你得抓住机会呵,呜呜,看来以后我们在游戏里碰面的次数会越来越少了。"一个夸张飙泪的招财猫表情紧跟在了跳闪的对话后。

"应该不会⋯⋯"他手指僵住了,不知该如何回答朵儿。"百里,我下了,你也早点休息。"

"现在还早啊。"他极力想要挽留朵儿。

但朵儿似乎并没有等待他的话语,她金色的身影飞快破碎于无形。

宁翌怅然望着没有了朵儿身影的电脑屏幕,心中一片空落。这个给自己平淡无奇生活注入无尽快乐的精灵似乎总在搪塞着自己——这让他愈加渴望能与她见上一面了,哪怕只是让他远远看上一眼她的样子,也能让自己全部的幻想都尘埃落定⋯⋯不,他不能再这样苦涩无望地等待下去了,这一刻,一股从未有过的迫切感推动着宁翌做出一个决定。他打开一个网页,进入一个黑客论坛,下载了一个黑客程序——他今晚就要入侵朵儿的电脑看一看她真正的模样。

这一切对于他来说并不算难，他从朵儿留在游戏中的地址入手，按图索骥地在网络中寻找到了她的电脑，没费多少工夫就破解开了防火墙的安全协议。

朵儿的电脑还在使用中，面对任由自己控制的桌面，宁翌有生以来第一次有了当小偷的罪恶感，他匆忙浏览了一遍朵儿的硬盘，并没有找到照片，于是他又紧张地点击开了摄像头。一个视频窗口弹开在他面前，窗口中出现了一位扎着马尾巴的女孩，面容恬静的她正盘腿坐在一张单人床上，双肘撑着下巴，睁着大眼睛定定地注视着电脑屏幕。这应该就是朵儿，宁翌心中一阵战栗：自己需要通过麦克风向她打招呼吗？她一定会被吓到。

正在他犹豫之时，朵儿身后的木门突然被推开了，一位中年阿姨走了进来，这应该是朵儿的妈妈吧，他心想。他不由屏住呼吸注视着窗口，还是等阿姨离开了再打招呼吧。

然而接下来他如何也料想不到的一幕发生了，他见到窗口中的母女并没有开口交流，而是伸出双手奇怪地相互比画了起来，她们像是在使用手语，宁翌猛地意识到。是朵儿不能说话，还是她的母亲呢？突然间，他想起过去朵儿一直没有与他进行过语音聊天，也拒绝与他见面……宁翌的心猛地一沉，一个残酷至极的答案呈现在他面前——游戏中法力高强的精灵生活在了一个无声的静默世界里。

恍然间他也明白了为何艾薇朵儿会凭空拥有那么多极品装备，她应该是个职业玩家，失去了语言能力的她只能终日蜷缩在网络世界以打怪为职业。这一刻，宁翌觉得自己的心被狠狠地撕裂了，一直以来支撑自己的美丽世界轰然坍塌，自己真是傻得可笑，满足他所有爱情幻想的公主在现实中竟是一位与他无法交流的哑巴。他与她完全来自两个全然不同的世界，永远不可能在现实中走到一起。

这一刻的他就像一个逃避现实的孩子，落荒而逃般地退出了她的电脑。

退回到自己房间的他久久无法平静，最后只得走出了房门，失魂落魄地走在空荡无人的小区里。拂面的冰凉夜风让他清醒了许多，他开始审视起今天的遭遇，过去的自己对于虚拟游戏寄托了太多的情感，游戏世界的虚光幻影蒙蔽了他的眼睛，该赶紧成熟起来，从此注销游戏账号，告别网络游戏的世界。这个决定稍稍让他感到好受了一些，他不由抬起头来，凝望起了闪烁在城市灯火所形成的光雾上方的群星，在一片模糊的黑暗中，它们显得如此倔强而纯净，这不禁让他联想起摄像头那端女孩楚楚动人的眼神。

再见了，朵儿。

两个月后一个普通的早晨，宁翌如往常一样，行色匆匆地奔波在这座终日笼罩在一片昏沉雾霾的城市中。

在这两个月里，他浑浑噩噩地生活着，没有再登录过《灰烬之塔》，每天按部就班地上班、下班，还通过同事介绍进行过两次相亲，但结果都是并不出乎意料的以失败告终。

此刻，睡眼惺忪的他艰难挤上早班高峰期地铁，在拥挤不堪的车厢中，他的手机短消息铃声突然响起，他拿起手机，这是一则陌生地址发来的信息。他怔怔地读完，消息来自《灰烬之塔》营运公司，这应该是他注册游戏账号时留下的手机号。

《灰烬之塔》的游戏迷：

您好。

怀着极其悲痛的心情告知大家一个不幸的消息，我们的兄弟李诺于昨日凌晨离开了人世。在过去的几个月中，虽然我们竭尽全力，最终也没能从死神手中抢回李诺。为了祭奠他年轻的生命以及所有游戏迷的爱心付出，我们公司决定于这一周的星期六，也就是2038年11月5日的晚上七时，在游戏中举办李诺的葬礼，期待您的出席。

We'll Never Walk Alone。

这个消息犹如一道闪电击中了他，他茫然抬起了头，愣愣望着车窗外飞逝的沉沉黑暗，他不知道自己是否应该出席这样一场葬礼。

直到最后一刻，他还是忍不住上线了，只是他没有勇气再以"百里牧城"的身份去面对朵儿，他选择重新注册了一个账号进入《灰烬之塔》的22区。

他通过搜索很快找到了朵儿。在伊顿荒原的一处偏僻角落，他远远地望见她形单影只地伫立在一截被雷电击中过的枯树下。与今天其他的玩家一样，朵儿卸掉了所有光华绚丽的装备，只剩下一身纯黑色紧身衣，在空旷背景映衬之下显得无比瘦小与单薄。

不由自主地，他还是点击了朵儿的个人资料，"搭档"一栏中已经空了。

没有出现其他人的名字，他的心不由咯噔了一下。

正当他想再多看朵儿几眼时，一个视频窗口在屏幕上跳出，葬礼开始了。

他不由将注意力转向了直播，画面中出现的是一片广袤的无人荒野，直播视角不断切换，然而始终充斥在视野中的只有斑驳黝黑的冻土与疏疏落落的灌木，阴沉的天空中堆积着大块的铅灰色乌云，潮湿的雾气无声地流动在空中。渐渐地，黏稠雾气凝成了一丝丝细柔的雨点。

纷纷细雨让整个荒原由此变得更加阴郁朦胧。

终于,在一片深沉的寂静中,送殡的队伍缓缓地走进了画面。

走在队伍最前面的是包括"南宫翎"在内的八位抬棺者,他们全都身穿死灵魔法师的黑色铠甲,厚实的肩膀上扛着一口透明的水晶棺。能够看见火系魔法师"逆风之狼"静静地平躺在水晶棺内,神情安详地闭合着双眼,身裹暗黑色"冥火之翼"战衣的他通体泛着淡薄的蓝色微光。他们身后浩浩荡荡跟着一大队虚拟人物,每个人都身着黑衣,手举着蜡烛。

队伍行进到一处巨大的洼地前停了下来,这处洼地应该就是将要埋葬"逆风之狼"的墓穴。

灵柩被抬棺者庄重地放进了洼地中,待灵柩落定,水晶棺中魔法师的躯体所散发的光亮渐渐变暗,最后彻底变成了灰色。

紧接着,洼地两侧的冻土自动翻涌了起来,慢慢覆盖了水晶棺。尘归尘,土归土……生命就像在李诺眼前开启了一扇门,让他浮光掠影般领略到门外世界的缤纷与广阔,而后,这扇门又匆匆关闭了。

随后的时间中,所有送葬的虚拟人物围绕着墓地静静伫立,他们默默祈祷着,手中的蜡烛在蒙蒙细雨中忽明忽暗,如同沉沉阴霾中闪亮的点点萤火。

宁翌怅然若失地注视着眼前的画面,他突然间有了一个奇怪的想法,如果人生也是一场网络游戏该有多好,一次生命终了,操控游戏的玩家还可以收拾起心情,转而投入下一场游戏……就在他恍神之间,天空中倏然闪现出一束束耀眼的金色光亮,刺破了浓重的乌云,宛如高高在上的天国投射出的纯洁圣光,将整个荒原陡然照亮。明亮起来的天空中出现了一段闪亮的句子:"即若生命逝去,爱还会依旧闪亮;而若爱逝去,一切都将荡然无存。"

宁翌默念着这句话，他的视线渐渐模糊起来。透过泪水，他望向了直播画面外的朵儿。她仍面无表情、一动不动地站在那里，让他无法窥见她此刻真实的心情。

这或许也是自己过去某个生命片段的葬礼吧。

宁翌手指僵硬地紧握着鼠标，他不知道自己应该何去何从。

在一阵长久的静默之后，让宁翌有些始料未及的是，直播画面中出现了新的动静，荒野的尽头似乎有人正在策马飞奔而来。他不由得把视线转回了直播。很快，他看清楚了骑在白马上的人的模样——这是一位身着闪亮银色铠甲的骑士，一顶尖顶头盔完全盖住了骑士脸部。骑士飞快地穿过人群，抵达了镜头前方，动作优雅地勒住缰绳停下了白马，矫健地翻身落地。

骑士对着镜头摘下了头盔，露出的面孔被迅速定格、拉大，这是多少显得有些滑稽的一幕，呈现在直播画面中的是一张完全没有任何虚拟修饰的面孔，头顶微秃，面颊圆润而松弛，五十多岁的年纪，眉头紧锁，眼神还算透着几分锐利。

宁翌惊讶地打量起这位中年人，他对这张脸有着一些模糊的印象，应该是在哪一天的报纸或是电视上见到过这个人。忽然间，他想起来了，这位秃顶的中年骑士就是赫赫有名的朴俊海博士，超级跨国企业日冕公司CEO，拥有美韩双重国籍，《灰烬之塔》只是业务庞大的日冕公司旗下一家游戏分公司主营的项目。在宁翌通过一些新闻得来的并不全面的认识里，朴俊海可以算作这个时代不折不扣的传奇，他五十二岁的人生浓缩了太多的起起伏伏，拥有多个学科博士学位的他，曾经几次创业失败、濒临破产，也曾在几次科技大潮中创出了一系列改变人类生活形态的公司。而如今，与网络时代其他高科技弄潮儿不同的是，朴俊海并不只专注于互联网，他领导的日冕公司遍布各国，业务涵盖医疗、生物制药、新能源等诸多领域,甚至将触角伸向了过去由各国政府主宰的空间探索领域,比如外太空卫星、运载火箭等等。

画面中,一脸严肃的中年骑士向着镜头深深鞠了一躬,用中文开始了他的演说(这应该是针对中国玩家的同声翻译):"大家好,我是《灰烬之塔》营运公司的CEO朴俊海,很感谢大家能来到这里,为我们的兄弟李诺送上最后一程,相信在大家心中,《灰烬之塔》并不只是一个简单的游戏。大家在这里朝夕相处,热血战斗,一路走来也收获了弥足珍贵的友情、爱情。当然,游戏之外的现实社会中有很多人对我们的行为不以为然,在他们眼中我们不过是一群'逃避现实的可怜虫',终日沉溺于网络的虚无。"

中年骑士顿了顿,笨拙地扭动起沉重的骑士服,回头环视了一圈身后的荒原,"你们觉得《灰烬之塔》真的只是虚无缥缈的海市蜃楼吗?不,我并不这样认为,这里远比外面的世界来得真实,物质的世界充满了冷漠与世故,欲望横流。而游戏的世界则抹去了物质世界固有的浮华光影,呈现出人与人之间最真实的一面。在这里,所有个体都能自由平等地驾驭自己的生命轨迹,在这里,人们的每一次抉择都是真实的;在这里,人们的爱憎因由都是真实的;在这里,我们的光荣与梦想都是真实的。谁又能说这一切都是虚无的?"

此刻,中年骑士的脸庞由于激动而变得绯红,他继续动情地说着:"在我看来,我们都是一群时代的先行者,有幸更早地体验了即将来临的时代。"

中年骑士顿住了,在沉吟了片刻后开口道:"借今天这个机会,我想向大家郑重地透露一个有关《灰烬之塔》的秘密,这个秘密从未向外界披露过。事实上,《灰烬之塔》不仅仅是一款网络游戏,同时也是一个大型的分布式计算平台。是的,你们没有听错,一个分布式计算平台,所有数据与跨国界数字化疾病研究组织的服务器相连。你们在游戏中砍杀的每一只怪兽、攻克的每一座魔法机关、通关完成的每一个副本任务,都是在模拟计算着基因医学中亟待解决的各种疾病的病因。比如模拟蛋白质折叠过程——包括部分癌症、阿尔茨海默症、疯牛病等疾病的起因都是由于蛋白质折叠过程中发生了某些错误突变。又比如,游戏中的很多任务事实上是在模拟最新研发的基因药物对于抑制癌细胞的功效。你们没有想到吧,当你们工会结伴去到某个奇幻的山谷完成屠龙任务,你们遭遇到的那一只魔力强大的恶龙,即是癌细胞增殖过程映射到我们游戏中的虚拟形象,而你们使出的各种炫目攻击法器实际上是新近研制出的药物,最终能否手刃恶龙则取决于新药物的功效。"

说着,中年骑士的脸上浮现出一丝自鸣得意的笑容,"这样一来,我们游戏中的NPC并不是呆板无脑的程序,而是活生生、高度复杂的病毒数据,这让我们游戏变得更加妙趣横生、富于挑战性的同时,也在帮助制药商不断攻克各种疾病,去拯救如李诺这样身陷癌症的朋友。从《灰烬之塔》开服以来,我们已经取得了一大批可观的成果,尽管这一次我们最后没能挽救李诺的生命,但我相信如果我们游戏调动的计算资源足够庞大,在可见的未来我们终会拯救到更多的人。"

中年骑士顿了一下,将深沉的目光投向了镜头之外某个遥远的地方,"好了,我的悼念词就到了这里了。感谢大家来到这片世界,传奇还在继续,We'll Never Walk Alone,我们正在创造未来。"

这一刻,中年骑士如先知般面容平和地微笑着,最终消失在了他的话语中。

宁翌怔住了,久久没有回过神来,朴俊海一番充满力量感的演说消去了自己之前忧伤的情绪,取而代之的是一种深深的震撼。他没有想到,在游戏中与自己互动对战的NPC竟然是一串串基因病毒数据,自己所见到的那颗彩蛋即是癌细胞被药物或是激活的免疫细胞消灭的模拟画面,就在自己手指轻轻点动鼠标的不经意间,强大的数据流迅猛而高效地计算着人类体内疾病的成因,水滴石穿般推动着世界的进程。自己的行为并非毫无意义。

这不再只是一场简单的网络游戏。

布洛斯泽大陆山脉的尽头,苍凉的德拉提山谷,一座气势恢宏的城堡借着起伏的山势傲然矗立,这里正是树精部落的老巢——苍云城。

伴随着一声激昂的牛角号声,一场波澜壮阔的攻城大战拉开了大幕。由玩家组成的"风之烙印"行会数百名魔法师如海潮般向着城堡漫涌开来,此刻高高的墙垛上凛然伫立满了上千只奇形怪状的树精——他们全都是游戏的NPC。

转眼间,苍云城进入了魔法师的魔法攻击距离,他们开始释放出特性各异的魔法技能,大片的魔法冲击波射向了苍云城上空。守城的树精们连忙应对起来,他们奋力地齐声念叨起咒语,一道"风之护墙"如彩虹般横贯在了苍云城上空,抵挡住了铺天盖地而来的陨石与箭矢构成的物理攻击;一条气势磅礴的水龙腾空而起,游弋开来,一一吞灭掉了纷飞而至的炽烈火球……

身为行会里等级最高的魔法师,朵儿身先士卒地冲在最前面。她大步流星地跃上了城墙,凌空搭箭,一柄柄赤红的利箭飙急地蹿出,成片的树精不及招架,被箭镞刺透心脏,纷纷倒下,化为一摊摊绿色脓液——天知道这些一触即溃的树精是什么样的病毒数据的拟人形象。

很快,其他魔法师也跟着跃上城墙,合力消灭了守护城门的树精。

紧接着,他们顺利进入了城堡内部,呈现在他们眼前的是一片茂盛的诡异森林,一棵棵数十人高的参天大树如同一个个巨人拦住了他们的去路。

他们的来到唤醒了这些大树,它们开始瑟瑟颤抖起来,飞速变幻成了形态各异的树精,长出狰狞的脸部,伸出的双手紧握着各种法器。最后,它们颤颤巍巍地从泥土中拔出粗壮的双脚,摇晃着庞大的身躯向魔法师奔去。

实际上,这些面目可憎的巨型树精是一件件更为庞大的医学计算任务,需要玩家使出浑身解数,使用更多的资源与技巧去攻克难题,于是魔法师迅速分散开来,与巨型树精捉对近身PK。

朵儿遭遇到的是其中身材最为魁梧的黑色树精,它手持一柄锃亮银色巨斧,一身古铜色的健硕肌肉从开裂的树皮中贲张出来,居高临下的它高举巨斧,愤怒地向着朵儿砍去,只见一道月牙形炫目光刃从斧锋遽然划出,直奔向朵儿。朵儿见势立马启动了一道冰系魔法——"冰旋雪舞",一束冰箭从她的指端射出,电光石火之间,光刃与冰箭锵然相碰,在空中爆裂出一团耀眼的火花。

好险,朵儿在心里惊叹道,随即拉开架势向黑色树精发起了进攻。"寒天冰暴!"随着她一声冲天大吼,上百颗拳头大小的冰雹齐刷刷地飞向了树精。在一片飘飘扬扬的冰雹中,朵儿惊恐地看到已经千疮百孔的树精开始猛烈晃动,整个身躯燃烧了起来,炫目的光亮从它一寸寸爆裂的树皮上溢出——"雷霆之怒",就在一刹那,数道金色光亮从树精身体中射出,猝然而至朵儿面前,如一面密织光网将她围了起来。

朵儿还没回过神来,就被这一道道如锁链般的金光死死锁在了原处,全然动弹不得。生命值在汩汩地消退,要不了多久,她就将没有痛苦地死去。当然,她新一次的生命随即会在距离此处异常遥远的复活点开始,但她不可能再有时间赶来攻城。

最后她放弃了挣扎,静静等待生命值的终结。而在她的四周,乌云笼罩下的战场可谓一片惨烈,还在继续鏖战的树精与魔法师都已所剩无几,相较而言剩下的魔法师人数显得更为稀落,胜利的天平正在向着树精阵营倾斜,看起来这一次攻城即将前功尽弃。

就在朵儿彻底绝望之时,突如其来地,一道耀眼的火球如陨石般从天而降在战场中心,霎时间,刺目光亮乍起,山摇地动,只见这团火球竟然是只蜷缩成一团的巨猿,巨猿缓缓站起身来,它的全身燃烧着熊熊火焰,身躯足有树精的两倍高,手里握着一根硕大的碎骨,怒吼着冲向了树精。

这是上古神兽"泰坦巨猿",朵儿激动地意识到,这一套极品装备价值人民币五千九百九十元,而且只能使用一次,不知是哪位出手阔绰的土豪队员仗义地召唤出了这只神兽。

暴怒的巨猿咆哮着,挥舞着碎骨,一团团裹挟着爆裂的绛紫色魔法冲击波磅礴而出,剩下的几只树精还来不及反应,身体就在汹涌的冲击波中坍裂成碎片。

刚刚还神气十足的树精,在巨猿面前显得如此地不堪一击,双方的魔法攻击能力完全不在一个数量级上。

当然,如此逆天的神兽只是一个超级大数据计算包,当玩家使出这一装备时,游戏服务器会在短瞬间调集了海量的计算资源,陡然完成了一轮超频计算,疾速解开了树精所代表的病因计算问题。

就在巨猿如砍瓜切菜似的消灭了最后一只树精时,一束耀眼的金橙色阳光刺破了天穹中浓重的乌云,普照在大地上。

"苍云城已被'风之烙印'行会攻下!"一条醒目的系统消息跳跃在明亮起来的天空中。

服务器认定了他们的胜利。

　　这一刻，还没有阵亡的魔法师欢呼雀跃起来，朵儿也从光圈的束缚下挣脱出来，重获自由的她欣喜地走向了巨猿，此时的巨猿还在意犹未尽地左摇右晃着身躯，挥动着拳头捶打着胸部，但在朵儿走到巨猿面前时，巨猿庞大的躯体泛起了马赛克式的涟漪，最后幻化于无形，露出了游戏玩家的真身。

　　这是一位身着湛蓝长袍的男性魔法师，高高瘦瘦，一头蓬松金色长发，带着一脸痞痞的坏笑凝视着她，朵儿一下子愣住了，这位魔法师正是三个月没有上线的菜鸟魔法师百里牧城。

　　"哈啰，朵儿。好久不见。"百里牧城故作镇定地开口道，说完还故作潇洒地甩了甩飘逸的长发，"这场恶战还好我及时归队救驾。"

　　朵儿并没有回应他。

　　忽然，游戏界面中一直闪烁不定的朵儿，就像是戛然断线的木偶，动作一下子停滞住了，她一动不动地伫立在那里，直到身影消失了。她下线了。

　　"朵儿！"宁翌难过地呼唤道。

　　自己没能得到朵儿的原谅。

　　游戏界面中的百里牧城久久地呆立在原地，身影变成了灰色。

　　而在同一时刻，真实世界一座老式公寓的楼梯过道入口处，宁翌失魂落魄地取下了游戏眼镜，艰难地迈开僵硬的双腿，向着昏暗走廊深处走去。终于，6-12房间出现在他眼前。他停下脚步，茫然注视着这一扇锈迹斑斑的防盗门，防盗门紧闭着，四周惨淡的灯光让他感到一种深深的压抑。

　　他鼓起勇气，伸手按响了门铃，没多久，防盗门里面的那扇木门开启了，从屋内顷刻间涌出的光亮照得他一时有些目眩，在这片过于明亮的光线中,一位年轻的女孩神色警惕地出现在窗框内,她用陌生的目光打量着他。

"朵儿——"他听见自己颤抖的声音在空荡的走廊中响起。

这一刻,女孩似乎意识到他是谁,那张清秀的脸庞瞬间泛涌起了太多复杂的表情。

朵儿紧咬着嘴唇,怔怔地站在门内,她那瘦小而柔弱的样子如此让人心生怜惜。忽然,朵儿表情痛苦地摇了摇头,伸手想要关上大门。

"不,朵儿!"此刻的自己绝望地叫道,他用力地拍打着防盗门。一股犹如溺水般的痛苦支配着此时的他:一旦大门合上,他的生活将永远退回到身后走廊中那一片无边无际的灰色中。

他的动作让朵儿迟疑了,她抬头目光直直地望着他,那灼人的目光中包含着太多的内容:隔膜、戒备与质问……

宁翌手足无措地站在门外,他知道自己该做些什么了。于是他艰难地开始了表达:他轻声哼唱起了一首青葱岁月的老歌:小虎队的《爱》。同时他的双手在胸前笨拙地比画了起来,这是他小学六年级暑假跟着《爱》的音乐录像带学会的手语。

> 把你的心我的心串一串
>
> 串一株幸运草串一个同心圆
>
> 让所有期待未来的呼唤
>
> 趁青春做个伴
>
> 别让越长大越孤单
>
> 把我的幸运草种在你的梦田
>
> 让地球随我们的同心圆
>
> 永远地不停转
>
> ……

时隔多年,宁翌再次忘情地唱起这久违而依旧熟悉的歌词,当年那个青苹果乐园里无忧无虑的小男孩早已一去不复返,成人的世界多了一位漂泊异乡的"蚁族",在繁华喧嚣的大城市中行色匆匆地奔忙,冷暖自知地生活。别让越长大越孤单,他咀嚼着歌词中那份早已在成长中丧失的单纯美好,泪水不争气地溢满了眼眶,这一刻他才意识到自己在心底终究还是割舍不下一份坚持,那份对于纯真感情的渴求——他只期望自己的手语能打动朵儿,让她接收自己这份迟来的道歉。

当一曲终了,宁翌的手指在胸口定格成了一个心形。他抬眼望着朵儿,晶莹的泪水同样闪烁在她的眼中,她的脸上凝满了感动。

接着,他看到代表原谅的笑容绽放在了朵儿脸上,她缓缓打开了铁门。

一个月后,韩国首尔江南CBD商务区,造型独特的日冕大厦看上去如一艘即将发射的太空飞船,气势恢宏地矗立在一堆外观千篇一律的高楼大厦中间。

此刻,宁翌正一个人徘徊在"太空飞船"附近人流熙攘的街区,揣着临时赴韩旅游签证的他已经是第五天在这一带转悠了,过去几个月他所遭遇到的一连串充满戏剧性的经历,让他很难再把心思转回之前程序化的乏味工作上,一个模糊而又难以抑制的想法在他心中滋生,他想来到韩国的日冕公司总部,当面感谢朴俊海,与他聊上几句,或许还有机会加入日冕公司的中国分部。在他的想象中,自己或许能在朴俊海下班途中与其偶遇,上前寒暄几句,然后介绍一下自己。

可是,他发现自己的想法是如此不切实际。几天下来,他并没有如愿在大厦附近遇见朴俊海,但还是捕捉到了一个有用的信息

——每天下午三点左右,朴俊海都会出现在大厦底楼的公司内部咖啡厅中。这或许是他唯一的机会。

从这一天中午开始,他就守候在大厦外,远远地观察着咖啡厅内的状况。三点刚过,朴俊海准时出现了,他坐到靠近落地窗的位子上,打开了笔记本电脑。

宁翌隔着玻璃远远地望着朴俊海,只见他戴上一副镜框宽大的眼镜,旁若无人地注视着面前的空气,手指在空气中娴熟地戳点着。

他正专心致志地沉浸在自己才看得见的全息图像世界中。

自己的机会来了,宁翌意识到,他转身向大厦大门口快步走去。他看到保安正端坐在玻璃岗亭里,负责地检查每位进出者,只有挂着门卡的员工才能出入。

宁翌深吸了口气,竖起了夹克衣领,低头走向了大门。

"거기서(站住)!"保安大声喊道。

他佯装没有听见,继续加快步伐,穿过大门,径直向咖啡厅走去。好在咖啡厅距离大门并不算远,他顺利地抵达了咖啡厅。

他快步来到了朴俊海面前。

"朴先生——"宁翌紧张地用英文唤道,他的心快要跳到嗓子眼了。

朴俊海慌忙摘下了眼镜,抬起头,惊愕地望着出现在他面前的陌生闯入者。

宁翌正要赶紧介绍起自己时,两名保安也急匆匆地赶到了。

朴俊海用目光示意保安少安毋躁,让宁翌说完话。

"朴先生,请原谅我的唐突,上一个月我有幸聆听了你的一次演讲,就是在《灰烬之塔》为李诺举行的葬礼上,你的悼念词让我深受启发,在某种程度上促使我做出了一个重要的人生抉择,我想当面向你表达一个感谢。"

他急切地说着，生怕保安打断了他的话。

朴俊海皱着眉头望着他，但很快，他的眉头舒展开了，脸上又恢复了之前的从容。他示意保安离开。

"年轻人，你坐下来吧。"朴俊海一开口竟是极其标准的中文。"朴先生，你怎么知道我是中国人？"宁翌诧异道。

"这并不难办到，你一出现在我面前，我的眼镜立刻通过网络取得了你的所有个人信息。"

宁翌愣愣地点了点头，"朴先生，你真的会中文？"

"是的，我曾经作为留学生在中国生活了三年时间，古老的中国文明让我着迷。在我看来，那些朴素而又极具智慧的中国古代先人哲思或许是解决当下人类困境的一把钥匙。"朴俊海面带微笑地说，"好了，年轻人，我很想知道你刚才所说的启发是什么。"

宁翌拘谨地在他面前坐了下来，犹豫着开口讲述起了他与朵儿的故事。

朴俊海认真地听完了故事，又思考了片刻，缓缓开口道："你的故事很精彩。最终你并没有屈服于世俗的价值观，违心地放弃一段感情，而是选择了忠诚于自己内心的真实。"

"谢谢。在葬礼上，你说到物质都是短暂的，唯有人的经历与情感是永恒的。这对我产生了很大的触动。"宁翌充满感激地说道。

"你相信这样的说法？"朴俊海注视着宁翌。"我相信。"宁翌没有犹豫。

朴俊海赞赏地点了点头，"年轻人，你的工作是什么？"

"程序员，在中国又被称为IT民工。"宁翌充满自嘲地笑了笑。

"噢，程序员，非常好，你应该对物质世界与虚拟世界有着一定的感触。"

"你的意思是？"

"我们现实的物理世界看似繁复无限,实则充满了各种各样的束缚与局限,我们的肉体笨重,即使再近的旅途都会付出不少精力与时间;高昂的房价,寻找配偶的物质基础,婚姻生活的柴米油盐,培养下一代的巨大成本……这些就像无处不在的地心引力般始终如影随形,桎梏着我们。而在代码构成的虚拟网络世界中,我们却能够摇身变成无所不能的神祇,优雅而诗意地栖息在一个无限广阔的世界,能够瞬间去到你想要去到的任何地点,仅仅依靠创造力就能创生出你想获得的世间万物。除此之外,网络数字化生存实际上相比笨拙低效的实体还更加绿色节能,更加降低日益饱和的地球生态圈的负荷。这难道不是一种更为合理的文明衍续方式吗?"

宁翌愣怔住了,让他感动不已的不仅是朴俊海超前的理念,还有对方初次见面竟对自己推心置腹起来,半晌后,他小心翼翼地说出自己的疑惑:"可是,我们的现实世界有足够多的物质支撑起这样复杂的虚拟世界吗? 当越来越多的人将越来越多的时间花费在网络中,当所有人都从灰头土脸的蚂蚁变成了美丽优雅的蝴蝶,我们真实的社会不会停滞下来吗?"

朴俊海没有立刻回答,他在慢悠悠地端起咖啡轻啜了一口后抬起了目光,意味深长地望着宁翌。

"你觉得,网络世界只是一个空中楼阁,我们所能攫取的能量还不能让地球上所有人都过上物质富足的生活?"

"我过去从没有思考过这样的问题。"

"你有没有读过你们中国大文豪苏轼的《前赤壁赋》?"

"我似乎读过,但我忘记它讲的是什么了。"

"好吧,这篇散文中有这样一段优美的文字,'惟江上之清风,与山间之明月,耳得之而为声,目遇之而成色。取之不尽,用之不竭。是造物者之无尽藏也,而吾与子之所共适'。"朴俊海竟绘声绘色地朗诵道。

"能为我翻译一下吗？"宁翌不好意思地说。

"东坡先生认为，大自然赋予我们的资源是无穷无尽的，我们尽可以自由地攫取与享用。"

"我还是不明白你的意思。我们拥有的资源难道不是有限的吗？"宁翌不解道。

朴俊海未置可否地笑了笑，他转头眯缝着眼睛望着窗外的太阳，"你有没有思考过我们地球上各种能源的真正来源。"

"似乎很多是来自……太阳。"宁翌犹豫地回答。

"小伙子，你的答案很正确，我们如今能够利用的风能、水能，甚至是石油，全都是太阳投射到地球上能量的不同转化形式。可是，你知道吗，我们地球表面只吸收了整个太阳光的二十二亿分之一，而我们文明又只汲取这二十二亿分之一中微乎其微的一部分。如果我们可以有办法攫取地球之外更多的太阳能量，我们文明的级别不知还能向前跃进几个数量级。"

"可现在我们能够办到吗？"宁翌震惊道。

"现在还不行，但我们快可以办到了。"朴俊海望着他的眼睛，"日冕公司的'光幕计划'已经启动。"

"'光幕计划'？"宁翌仍是一头雾水。

"是的，我们公司在太阳与地球之间建造了一面极其广阔的太阳能薄膜。薄膜将吸收大量的太阳能，再以微波的形式传回地球表面，供人类使用。"朴俊海平静地说。

"听上去很超前。"

"不，这已经成为现实。要不要亲眼看一看我们的光幕？"朴俊海说。

"亲眼？这如何办得到？"宁翌茫然问。

"你戴上这副眼镜。"说着,朴俊海递给了他一副眼镜。

宁翌怔怔地戴上了眼镜,他的视线闪烁了一下,眼前的咖啡厅消失了,视界迅即跳转到了一片空荡无垠的空间中,一大团炽烈的赤红火球占据了他视线的大部分,这团火球汹涌的表面如正在剧烈喷吐岩浆的火山口,起伏跳跃着无数玫瑰红色的舌状气体,这是太阳,他惊奇地意识到。

而在他视线的下方,飘浮着一块巨大的晶蓝色正方形晶体,晶体表面光亮而平坦,折射着太阳光,星光般闪烁。

"年轻人,你看到的这块蓝色晶体就是我们的'光幕',你可以轻轻迈动你的双腿,走向'光幕'。"

宁翌耳畔传来一个熟悉的声音,他恍然转身,发现朴俊海站在了他的身旁。

他茫然点了点头,试着轻抬起脚,缓缓地,他发现自己身体在太空中飘动了起来。他停下脚步,向着晶体表面飘去,眼前的晶体越变越大,就如一片倒悬在他面前茫茫无际的海洋。它由一块块正方形的格子组成,每块格子中还有无数蓝色光斑,如同沙画中缓缓流动的细沙,波光粼粼地闪亮着。

最后,他轻盈地落在了晶体的表面,待他站定,他好奇地注视着脚下的"光幕"。

"你看到游动的光斑全是视紫菌。"他听到了朴俊海的声音,朴俊海也跟着来到了"光幕"上。

"视紫菌? 它们是生物?"宁翌怔怔地问。

"是的,光幕的运行全靠了这些菌类,视紫菌原本是生活在地球海洋深处的微生物,现在被我们移植到外太空的这片薄膜上,其体内特有的光合作用能够将光子转换为移动的电荷,而如今这些菌类的DNA已被人类科学家修改,它们转换得到能量的绝大部分不再用于自身新陈代谢,而是直接释放到体外,光幕上的电路会将这些细微的分散能量收集起来,再以微波的形式传回地球表面,并源源不断地注入电网。"

"听上去很神奇。"宁翌由衷地赞叹道。

"更为神奇的是,我们只需要不断扩展薄膜,上面附着的视紫菌就会自己生长。直到有一天,当我们的'光幕'能够覆盖的面积达到太阳的一亿分之一,就能满足目前全球所有的人口消耗的能源要求。"

"一亿分之一……"宁翌惊奇道。

"是的,当我们的薄膜超过这个容量,继续扩张,我们得到的能量就将超过我们目前需要的。到那时,人类需要学习的是如何挥霍宇宙对于我们近乎无穷尽的馈赠。"朴俊海微微提高了声音。

"真是难以想象———"宁翌呆呆地点了点头,他抬眼望向远处,此时此刻,"光幕"迸射出的熠熠光亮,以及朴俊海充满煽动力的话语,都让他感到一种强烈的眩晕感。

正在他恍神之时,朴俊海的声音再次响起:"好吧,让我重新回到地球表面。"

他还没来得及回应,在眨眼间,眼前的光幕消失了。

宁翌重新堕入地球表面的咖啡厅里,他坐在椅子上,久久没有从外太空的失重感中回过神来。

"感觉怎么样?"朴俊海微笑着说。

宁翌抬头愣愣地望着朴俊海,充足的阳光透过落地玻璃降落在他的身上,像是有一圈金灿灿的光环围绕着他,宁翌突然意识到,朴俊海高涨的兴致或许来自于"光幕"本身,而并不是初次见面的自己,此时的他需要一位旁听者去见识并赞赏他所取得的非凡成就。

"一项伟大的工程,足以改变世界……"宁翌喃喃地称赞道,他咀嚼着朴俊海充满颠覆性的理论,在这短短的几十分钟时间里,朴俊海就像是一位技艺精湛的魔法师，无中生有地向他展示出了一个眼花缭乱、充满诱惑的未来，这个未来如此奇异却又极度真实，像是触手可及般悬浮在他面前，让他一时有些目眩，不由得，他心中那一丝微小的火苗燃烧得更加旺盛了。

他终于鼓足勇气开口道："朴先生，我想获得一个机会，加入到你们的团队。你们公司一定需要程序员，那种最底层的程序员，编写最简单的底层代码，我想我应该可以胜任。"

朴俊海直直地注视着他，在迟疑了片刻，压低声音说道："明天你来我的办公室，我们谈谈吧。"

"真的吗？"宁翌激动得不知道该说些什么。

朴俊海微笑着望着他，"另外，我还可以告诉你一件事，我们日冕公司旗下的一个医学实验室正在研制一种纳米机器人，通过感受人体声带或食管的振动，帮助声带有缺陷的患者正常发声，相信要不了多久，你的女朋友就能轻松使用声音与你交流。"

"可她天生声带就受到损伤，大脑里根本没有任何发音的意识。"

"没关系，实验室也在开发与之配套的方案，通过'电脉冲引导'的方式在患者脑子中写入'语言'。"

"真是太好了。"宁翌惊喜道，心中充满了幸福从天而降的眩晕感。此刻的他还无从知道，自己正身处奇点前夜，并将有幸成为"第一次奇点"与"第二次奇点"的缔造者之一。

4．二次奇点翩然降临

　　2090年的最后一个晚上,化身为天行者卢克的宁天穹独自来到诺顿广场,参加迎接新年的盛大跨年派对。

　　今年的新年派对相比起往年来更具非凡意义,因为即将来临的一年是全赛博世界每四年一次升级主频时钟的年份。

　　每年这个时候,赛博世界的各个社区都会举行主题各异的新年派对,今年诺顿广场上演的主题是《星球大战》,因此来到这里的人们全都变身为《星球大战》中的虚拟人物。

　　偌大的广场被营造成了一个光怪陆离的异星世界,尤达大师、阿米达拉女王、安纳金天行者……一个个光彩照人的经典形象会集在广场中央,忘情地齐声高唱着古老而激昂的《星球大战》主题曲;广场的外围,一大帮钛白色的半机器人摇晃着金属质感的身躯,随着音乐有节奏地翩然起舞;还有很多绝地武士与黑武士挥动闪亮的光剑,火光四射地相互比拼。

　　宁天穹也加入了狂欢的人群中。他估摸着广场上的这些狂欢者大多和他的年纪相仿,生理年龄都应该在四十岁以上,在奇点来临之前度过了自己的童年,当年有幸受到绝地武士的热血感召,让体内的原力觉醒,成为《星球大战》一生的忠实影迷。不过,他估计在真实世界中这群人已很难有体力这样投入地又蹦又跳。

他抬头望去，半空中盘旋着各种奇形怪状的飞行器与翼鸟，广漠的天空中不断变幻着《星球大战》五光十色的影像片段。

突然，广场上爆发出一阵欢呼声，宁翌循声望去，只见人群中央的尤达大师摇身一变，个头一下子膨胀了数十倍，变成了一位顶天立地的巨人，紧接着，巨人脸上的褶皱如腐朽的树皮般褪去，换成了一张人类的脸庞——这是一位面貌和蔼的红鼻子胖老头。

噢，他是联合国的秘书长格雷格，一位澳大利亚人，从第二次奇点降临前就担任秘书长至今。事实上，在第二次奇点之后，国家与联合国仍然存在，依然在赛博世界松散地管理着驳入者。只是掌控光幕工程的日冕公司在赛博空间发挥着无所不在的影响力，成为实力远远超越各国政府的实体存在。

在光怪陆离的赛博世界中，格雷格平日里也只是数十亿网络漫游者中的普通一员，自由地在云网中漫游，只有在每年跨年夜，才以幻影分身的形式同一时间出现在各个派对现场刷一刷存在感。当然，谁都知道他只是日冕公司的一个传声筒而已。

格雷格情绪高涨地高声演讲了起来，他先回顾了从奇点降临到第二次奇点人类所走过的这一段神奇历程。

多亏了日冕公司光幕的功劳，在过去的几十年中，外太空的光幕不断地扩大，使得长久以来困扰人类的能源问题迎刃而解，人类高枕无忧地享用起了取之不尽的洁净能源。这一划时代的变化被社会历史学家称为"第一次奇点"。

随后，日冕公司依照"超频社区"的经验，升级了赛博世界的主频，用频率变快的信息去"欺骗"每一个驳入赛博世界的大脑，让所有驳入者浑然不觉地生活在了时间加快的世界中，从而赢得了更多的时间。

当然,大脑的物理结构与容量会决定主频升级的极限,但对于最终主频何时能达到生理无法逾越的极限,科学家们有着并不一致的看法,仅就目前的情况看来,人类大脑还远远没有达到这个生理极限。

最终,赛博空间选择了每隔四年升频一次,每次升频的幅度由日冕公司决定,并不一致。一点二倍、一点三倍、一点五倍、一点八倍……自从2067年赛博空间第一次全域升频以来,二十四年来赛博空间已经升频六次,此刻赛博空间的主频已是真实世界的十二点一倍。依照现在这个速度跃迁下去,在几十年后人类就将体验"镜外一天,镜中已一年"的奇妙感受。

由此,主频升级被称为了"第二次奇点"。

"在奇点之前,人类总会觉得童年特别漫长,而成年后的时光如飞逝一般,一晃而过。这是什么原因呢?答案很简单,因为成年后的生活千篇一律,每天都是相同的模样,而童年则完全相反,每一天你都会接触到新的事物,玩到新的玩具,听到新的童话……这些新奇塞满了你那对一切都充满好奇心的小世界,让你感到如此地快乐。因此我们必须感谢日冕公司,是它用神奇的科技魔法让我们重返到了那个无忧无虑的童年时代,在真正变得漫长的时间中惬意享受着每天都不一样的新奇世界。"格雷格动情地回顾着,声音中饱含着真正发自内心的感激,说着,他顿了顿,"好了,向大家说声抱歉,在新年之夜忍受我这张老脸在这里絮絮叨叨了这么久。"他高举起了右手,手中幻化出了一把闪闪的光剑,"现在,就让我揭晓今晚最为激动人心的谜底——"

这一刻,会场安静了下来,所有人都屏住了"呼吸"。

"明年我们世界的主频将升级二倍,也就是说,新年钟声一敲响,赛博空间时间流逝的速度就将是真实世界的二十四点二倍。"格雷格高声宣布道。

这一刻，所有人开始欢呼了起来，忘情地相互拥抱着，全场的激情如火山般喷发而出。

紧接着，尤达大师挥着手消失了，一组疾速变化的数字出现在了橙色天空中央。

开始新年倒计时了。

广场上的人们整齐地发出了海啸一般的巨大声响！全场开始倒计时读秒！

九！

八！

七！

六！

五！

四！

三！

二！

一！

倒计时结束，梦幻的天空中猛地跳出了一段话，这段话对于"星战"迷们来说是如此熟悉——"愿原力与你同在！"

所有人都声嘶力竭地高喊道："愿原力与你同在！"

在震耳欲聋的呼叫声中，全世界的升频行动轰然开始了。

由于广场上众多虚拟形象的肉身所在的物理地址遍布世界各个角落，每个人的升级并不是完全在同一时刻完成。因此，在宁天穹眼中出现了相当有趣的一幕——众人狂欢时摇摆身体的速率变得参差不齐起来，一部分人的肢体动作像是如电影快进般加速了，而其他人则和宁天穹一样仍是按部就班地迟缓挪动。

倏地，他感到有一股奇怪的力量注入了他的身体，就如木偶背后的提线被操控人猛提了一下，他的全身猛地紧绷了一下。但这种紧绷感又很快消失了，他不再有任何的异样感，这一刻，他的身体与周遭空间的时间流速浑然一体，已然同步。

他意识到自己完成了速率升级。

再环顾四周，身旁还有一些虚拟人形的动作仍如木偶般缓慢。但没过多久，所有人的步调都变得一致起来。

就这样，赛博空间完成了主频升级，各种创意造型的焰火绽放在天空中。

新年派对完美谢幕。

很快，广场上的虚拟人物在飞一般地减少，大家都心满意足地离开，急着赶去体验升级后更加畅快的网络冲浪速度，以及更加漫长的一天。

他也得给自己找点乐子。

于是他也离开了广场，瞬间跳跃到了白鹿巷足球场，准备用一场虚拟足球赛来活动一下大脑的运动神经。

足球是他每个新年的保留节目，在奇点之前，他就是一位铁杆足球爱好者。虽然"二次奇点"后他再也没有在真正的绿茵场上奔跑过一次，但他如今的生活并不缺少足球的元素。说实话，在虚拟世界进行一场足球比赛要比真实踢球的感受畅快上很多倍。在这里，你尽可以按照你的喜好定制你的身体，或是直接成为你喜欢的任何一位历史上的球星。而在参与比赛方面，你可以选择你的对手，以及你想参加的任何一场经典比赛。

宁天穹走进了球场看台下的一间更衣室，房间里空无一人，他坐在长板凳上，用手指在空中一戳，打开了一个计算机界面，设置起了比赛数据。

很快,他选定了以21世纪初的球王梅西作为参赛的模板。为了追求更加酣畅淋漓的竞技感觉,梅西的各项状态指数被他设置成了全面飘红。他所要的比赛是怀旧版的2014年世界杯,难度选定为中档。

当他完成数据存档,一点击确定键,倏然间,更衣室中浮现出了十几名身着蓝白竖条衫的球员——这些都是由A.I.控制的虚拟角色,而他自己则成了二十七岁的梅西。

他试着活动起了四肢,欣喜地感受着梅西并不算高大强壮却充满无尽活力的身体。

紧接着,戴着队长袖标的他带领着队友走出了更衣室,缓步走向了明媚阳光普照下的球场。

当他第一个精神抖擞地走上球场时,看台上的几万球迷立刻爆发出山呼海啸般的欢呼声,在热血贲张地感受了两分钟赛场气氛后,他选择了静音模式,球迷的呼喊声顿时消失了。他大口呼吸起了空气中混杂着草坪泥土气息的芳香。

阿根廷的第一个对手是比利时队,随着裁判一声哨响,他投入了比赛。

宁天穹兴奋地奔跑在了绿茵场上,带球、加速、过人、传球、接球、射门,只要任一个想法闪现在他脑中,他的四肢就能迅捷地随之而动,而实际完成的效果比他想象的还要出色。

这种感觉与控制自己肢体去踢球毫无二致,只是此时他的肢体变得不可思议地轻盈、灵动、神速,这种风驰电掣的感觉就像是在驾驶一辆性能顶尖的极速赛车。

尽管比利时队一开场就务实地在后场摆出了一个防守的铁桶阵,但宁天穹仍如入无人之境,他左奔右突,前后穿插,多次创造出机会威胁对方球门。在几次与破门擦肩而过后,第二十二分钟,他在与队友做出一个漂亮的撞墙式二过一配合后,只身带球杀入禁区。面对禁区内对方后卫的奋力拦截,他轻巧地扣过对手,晃开一个角度,轻轻将皮球戳起。只见皮球划出一道彩虹般的弧线,精确越过比利时门将的手指,飞入球网。

就这样,他率先为阿根廷取得一分。

随后的比赛中,他又送出一记妙传,由队友阿圭罗再下一城。最终,第一场小组赛以2:0结束战斗。

他又马不停蹄地投入了下一场比赛。

在接下来的一连串比赛中,他统领的阿根廷一路过关斩将,高歌猛进挺进决赛,决赛的对手正是死敌德国队。

决赛中又是他的灵光一现挽救了阿根廷,在德国队已取得一球领先的情况下,化身梅西的他用快若闪电的带球速度摆脱了德国队三名后卫的围追堵截,在单挑出击守门员的情况下,沉着地盘过了对方打空门得分。

最后,一直到一百二十分钟比赛结束,两队都没有再得分,不得不进入残酷的点球决胜。

宁天穹第一个出场,面对门将,非常冷静地推射球门左下角,先得一分。随后五轮点球过后,阿根廷5:4惊险战胜了德国队,夺得了世界杯。

宁天穹和队友们激动地站上了领奖台,他作为队长高举起了大力神杯,天空中绽放出绚烂礼花。

在将大力神杯递给队友后,他选择退出游戏,转瞬间,自己从梅西变回了原先的虚拟形象,视野中的喧闹球场也随之变成一片空荡。

宁天穹慢步走出足球场,他看了看时间,新的一天才过去了五十多个小时,还可以有几十个小时才到睡觉时间。虽然有些累了,但他还是决定再去给大脑做个放松。于是他又跳跃到了伊斯城巴比伦大街,宽阔大街的两旁林立着一座座古典风格的宏伟建筑,巴比伦空中花园、金字塔、阿尔忒弥斯神庙、泰姬陵,全都源自不同历史时期的人类文明,因此充满了一种奇妙的混搭感。这一片区全都是主营历史类互动小说的自助书店。

宁天穹自己就是一位从事互动小说创作的创意者,他用自己创造的小说去换取货币。在赛博世界,货币仍然存在,只是奇点之前名目繁多的各国货币被统一成了一种虚拟货币——云比特币。

在赛博世界中,人类当然是衣食无忧,尽可以享受终身全免费的各种虚拟装备,只是如果驶入者要想追求某些更高层次上精神世界的享受,还是需要花费云比特币去购买相应的产品。对于云比特币的获取,通常需要人们付出自己的才智与创意去创造有用的产品。

由此诞生了不计其数如宁天穹这样的创意者。这些创意者的工作是向其他人提供原创艺术类商品,比如音乐、绘画、互动小说。其中互动小说是规模最为庞大的一个新兴产业,其综合了过去的电影、动画、音乐、小说、游戏等诸多元素,读者可以按个人喜好选择不同角色以第一视角进入互动小说中,个人的记忆将会在互动过程中被部分屏蔽,完全沉浸在小说中的意识被紧凑的节奏牵引,可以如过去看电影一般安静欣赏扣人心弦的故事,也可以按自己的意愿在剧情转折的节点做出抉择从而改变故事的走向。

这样一来,读者阅读完一部互动小说的感受就如同梦境般去经历了一次不一样的人生,只用了有限时间就能真实地感受别人一生中奇妙的声色光影。据权威机构统计,赛博世界的公民平均每天花在互动小说上的时间超过了半天。

在赛博世界之中，这样的互动小说创造，也不再需要过去电影公司、游戏公司那样庞大烦琐的各种资源的投入，也无须聘请片酬高昂的电影明星，在赛博世界中，每一个人都能独当一面地成为制片、编剧、导演的混合体，他们所依靠的，仅仅是一份专业的互动小说软件。

通过这一包罗万象的神奇软件，小说作者只需要一个人待在自家数据处理器前输入简单的创意与粗糙的情节，就能合成一部媲美过去时代任何一部奥斯卡获奖电影的互动小说。小说人物形象尽可以选择模板自动生产，无论是五官唯美的花样美少年、美少女，还是体格健硕的硬派肌肉男，或是千奇百怪的怪兽、外星人，都能恰到好处地满足作者所有的人物要求。同时，这些角色"演技"一流，他们的脸部表情与肢体动作融合了过去百年来影视资料中所有演员表演艺术的精华。

宁天穹走进了一家造型恢宏的中式庙宇，这是一家名叫"敦煌"的互助小说店，店内是一派中国风装饰风格，几台终端机被设计成张牙舞爪的石狮子造型凛然陈列其中。他来到一面终端机前挑选起小说来，屏幕首页展示着书店最近新推出的小说，他快速地浏览起了这些小说的简介，一部名为《1402建文帝的无敌舰队》的历史架空作品吸引了他的目光。

他用目光点击了"进入小说"选项，由于这部小说是"三玩家"模式，他必须等待另两位玩家的联入。于是他跳跃到了一间全是古色古香檀木家具的房间中，一个人坐在太师椅上品起了工夫茶。没过多久，一位身着中国八卦道袍的金发美女进入了房间，她拥有一张中西混血、美艳绝伦的容颜。

于是，俩人随意地攀谈起来，没寒暄上几句，一位西装革履的吸血鬼造型的玩家进入了房间。

三人仅仅相互对视了一眼，还来不及自我介绍，就一同消失了，跃进了另一个界面。

5.《1402 建文帝的无敌舰队》

　　出现在宁天穹眼前的是一座中国古代的金銮宝殿,富丽堂皇,金碧辉煌,然而让他感到压抑的是,整个大殿笼罩在一片末日般哀伤气氛中,此时此刻,聚集在宽阔大殿的人们像是一大群惊弓之鸟,神色严峻的文官、身着破碎盔甲的武将,还有哭哭啼啼的王妃与侍女。而所有这些魂不守舍的人们所围聚的几何中心正是宁天穹,通过身旁的一面巨大铜镜,他看见在这个位面的自己身着一袭金光闪闪的衮龙黄袍,头戴一顶熠熠乌纱冠冕,二十五六岁的年纪,有着一张白皙儒雅、养尊处优的脸庞。这一刻,他赫然意识到自己所扮演的角色正是中国大明王朝的第二位皇帝,朱元璋之孙朱允炆。此时他正面临着自己人生最为艰难的一次劫难"靖难之役",他的四叔燕王朱棣亲率的气势汹汹的叛军已经兵临城下。

　　宁天穹一言不发地瘫坐在镶满宝石的龙椅上,像是连直起身的力气也丧失掉了。从奉天殿高高的龙椅位置向皇宫外望去,滔天的火光弥散在京城的夜空,血红的圆月孤悬中天,从正北方向隐隐传来阵阵隆隆声以及有节奏的震动,这让宁天穹产生了一种强烈的幻觉,自己消瘦的身躯、身处的辉煌宫殿乃至于他拥有的万里江山都在这一波接一波的震动中变得摇摇欲坠起来。

他知道那是朱棣大军借助重型火炮与投石车正向着城北的金川门发起猛攻,忠于他的守军还在殊死抵抗。

宁天穹充满煎熬地等待着战斗的结局,他感到皇宫的震动似乎减弱了不少,一种不祥的预感笼罩在他的心头。

果然,没过多久,一名身着满布血迹的铠甲的武将跟跄着冲进了奉天殿,仆倒在大殿上,气喘吁吁地开口道:"皇上,大势不好,金川门守将李景隆已开门迎降,逆贼大军已经进入应天府内城——"

这个消息顿时让大殿中的人们乱作一团。大惊失色的群臣都把慌乱的目光投向了宁天穹,宁天穹木然站起身来,身体止不住地瑟瑟颤抖着,半晌后,仰天长叹道:"朕从未曾薄待过李景隆,尔等小人竟在此刻背叛于朕。如今城破国亡,大势已去,可谓天要灭朕,朕唯有一死以殉社稷。"说完宁天穹猛地拔出佩剑划向了脖子。

左右大臣慌忙拥上前夺掉了他手中的剑,宁天穹发狂一般想要摆脱群臣的控制。

"皇上万万不可,皇上一日在世,即是大明唯一的天子,如果皇上就此离世,岂不正中乱臣贼子的心意。"一个暗哑的声音怆然响起,声音来自殿下一位白发苍苍的老者,这正是当世大儒,建文帝的老师黄子澄。

宁天穹暂时停止了无助的挣扎,抬起失神的目光望着自己老师,"难道朕就留在这里坐等逆贼的羞辱?"

"臣以为,皇上应即刻出宫,逃离京城,择地暂时归隐,等待时机卷土重来,最终鹿死谁手还未可知。古人有曰,楚虽三户能亡秦——"

"老师,别说了!"宁天穹嘶声喊道,"你真的觉得朕有地方遁隐吗?放眼天下,吾疆虽大,已无朕容身之地,虎踞各地的藩王早已因'削藩'而各怀异心,朕又能逃到哪里?"

宁天穹的一番话让黄子澄无言以对,他那跪倒在地上的老朽身子颤抖得更加厉害了。

"皇上，微臣倒有一个去处。"突然间，一个抑扬有力的声音从身旁传来。宁天穹循声望去，发声者是一位一袭白衣的英气少年，神采奕奕，二十出头，中等身材，更为醒目的是，少年手持的一柄通体湛蓝的四尺长剑，这位少年正是他颇为倚重的四品御前带刀侍卫祝铉。

更让他心中一震的是萦绕在祝铉头顶的一圈五彩光环——这是互动小说中主角出现时的识别标志，这让宁天穹意识到这位少年就是自己的游戏搭档。

在这一瞬，宁天穹脑海快速掠过了与祝铉有关的记忆画面。那是四年前，年仅二十一岁的朱允炆意气风发地初登皇位，然而彼时国势未稳，众多藩王暗潮涌动，出于自己安全的考虑，他采纳了老臣们的提议，在全国范围内广寻顶尖武林高手，吸纳进他亲自统领的侍卫队伍。

在一个艳阳高照的日子里，来自全国的武林高手齐聚在京城的北校场，分成几个擂台比试武功。朱允炆乔装亲临现场观摩，各路高手出神入化的武艺令他应接不暇，然而真正让他眼前一亮的还是其中一位名叫祝铉的少侠。他来自东南沿海的泉州府，所使的是一柄只在古籍中才出现过的飞剑——相传这种神器能够被使用者用灵力控制飞行。擂台之上，只见熠熠生光的剑体远远地飞离了少侠的身躯，翩若游龙般飞曳于半空，如同漫天交织的流星，御敌于十步之外。面对如此奇诡的攻击，对手疲于左支右挡，总是在不知觉露出破绽，就在这电光石火间，飞剑剑锋已呼啸而至，直抵命门，对手只得丢下武器抱拳求饶。

从始至终，祝铉的脸庞上都挂着一副游刃有余、从容不惊的神情。就这样，祝铉一路过关斩将，毫无悬念地拔得头筹。

更为神奇的是，在比武结束的殿试上，朱允炆想要亲眼见识一下祝铉这一把名为"龙吟"的飞剑，祝铉毕恭毕敬地呈上。然而当朱允炆的手指轻轻触碰到飞剑，剑体的熠熠光华陡然暗淡了下来，变成了一柄普通至极的钝重剑器。

朱允炆不禁惊叹于祝铉深不可测的功力，这柄盖世飞剑只有在人剑合一时才能焕发出蓬勃的生命力。

朱允炆欣喜地将这位横空出世的少侠任命为御前带刀侍卫，留在了自己身边。

在随后的一段日子里，祝铉深得朱允炆的器重，随着朱允炆出入宫廷内外。有一次，朱允炆出游时遭遇到了刺客的伏击，在千钧一发之际，祝铉的飞剑铿然出鞘，直取了刺客首级。

从那以后，朱允炆对祝铉更加信任。有时，他甚至会抛开君臣的身份与祝铉促膝谈心，一贯对飞剑来由守口如瓶的祝铉也终于敞开了心扉，吐露了自己与飞剑的故事。飞剑的得来缘于一次离奇的海上经历，在那之前，他只是泉州府渔民的儿子，由于明朝海禁而无所事事，终日混迹于乡野。在他十五岁那年，冒着禁令跟随一只阿拉伯商船偷偷出海，向着他神往已久的大洋深处航行，然而大船遭遇到一场海上风暴，冲天的惊涛骇浪让整艘帆船解体。他抱着一块甲板，在茫茫大洋中漂浮了五天，终于在奄奄一息之时被海潮冲上一个荒芜的海岛。在这里，他意外地遇到了一位仙风道骨的老者，这位世外高人隐居于此，用毕生精力利用陨石、闪电与天地间的灵力铸造了上百把飞剑，这些飞剑是具有生命力的，能够相互交流，甚至有雌雄之别，雌雄交媾能够哺育出新的飞剑，就这样，经过代代繁衍，不计其数的飞剑如同飞鸟般栖息在岛上。

在老者的照顾下，祝铉恢复了元气，他开始了小岛上的生活。这段日子里与这位神秘老者的交谈还算投缘，但他花了更多的时间与飞剑相处，飞剑能够直接读懂他的思维，与他的意识交流。然而有一天，老者交给了他一张画着详尽地标的航海图，并送给了他一叶小船，让他即日离开小岛。当夕阳时分祝铉驾着小船向岸上老者挥手告别之时，一只与他朝夕相处感情最深的飞剑扑棱着向小船飞来，如同一只啼哭的雏鸟，不舍他的离去。他茫然望着老者，只见老者向他默然点了点头，应允了飞剑随他离开。

就这样，他带着飞剑历尽艰险，终于回到了故国。

在这之后，他为这把飞剑取名为"龙吟"，开始了仗剑浪迹江湖的生涯。

听完故事的朱允炆大呼过瘾，这一犹如《山海经》式的奇幻故事让他大开眼界，让他领略到在神州王土之外还有一片广袤而神秘的疆域。

然而随着时间的推移，建文帝对祝铉的兴趣渐渐地冷却了下去，他们并没有更多的交流。毕竟相比遥远而缥缈的海外仙山异术，大明帝国还有众多治国削藩的重务需要他来处理。

祝铉也识体地退回到了铁面侍卫的身份上，恪尽职守，不苟言笑。然而此时此刻，祝铉的突然发声让他感到心中一颤，在这江山风雨飘摇之时他会给自己什么样的建议？

宁天穹结束了回忆，困惑地对祝铉说："祝爱卿，你有何良策？"

"皇上，你忘了大陆之外还存在着一个更为广阔的世界——"祝铉语气平静地说道。

"你是……说大海？"宁天穹喃喃道，自大明开朝以来，均严守着太祖朱元璋制定的"片板不许下海"的海禁政策，大海几乎已成为隔离于明土的"化外之地"。那片无边无际、无拘无束的大海总像是一个不可名状的古怪存在，深不可测，无法驾驭，对大海的恐惧深植于朱家子孙内心，让他们害怕蔚蓝海水有一天会泛滥开来，吞噬掉朱家苦心构筑起的王朝。

祝铉淡然一笑，"是的，皇上，我们即刻直奔泉州府，在那里还遗留着过去的造船厂，在泉州城中还散落着许多精通造船与远航的阿拉伯船员，只需要一个月时间，我们就可以为皇上建造远赴大洋的舰队———"

这一刻，黄子澄迫不及待地打断了他的话，"乳臭未干的小儿，你不要再蛊惑皇上，皇上即使从海上安然远遁，然而只身孤悬海外，无法号令大明子民，这又有何用？"

祝铉不为所动地继续说道："皇上，舰队可以一直向遥远的西洋进发，沿着海路招募兵力———"

"你是说借海外的兵力？"宁天穹疑惑道。

"皇上，你还记得很久以前向你提到过的'龙吟'的来历吗？"祝铉压低声音说道，飞剑随之跃跃欲试地脱离了他的手掌，凌空而立在半空。

"那个海外小岛———"宁天穹猛地醒悟道。他能听出祝铉的言外之意，祝铉飘落的那个海外仙山上栖息着不计其数的飞剑，如果所有飞剑都能为他所用，摧毁朱棣的叛军将易如反掌。

"是的，皇上，我手里有通向那个海岛的航海图。我有把握找到那里。"祝铉说。

宁天穹没有回应，久久地愣怔在了原地，他不知道自己是否应该相信祝铉这缥缈至极的说法。这就像是一场孤注一掷的疯狂赌博。

可是此刻自己还有别的选择吗？

当夜，宁天穹领着一小队随从沿着地道逃离了皇宫，日夜兼程，一路南下，在半个月后抵达了泉州府。

此刻迎接他们的泉州城早已不是元代时繁华的"东方第一大

港",多年的海禁让曾经兴旺的港口变得一片萧索,港口中甚至没有一艘能够远航的帆船。

不过祝铉没有撒谎,他寻找到早已荒废的造船厂,以及散落在泉州城中各类造船好手,用最快的速度建造出上百艘大大小小的各式远洋船舶。

与此同时,宁天穹的大将们在泉州招募了大量士兵,加紧训练,组成了上万人的水师。

就在朱棣大军闻讯南下包围了泉州之时,宁天穹庞大的舰队从容地扬帆启航,浩浩荡荡地向着南洋方向驶去。

在随后的日子里,宁天穹开始了甲板上的生活,海阔天高的大洋之上,温柔的海水、腥咸的海风、自由的海鸟以及祝铉的陪伴,让宁天穹的心情逐渐地平和下来,些许淡忘了此前亡国的哀伤。

舰队造访的第一站是吕宋群岛,在这大大小小的岛屿上当时存在着众多伊斯兰苏丹国。面对威仪赫赫的巨舶舰队,这些国家纷纷盛礼迎接,将宁天穹奉为座上宾。

宁天穹并没有在这些海岛上停留多久。在补充完淡水等资源后,舰队再次起航,沿着星罗棋布的海岛缓缓前行,进入了广袤无边的大洋。

在祝铉的指挥下,庞大的船队借助着季风吹拂,开始了在无边的大海中随波逐流的漫长航程,途径一个个风景与风俗各异的岛屿与国家,然而这些都不是祝铉所说到的"飞剑之岛"。

随着日夜更替,空茫的海面上没有丝毫的变化,仅有的改变来自于夜空星辰的排布。

一年过后,所有人都陷入了绝望,他们不知道身处何方,离故国已是越来越远。

一天,宁天穹与祝铉站在船头,灼热的阳光照射在俩人脸上,宁天穹怅然地望着凝固了一般的海面，就在恍神间，他见到祝铉身旁的飞剑突然有了动静，犹如归巢的鸟儿，欢快地蹦跳着。

"我们到了——"祝铉接到了龙吟的讯息，抑制不住激动高喊出声来。

果不其然，一片宽广的黑线如同海市蜃楼般出现在海天尽头。

舰队迅速向海岛靠近，在一个海湾抛锚靠岸，在海上漂泊了半年的大明子民终于登上坚实的大陆，很多人不禁喜极而泣，呈现在他们眼前的是过去从未见过的景象：细白如银的沙滩、茂盛的热带雨林、外形奇特的植被、稀奇古怪的野生动物……然而他们并没有见到祝铉所说到的归隐的绝世高人与遮天蔽日飞翔的飞剑。

"世外高人在哪里？飞剑在哪里？"宁天穹在岛上转悠了一圈，一脸疑惑地向祝铉问道。

"皇上，小岛的秘密藏在丛林深处，待我引你去探访。"祝铉不动声色地指了指远处广袤的丛林，这一刻，龙吟如一只殷勤探路的青鸟，迫不及待地向着丛林飞去。

于是，宁天穹领着一大队人马跟随着龙吟走进了丛林中。

这是一片古老的原始森林，阴森潮湿，密密层层，像是从来没有人踏足其中，侍卫们只能用剑挥砍着蔓藤生生开辟出一条道路。

这片森林像是没有尽头，在不觉之间，夜色悄然降临，幽幽月光透过婆娑的树叶倾泻而下，树叶在夜风中萧萧作响，远处黑暗的林间还发出种种奇怪的声响，像是野兽的吠叫声。

侍从们点起了火把，在幽暗的丛林中比火把更明亮的是龙吟闪烁出的耀目光华，就如同夜空中飘飞的一串玲珑剔透的灯笼，继续指引着队伍前行。

宁天穹一言不发地走在队伍中间，他心中的疑惑随着夜色越来越深了。

"祝铉,你从来没有来到这里。"宁天穹突然停下脚步,开口道。

祝铉闻言转过身来,镇定地望着宁天穹,那双眼睛在幽微的月光下炯炯发光。

"皇上,你的直觉很正确,我从来没有来过这里,是龙吟从泉州一路带着我们来到这里的。"

"你一直在欺骗朕? 你将朕引至此处的意图到底是什么?"宁天穹的脸色一下变青,猛地退后了一步,身旁所有的随从同时举起了刀剑。

"皇上,飞剑与绝世高人的故事确实是我杜撰的。"祝铉面不改色地说道,"但我并没有骗你,这个海岛真的另有玄物能够帮助你完成复仇大业。"

"这又如何说——"

"好吧,现在让我告诉你'龙吟'剑真正的来历吧。"

在深沉的夜色中,祝铉不急不缓地开始了讲述。

那是洪武二十八年,祝铉还是十五岁的少年,从小在海边长大的他是个孤儿,很小的年纪就跟着乡邻大人出海捕鱼。有一次,他跟随一艘渔船抵达了遥远的外海,黄昏时分,结束了一天忙碌的他闲坐在船板上,遥望着天边的余晖怔怔发呆,忽然间,他注意到海平线上冒出了一个沉浮不定的小点——那是一个快要溺水的人,祝铉猛地意识到。

他没有多想,立马跳入水中,向着"黑点"游去。

当他接近了目标,一把抱住溺水者,奋力拖着人回到了船上,直到将溺水者平放在甲板上,他才看清了对方相貌,不由得心中一颤,这是一位与汉人相貌迥异的异域少女,深目高鼻,一头深褐色的卷发。

少女一脸的惊恐未定,嘤嘤哭啼着,向他哭诉她是一位来自阿拉伯的商船船长的女儿,在中原生活过很长时间,因此精通汉语。

这次随着她父亲的船队离开泉州返航,船队刚才遭受到了一伙海盗的袭击,上百名蒙面的浪人手持长刀冲上了商船,与船员爆发了激战。在这一片混乱中,少女跳离了商船,拼命向着远方游去,直到被祝铉所救。

祝铉听完少女的讲述,慌忙召集渔船船员,在他的坚持下,渔船向着少女所说的出事地点驶去。

当渔船抵达了现场,海盗早已离去,海面漂浮着被点燃的船只,祝铉与众船员熄灭了大火,登上船后发现,船上只剩下横躺的尸体,货物被血洗一空。

而后,残损的商船被开回了泉州,死去的船员被安葬在了泉州城。

伤心欲绝的少女变卖了商船,准备离开大明,返回她的故国。

在一个薄雾的清晨,祝铉来到海边送别少女,临行前少女赠送给他了一件沉沉的宝物。

"恩公的大恩无以为报,我想起商船最前端首柱中藏着的一块玄石或许有些价值,于是取下送于恩公。"少女柔声道,祝铉第一次看到她那深邃的眸子泛起了一丝光亮。

"这是什么?"祝铉小心翼翼地端详着,这是一块近乎四方的铁锭,镜子般光滑的表面泛着天空一般的湛蓝色,并像不是尘世间的凡物。

"我也不知道,一位船员在一个荒岛海滩上碰巧拾得,任何锋利的刀锋都无法在这块玄石上留下丝毫痕迹,连见多识广的老船员也认不出这究竟是何方玄器,不过很多人猜测这像是从天而降的天外飞石,我想它或许可以为你铸造一把好剑。"

祝铉默然点了点头,而后,他怅然目送着少女登船,一直到帆船消失在了海天尽头。

半年后,祝铉一路风餐露宿,抵达了福建行省的最北端建宁府。在武夷山麓东南侧的湛卢山——相传春秋时名匠欧冶子曾在此结庐铸剑——祝铉费尽周折,终于寻找了隐居在山林深处的铸剑师施明望。

当祝铉说明来意,施明望断然谢绝了他的请求。然而当见到那一块湛蓝玄石后,施明望脸上的漠然骤然褪去,眯缝的双眼闪烁出了异样的光亮,欣然答应了铸剑。

"不过铸剑讲究天时地利,我需要择一良时。"施明望用手摩挲着玄石表面,神秘地说。

"大师想要等到何时?"

"按天干地支的算法,所谓'三龙调和'之时即是最佳铸剑时刻,今年正是龙年,龙的地支为辰,惊蛰后的一个辰日的辰时,即是我们动手铸剑之时。"

"三龙调和之时,"祝铉沉吟道,"这倒是个好时辰。我能为剑取名叫'龙吟'吗?"

"当然,剑是你的,你爱怎么取名都行。"施明望捻着胡须微微一笑,"我已经老了,只图占着一个铸就绝世好剑的名声就好。"

一个月后,一个寒冷的清晨,夜空中的星辰还未消退,象征苍龙星宿龙头的大角星及角宿一仍跃腾于天际,清晰可辨。

在山野间一所破落的茅屋中,一座如巨型蚌壳的熔炉被架起,上好的煤炭被送进炉中焙烧,很快,炉中的火焰沸腾起来。

祝铉赤裸着上身,使出全力拉动风箱,在劲风的作用下,火势如无数只张牙舞爪的火龙蓬勃而起。

待熔炉的温度升高后,玄石被郑重地放入炉中。

然而,玄石在熔炉中煅烧了数日,连颜色也没有丝毫改变。

施明望又向熔炉中加入了多种秘制的助燃精金,玄石仍是纹丝不动的硬石一块,其熔点远远超过普通铁石。

无计可施的施明望在沮丧了好几天后，决定尝试一种古法。

他命祝铉去山间打来一些野物，山鸡、野兔、野獾……作为献祭品被投掷进了熔炉，这些还没有断气的生灵瞬间被炉火吞噬，令祝铉意想不到是，火势真的旺盛了起来，熔炉内的温度陡然提高了。

玄石真像是吸取了生灵的精气，慢慢地变软，化作了流体，流溢出更加幽蓝的光亮。

这一刻，委顿了数日的施明望又变得精神振奋起来，他如祭祀般向着熔炉双膝跪下，虔诚地磕一个头，然后起身将玄铁水缓缓倒入模具。玄铁水如浓稠的蓝色血液，盈盈流动开来，最终凝聚成一把四尺的长剑。

趁长剑还未冷却，施明望小心翼翼地将长剑放至铁砧，抡起铁锤锻打起来，龙吟就像是新的生命开始感知外部的世界，顺着锻打的方向慢慢变化着形态。接下来，龙吟又被放进熔炉煅烧，取出，再放入来自湛泸山冷冽的泉水中进行淬火，再取出，继续锻打成形。

就这样，施明望夜以继日地重复着繁复而单一的淬火打磨工序。三个月后，祝铉终于等来了令他永生难忘的龙吟铸就的时刻。

那天下半夜，施明望突然令祝铉停止了拉动风箱。祝铉不解地望着施明望。

施明望沉吟道："你的剑已历尽千锤百炼的打磨，已然成形，到这一步，我能做的工序到此已完成，龙吟剑最终能不能成只有看老天爷赏不赏脸了。"

随后，祝铉跟着施明望登上用竹竿搭就的高台。站在高台上能够望见熔炉中的全景，滚滚的火焰汹涌地蹿跳，点点火星从敞开的炉盖飞溅而出，龙吟如同一只蓄势待发的幽蓝苍龙栖息在火海之中，在祝铉头顶之上，透过半敞开的茅屋屋顶可以见到浩瀚银河直挂天穹，屋外阵阵朔风呼啸，犹如鬼神低号。

这让祝铉心中萌生出一种奇异的感觉,天地间的灵气正在集聚,一丝一缕地注入剑体中,龙吟即刻就将破炉而出。

他不由得屏住了呼吸。

"你应该知道春秋时干将莫邪的故事。"施明望突然幽幽道。"你是说莫邪跃入铸剑炉,以身殉剑?"祝铉愣怔道。

他一时没有领会施明望话中的用意,但就在这恍神间,他身后被人猛踹了一脚,他一个踉跄,身体前倾,跌落向了熔炉中。

所幸,他眼疾手快,双手抓住了熔炉炉口的边沿,身子悬吊在了灼热的熔炉中。

祝铉挣扎着想要爬出熔炉,然而他的手掌又遭到了一阵猛踩。

他强忍钻心的疼痛,惊恐万分地抬眼望去,只见腾腾热气中浮现出一张阴森的脸庞,正是施明望,过去温和的神情从他那扭曲得几近狰狞的脸上完全消失了。

"你暗算我,你要独占龙吟?"祝铉愤怒道。

"是你发现了这块玄铁,难道你不想与绝世好剑凝为一体?"施明望狞笑道,说着他掀起了炉盖,狠狠地关上了。

祝铉的视界随之变成了一片灼热的火红,要不了多久,他的身躯就将如蜡烛般消融进这一片火红中。

就在祝铉陷入绝望之时,他察觉到脚下的火海忽然沸腾了起来,在烈火中煅烧的龙吟剧烈颤抖着,随着一声巨响,龙吟腾空而起,如同一只涅槃的凤凰,势不可当地顶开了炉盖,飞腾出熔炉。

祝铉赶紧使出全身力气爬出了熔炉。

他惊奇地见到了龙吟在空中回旋了几圈,径直刺向了施明望。目瞪口呆的施明望来不及躲闪,龙吟直直地穿透了他的胸膛,又猛地抽离,如注的鲜血从剑口喷涌而出,施明望圆睁着双眼跌倒在地上。

龙吟停止了飞翔,静静地竖立在空中,剑刃映耀着闪闪星光,透着夺魂夺魄的寒光,发出嗤嗤的声响。

"祝兄,你还好吗?"一个邈远而低沉的声音忽然响起。

祝铉浑身一震,恍然环顾四周,茅屋内除了横躺在地的施明望外并无他人,声音也并不来自飞剑,而像是来自他的大脑深处。

"你是谁?"祝铉怔怔道。

"我是飘飞在你面前的飞剑,能够直接与你的意识进行对话。"

"飞剑,你是何方神灵? 今日多亏神灵出手相救,我方能逃过此劫。请受小人一拜。"说着,祝铉跪在了地上。

"祝兄请起,我不是什么神仙。"飞剑回应道,"你为我取的'龙吟'这个名字我很喜欢,你就叫我'龙吟'吧。"

"龙吟兄——"祝铉酌量着称呼道,他诚惶诚恐地站起身来,"你从何而来?"

"我来自天上的星星。"

"天上的星宿,你还说自己不是神仙。"

"你看到的满天繁星中每一颗星辰都与你们太阳一样,每颗星辰的周围都有概率存在与你们人一样的生命。"

祝铉思考着说:"你是说你是生活在另外一颗太阳下的生命?""不,我并不算是生命。"

"你不是生命?"祝铉如堕五里雾中。

"是的,你可以把我想象成由生命体制作出的精妙机器,只是这种机器能够思考,能够担当起生命助手的工作。"

祝铉似懂非懂地点了点头,"龙吟"所描述的奇异世界已经远远超过了他的理解范围。

"那你又是怎么从星星上掉到我们世界的?"

"说来话长,我还是先介绍下我母星的情况吧,我来自一颗被你们文明称呼为'天关客星'①的太阳,事实上,这颗太阳已经死亡。"

"你们的太阳已经死亡了?"祝铉莫名地感受到了一丝哀伤。

"是的,宇宙间没有什么事物是永恒不灭的,幸运的是我们的文明在太阳爆炸前已经达到了一个顶峰,我们文明里所有生命的肉身都隐藏于能够抵挡超新星冲击波的掩体中,而意识早已上传到虚拟的网络中。"

"上传到虚拟的网络?"祝铉完全无从理解。

"你可以想象成你们的灵魂出窍,无形无迹的灵魂终日神游于云端之上的太虚仙界。"

"太虚仙界,那样的神仙生活岂不快意优哉!"祝铉不由感叹道。"也不尽然,云端之上的仙界也并非与世无争的净土,仍存在着不少权力的纷争。"

"在你们的世界中仍然存在着权力的纷争?"祝铉难掩遗憾地说。"与你们的世界一样,党同伐异依然存在,在我们文明中政坛分成了理念水火不容的两派,一派激进,一派温和。我的主人,他是真正的生命体,是激进一派的领袖,在他的领导下,激进一派大胆改革,锐意进取,长久把持着联邦国会。于是,我的主人成了保守派的眼中钉。"

"后来发生了什么?"祝铉紧张道。

"一次,我的主人与他的配偶前往蟹状星云的中心星域参加祭奠活动,纪念他们的母星被超新星冲击波吞噬一千纪年。这是他们文明最为珍视的一个隆重盛典,因此所有参与者都将意识下载回肉体,亲自搭乘飞船飞往盛典现场。这也是保守派对我的主人下手的唯一机会,尽管有所提防,但还是百密一疏,在飞船行进途中遭遇到

---

①超新星"天关客星"爆发后形成蟹状星云(NGC 1952),距离地球约6500光年,北宋至和元年(即公元1054年)司天监记录了这一次壮观的超新星爆炸事件。

一颗由同行飞船引爆的超级核弹的伏击，主人与他的配偶经受了一波强烈的射线辐射，命悬一线。在第二波冲击波抵达的一瞬，我调集飞船的几乎所有能量在瞬间打开了一个虫洞，这个虫洞如同在时空之海中随机产生了一个褶皱，瞬间创生，又随即破灭，让对手无迹可寻，飞船借助这个稍纵即逝的时空褶皱跃迁到了一个陌生而荒凉的恒星系。这个恒星系正是你们太阳系。"

"太阳系……"祝铉喃喃道。

"飞船用最快的速度扫描了一遍你们的太阳系，几大行星如连珠般环绕着主星，但这些行星大多环境极端恶劣，只有靠近恒星的第三颗行星勉强算得上可以稍作有机体补给的绿洲。于是，飞船调动残存的力量滑向了你们地球，而后在进入地球大气层后完全失控，如流星般坠落到了大洋中一个无人的小岛，在坠落过程中，为了避免丢失自己的数据，我将自己蔓布飞船各处的意识触角瞬间收缩至了一块超导存储器中。然而，落地时强烈的撞击还是将飞船肢解，承载我意识的超导存储器被震出了几里之外。就这样，进入休眠模式的我如同陷入昏睡一般，一晃度过了数百年，直到我被你放进熔炉，在高温中融进的生命元素碰巧激活了我的记忆，我的意识方得恢复。"

"原来如此。"祝铉恍然醒悟道，"你的主人呢？"

"他与配偶跃迁至太阳系时已经生命垂危，很快在坠落过程中殒命。"

"他们还有机会复活吗？"

"没有了，这正是有机体生命的脆弱之处。"

"真是遗憾。"祝铉感伤道。

飞剑沉默了半晌，"祝兄，我还有一事相求。"

"剑兄，尽管吩咐，小弟一定赴汤蹈火。"

"我想将主人的骨骸带回母星安葬,另外他们生前一些绝密文件还存放于飞船中,需要由我返回母星对外释放。"

"龙吟兄真是有情有义之人。"

"这是我的责任,"飞剑平静地说,"因此我想拜托你寻找时机,动员足够多的人员,去到飞船失事的海岛,寻找到飞船残骸,帮助我修复飞船。"

"动员足够多的人员……可是谈何容易?我只是一个微不足道的渔民。"祝铉茫然道。

"我已经有了主意,你为我安排的新模样给了我启发。顺便对你说一声感谢,我挺喜欢成为一把飞剑的样子。"

"我应该如何行事?"祝铉愕然。

"我可以用飞剑帮你打出一番名气,借助名气帮助你走上仕途,这样你有机会统领军队,到时再找一个合适的名号率领人马去到海岛应该不是难事。"

祝铉默默地点了点,望着屋外深沉的夜色,他知道从今夜起,自己的命运将彻底地改变。

祝铉结束了讲述,抬眼目光热切地望着宁天穹。

宁天穹凝神了半响,喃喃开口道:"你刚才说过能帮助我复仇?"

"是的,龙吟承诺过我,如果你的军队能完成修复飞船的工程,他将带你飞至他的星球,交给你一支强大得远超出你想象的军队,跟随你返回地球,讨伐朱棣,保证你重登大明皇位。"

"这……真的可行?"宁天穹自语般喃喃道。

在破晓时分,宁天穹一行来到了一片荒芜的沟壑,方圆一里范围内没有了树木,在沟壑的中心,如同山丘般兀立着一团黑白相间的奇异物体。

宁天穹惊奇打量着这个奇异物体，这就是龙吟说到的飞船残骸。几百年前的那一场坠落造就这片寸草不生的沟壑，如今飞船船体大部分被泥土覆盖，但因为雨水冲洗，还是有一部分外壁裸露了出来，在熹微的晨光下，泛出金属特有的锃亮光泽。

宁天穹想象着这艘飞船过去的样子，它一定就如神话古籍中对于星槎的记载那样，"形如巨卵，倏然浮飞，神游星海……"他不由对未来更添几许信心。

随后，在龙吟的指挥下，士兵们清除掉了覆盖在飞船表面的泥土，飞船呈现出更加令人震撼的形态，船舱内部更是满布着复杂的机关。只见龙吟如一只兴奋异常的飞鸟，高低翩飞，逐一激活了船舱各处的机关，机关随之流转出光怪陆离的熠光。

最为光芒四射的是位于船舱前端的一个四方匣子，只见龙吟环绕飞腾了几圈后，径直地插入了闪亮的匣子中。

片刻之后，一个低沉浑厚的声音从飞船外壁发出。

这是龙吟在发声："皇上，你好。"

"龙吟，你好。"宁天穹怔怔道。就这样，他第一次与龙吟面对面对话了起来。

龙吟继续发声道："飞船的主体还算保留完整，引擎也完好无损，你们只需要将分离的船体缝合起来，再增厚飞船的外壁。"

"用我们的冶炼技术炼成的铁真能够帮助你飞到天的外面？"宁天穹提出了自己的疑惑。

"当然，如果用采用你们的原始冶炼方式铸造出来的铁简单缝合，飞船是不可能离开地球的，因为飞船需要达到地球挣脱速度，这将与大气层空气进行灼热的摩擦，温度超过普通铁的熔点。"

"这又如何是好？"宁天穹道。

"我的方案是将飞船包裹足够多的低杂质铁，随后我会通过缤密的计算,得到飞船外壁的厚度,这样的厚度能使飞船在外壁还未完全熔化尽的情况下飞出大气层。"

宁天穹听得似懂非懂,"飞出地球后,飞船又要飞往何处?"

"在太阳系中寻找一个能量源,打开一个虫洞,跃迁回天关客星。"

"能量源在哪儿?"

"太阳倒是一个巨大而天然的能量池,只是用你们原始冶炼的铁皮包裹的飞船是不可能承受太阳的高温的。"

"我们要去哪儿?"

"我们的飞船将飞向木星。木星是你们太阳系的第五颗行星,你们文明称之为太岁星。那是一颗气态的星球,然而表面温度却并不高,那里蕴含丰富的氘和氚,能够作为开启星门的能源。"

宁天穹茫然地点了点头,以他的认知水平远远还不可能理解龙吟说到的这一切。

随后,士兵们分成了好几支队伍,分工合作,开始熔炼铁水以修复飞船,上百座高炉被筑起,四起的火光如同磷火般蔓延在广阔的原野上,滚滚浓烟弥散,震耳的铁锤敲打声飘荡在空中,火光染红了整个天空。

对于明朝的铸造工艺来说,修复这样一艘飞船是一项极为浩大繁复的工程,士兵们就像是一只只忙碌的蚂蚁,一点一点地衔着微小的铁屑,缓慢地筑造起庞大而复杂的巢穴。

工程进行了整整三年,直到有一天,龙吟告诉宁天穹:"还有半个月时间,工程就将结束。"

这一刻,龙吟一贯沉稳的声音也泛起一丝激动的波澜。

第二天,宁天穹与祝铉又回到了海边,庞大的舰队还静静地停靠在海湾。

宁天穹召集所有的大臣议事，部署飞船离开后的诸多事项。

这一天傍晚，宁天穹见到祝铉一个人站在海边，若有所思地凝望着大海。

"祝爱卿，你在想什么？"宁天穹走上前问道。

"我在回想过去那些在大海中乘风破浪的日子——"祝铉没有转头，他那双燃烧着渴望的眼眸依旧锁定了海的尽头。

"那些在大海漂泊的日子还没有让你感到厌倦吗？"

"海上的日子尽管枯燥，但让我难忘的是，每天站在甲板上充满期待地注视着那一条遥遥的海平线，悬在海天尽头，就如一根颤颤的琴弦拨动着你的心，让你憧憬着下一刻会有不一样的景色涌现出来……"祝铉说着沉默了片刻，接着轻声说，"待皇上乘飞船离开后，我想再次起航。"

"你不准备跟我一起走？"宁天穹着实大吃一惊。

"是的，"祝铉认真地说，这个问题似乎他已经深思熟虑了很久，"我的任务完成了，我想做一些自己的事了。"

"你要去哪里？向着来的方向返航吗？"宁天穹诧异道。"不，我想继续向西边航行。"

"你要去哪里？"

"根据海图上所画，这里距离阿拉伯海湾已经不远了，我想航行到那里——"祝铉轻声说道。

"你还是对你救过的那位阿拉伯少女念念不忘？"宁天穹问道。

祝铉并没有回答，只是默默微笑着，凝望着远方的海平线。

两天后的早晨，宁天穹正身处旗舰与众大臣议事。

一个惊恐万状的尖利声音打断了他们的会谈。

"皇上，海上出现了舰队！"声音来自船舱外站在高高的瞭望台上的士兵。

"出现了舰队？"宁天穹不以为意地问道，在大海上遭遇到海盗的船队并不是多么稀奇的事情，那些乌合之众并不是他们的对手。

然后当宁天穹走上甲板，很快感受到了同瞭望兵一样的震撼，他见到了一支庞大的舰队凛然浮现在了遥远的海面之上，数不清的巨帆一直连绵到海天的尽头，五桅、六桅、七桅、八桅、九桅，大小不一的帆船缓缓推进，井然有序地排列成一个阵容齐整、庄严威武的战队，其中最为醒目的是一艘如山峦般阔大的巨舰，几门乌黑的粗口径大炮从船舷支出，船首的一个巨大的兽头显得尤为霸气。

更让宁天穹心中一震的是，巨舰上猎猎飘扬的大旗上的图形竟然与自己舰队如出一辙——"大明"。

大明——这两个字如同万里碧空中骤然划下的一道凌厉闪电，猝然击中了宁天穹的心坎。

朱棣的舰队已经追踪至此。

远远地，宁天穹注意到最大的巨舰甲板上站着一位身材高大的将帅，从他与身旁其他人截然不同的穿着判断，他就是整支舰队的统帅。更让宁天穹心中一个激灵的是，对方头顶上方闪耀着一圈五彩光环，他是小说的最后一位玩家，宁天穹猛地意识到。

当对方舰队越来越靠近海岸时，宁天穹看清了这位统帅的相貌，宽大的脸庞，五官棱角分明，典型的色目人长相。他是郑和，年纪比自己稍长，是从小在朱棣身边长大的宦官，曾经随朱棣到应天府觐见过朱元璋，因此朱允炆曾经远远地见过这位气度不凡的郑和。

突然间，震天的锣鼓声从郑和舰队传来。这是对方进攻的号角。

霎时间，此起彼伏的火光从郑和舰队中闪烁起来，伴随着一声声雷鸣般巨响，缤纷的炮弹落至近海海面，激起滔天的巨浪。

"反击！"宁天穹拔出佩剑，大声下令道。

宁天穹的舰队开始用大炮反击,但郑和的舰队并没有减缓攻势。没过多久,两支庞大的舰队如两股汹涌澎湃的旋流,相互混搅在一起,舰船相互猛烈碰撞了起来,特别是郑和乘坐的巨舰,如狰狞海兽般一路势不可当地横冲直撞。撞击过后,宁天穹麾下的战舰大多变得支离破碎。

在两船完全接近时,双方士兵在一轮火铳对射后,紧接着又上演了接舷战,士兵们登上对方甲板,白刃相斗,混杀成了一片。

战争从早晨一直持续到了黄昏,鲜血染红了整片海面,海面上到处都是支离破碎的船骸、血淋淋的尸首。此时,规模更为庞大的郑和舰队渐渐占得上风,宁天穹的战舰已所剩无几。

宁天穹站在岸上,神色严峻地目睹了整场战争,眼看郑和的大军即将登上海岛,他不得不跟着群臣向飞船的方向撤退。

宁天穹一行返回到飞船修复地。在一抹如血的残阳下,上千名士兵正在干得热火朝天,他们还在一点一点地将铁水浇铸在飞船外壁上,整艘飞船看上去已初具规模。

宁天穹大声向士兵们宣告了郑和舰队来犯的消息后,所有士兵放下了手中的活计,群情激昂地拿起了武器,等待调遣。

"龙吟,现在形势危急,能不能立即出发?"宁天穹来到飞船面前,忐忑地询问道。

龙吟的回答延迟了一小段时间,"皇上,修复工程还剩下百分之二的进度未完成,不过现在飞船外壁厚度应该勉强能承受飞出大气层的摩擦,待我自检一次系统,我们就出发吧。"

宁天穹稍稍松了一口气,他钻进了飞船。

没过多久,郑和带着大队人马追赶而来,宁天穹的大将杨应能率着所有的士兵英勇地迎战,只留下祝铉一人守在飞船外。

在距离飞船一里外的地方,两队人马混战在了一起,一时杀得难分难解。

宁天穹伫立在舱门前，远远地目睹着这场触目惊心的激战。忽然间，飞船缓缓地震动起来，即将起航。

宁天穹悬着的心终于放下，眼前的厮杀还在继续，而自己将暂时告别人世的纷争，他日再君临地球不知是何年……

"皇上，保重——"祝铉欣慰地向宁天穹挥手告别。

然而就在这一刻，正在与杨应能厮杀的郑和察觉到飞船的动静，竟迸发出了惊人的潜能，一剑刺中了杨应能，接着不顾一切地杀开一条血路，直奔向了飞船，一个箭步冲进了舱门还未关闭的飞船。

"皇上，小心——"祝铉没有办法，只得也跟着跳进了飞船。

在这一瞬间，飞船关闭了舱门。

狭小的船舱内，郑和手持一把短剑猛扑向宁天穹，宁天穹慌忙一闪，却用力过猛，跌倒在地。郑和见状再举剑劈去，就在这一瞬，祝铉飞身而起，用肩膀撞飞了郑和的剑，两人赤手扭斗在了一起，然而没有了飞剑的祝铉完全不是身经百战的郑和的对手，几个回合后，祝铉已瘫倒在地，满脸是血，动弹不得。

郑和站起身来，伸手拾起了地上的短剑，狞笑着走向宁天穹，忽然间，舱内明亮的光猛地暗淡了一下，从船舱前部的控制台飞蹿出一道白光。

是龙吟！

这一道白光一闪而过，一剑穿透了郑和的胸膛，瞬即又拔出，在转瞬间，龙吟又飞回了控制台。

郑和仰面翻倒在地。

宁天穹终于从惊吓中回过神来，他缓步走到垂死的郑和面前。

"郑和逆贼，尔等乱臣贼子，你可知道朕自有神灵相佑？"他颤声斥道。

"如果不是他帮你挡这一刀,你早已狗命不保。"郑和咬牙切齿道,尽管已是奄奄一息,但目光中仍盈满了倨傲。

"尔等不忠不孝之徒,真是与朱棣小儿一个德行,死到临头还骄横跋扈,你是看不到朕领天兵天将灭你的主子那一天了。"

"建文小儿,"郑和愤愤地啐了一口,"你有的不过是酸腐的书生意气,误国误民,岂有我永乐大帝的宏才大略,你看看我君王开创出的太平盛世,国富民强,万国臣服……"

郑和用尽全力地说道,直到咽下最后一口气。

宁天穹望着死后仍瞪着双眼的郑和,心中又隐隐生出些许悲凉,郑和所言似乎也有着几分道理……他长叹了口气,将目光转向了瘫倒在另一个角落的祝铉。

"祝铉,你还好吗?"宁天穹关切道。

"皇上,我快不行了——"脸色苍白的祝铉虚弱地说,"我被郑和的剑划到,剑锋涂有剧毒。"

"祝铉,快起来,你可不要离开朕啊,你告诉过朕你还有心愿没有完成——"宁天穹跪倒在祝铉身边,双手摇晃着祝铉身体,哽咽得说不出话来。

"皇上,也许我的一生只够完成一件事,你是一个仁德之君,能帮你完成大业,我的一生也算没有虚度。"祝铉圆睁眼睛望着宁天穹,嘴角竭力地上扬,露出微笑,随后,他的笑容凝固了。

"祝铉——"宁天穹痛楚地喊道。

此时此刻,飞船腾地而起,离开了地球表面,很快变成一只火球,一路扶摇直上,冲出了地球大气层,向着木星缓缓驶去。

一个月后,飞船抵达木星,在穿越虫洞前,为了减轻飞船质量,郑和与祝铉的尸体被抛离了飞船,两具渺小的人类身躯如尘埃般飘浮在木星外广漠的空间中。

明弘治十一年，在距离地球表面一千米高的近地轨道上，一个紫罗兰色的晶莹光球倏然破空而出，这是一道连接天关客星与太阳系的星门。

紧接着，一艘艘银色战舰从星门中鱼贯而出，如同一颗颗微微颤动的水银，闪闪发光地飘浮在黝黑的虚空中。

如果将视线拉近，可以看到每一艘战舰的外壁都赫然显现着一个硕大的"明"字。

每一艘飞船都运载着数量庞大的机器人战士，这些战士除了全金属的头颅外，全是一副明朝士兵的装扮，他们整装待发，等待着进攻的号令。

在其中最大的那一颗水银上，高冠博带的宁天穹伫立在舷窗前，面色凝重地注视着自己阔别了二十年的地球，蔚蓝色星球缓缓转动，表面飘绕着旖旎的云雾，映耀着太阳光，散发出柔和的光芒，仿佛在迎接游子的归来。他的目光在浑茫起伏的大陆上寻找，直到目光锁定在了他魂牵梦绕的故国河山。这一刻，他不禁潸然泪下，两鬓的白发在飞船内的人造空气中微微拂动，二十年的光阴弹指一挥间，将意气风发的年轻人变成了阅尽沧桑的老者。

过去二十年在异星的经历，远比预想的要曲折许多。彼时，死灰复燃的保守派全面掌控了局势，他只得随着龙吟一路辗转流离，与改革派一起开始一段漫长的抗争之路。

终于，宁天穹等来了改革派东山再起的那一天。

新上台的政府兑现了龙吟对宁天穹的承诺，一只满载全副武装的机器战士的舰队随着宁天穹抵达了地球外缘。

半晌之后，他用手擦了擦润湿的眼角，转身对身旁待命的机器人道："我想看看我离开的二十年中大明都发生了什么。"

"稍等片刻。"这位机器人恭敬地说道,他是整个舰队的统领,头戴红缨金盔,身披青色锁子甲——完全按宁天穹记忆中的明朝大将装扮设计而成。

收集过去几十年在太阳系内上演的历史影像,对于天关客星人的科技来说,这并不是多么困难的事,几十光年内从地球表面反射出的太阳光光子被捕捉、采样,就这样,几十年中地球发生的历史被纤毫毕现地呈现了出来。

在几秒钟后,统领开口道:"皇上,历史影像已收集完成,但您刚才的说法有误。"

"有什么问题?"宁天穹一愣。

"您离开的时间在太阳系中并非二十年。"统领说,"你在穿越虫洞向天关客星跃迁过程中有一小段时刻接近光速,由于广义相对论的效应,太阳系的时间经过了八十年,也就是此时太阳系的时间已经过去了一百年。"

一百年?! 宁天穹感到全身的血液如爆裂了一般滚涌起来。

"皇上,您还好吗?"统领关切道,"现在您还要继续看这一百年内大明的影像吗?"

宁天穹抑制住身体的颤抖,点了点头。

随后,过去一百年波澜壮阔的往昔影像经过了剪辑,浮光掠影地呈现在宁天穹的眼前。

在最开始的画面中,他见到了京城被破后的揪心惨景:忠于他的旧臣大将惨遭灭门,他所宠爱的妃子、太子没有一人能够逃过朱棣的魔爪,他最为尊敬的老师方孝孺因不愿起草继位榜文而被腰斩、诛杀十族……

而后,朱棣定都北京,之后继续穷兵黩武,先后五次领兵远征蒙古,南征安南,并最终死于远征蒙古途中。朱棣死后,明朝又历经了六位皇帝,历经了国势衰落与中兴,此时在位的皇帝已是弘治帝朱祐樘,这位身世坎坷的皇帝算得上一代贤君,恭俭有制、信任贤能、勤政爱民,在他的治理下,国家蒸蒸日上,老百姓倒也安居乐业。

栩栩的光影就此定格,消失了。宁天穹仍呆立在原地,脑中一片眩晕。如今山河如故,却早已物是人非,朱棣已经死去了八十多年,自己刻骨铭心的仇恨已经找不到发泄的对象。可是如果他就此放弃复仇,自己跨越六千光年的流浪、坚持与隐忍,就变得没有任何的意义,自己又何以祭奠那些因为自己被血腥诛杀的人们。

就在这时,机器人统领的声音打断了宁天穹纠结的思绪:"皇上,战舰已经准备就绪,只等你的进攻命令。"

宁天穹又沉默了许久,"进攻——"最后他气若游丝地发声道。

此时的大明朝正处于半夜,在北京紫禁城的上空,不计其数的银色巨型大鸟从天而降,惊慌失措的侍卫或者高举着火把,或者用弓箭向天空一通乱射。然而,回应他们的是一束束闪闪的激光束,拖着长长的轨迹划破黑暗,击中他们的血肉之躯。

弘治帝在睡梦中惊醒,随即被一束激光洞穿了胸膛。

还没到天亮,偌大的紫禁城变成一座尸横遍野的停尸场。

宁天穹轻而易举地接管了紫禁城,而后他重登金銮殿,诏告天下,历数朱棣的种种罪行,大部分大臣与大将识时务地臣服于他,但也有少数人对他表示出异议,这些人立刻被他的机器人战士逮捕,投入了大牢。

不过出乎他意料的是,庞大的大明帝国随之陷入了一场浩大而惨烈的内战。忠于弘治帝的地方势力仍在拼死顽抗,他们拥立弘治帝的儿子为帝号令天下。尽管他的机器人大军毫不费劲地消灭了这些余党,但这一场战争给大明带来了血流成河的灾难,无数老百姓流离失所。

这样的局面让宁天穹陷入了深深的自责,是自己的仇恨之火让神州大陆变得满目疮痍、生灵涂炭,这与嗜杀的暴君朱棣又有什么分别?

尽管他能意识到这只是一部虚拟的互动小说,他还是无法让自己心安理得。

不,这不是他想要的结局!

他的潜意识大声地叫嚷了起来,很快,互动小说的客服端接收到他情绪的波澜,让他猛地跳出了情节。

转瞬之间,小说的情节退回到了舰队刚刚抵达地球外太空的时间点。

"皇上,战舰已经准备就绪,只等您的进攻命令。"机器人统领说道。

"放弃进攻——"宁天穹这一次没有犹豫地下令道。"可是,皇上——"统领诧异道。

宁天穹长叹了口气,将目光投向了远方朦胧的群星,"所有战舰都返回你们的母星吧。"

"皇上,您呢?"

"我想留在这里。"

"您准备返回地球?"

"不,我已经很老了,地球上也没有我的亲人,就让我终老月球吧,我想你们应该能够办到。"

"是的,能够办到。"机器人统领颇为惋惜地说道。

只用了一天时间,通过天关客星人的3D打印技术,一个形如岩石状的太空站出现在了月球表面的一个沟壑中,太空站中居住环境良好,有着制造氧气与食物的设施,还能通过潜伏在地球的微型卫星,实时收看到来自大明的影像。

宁天穹留在了太空站，一个人孤独地生活在了月球表面。

直到有一天，大明的万里锦绣河山在宁天穹苍老的眼眸中映耀出最后一丝微光，然后，微光熄灭，他安详地闭上了眼睛。

紧接着，宁天穹经历了一段濒死的体验，一道白光引领他的意识离开身体，穿过长长的白色走廊，来到了一间茶室。

他意识到自己此刻已退出了互动小说。

茶室中那位金发道袍美女还在等待他的归来，而另一位吸血鬼玩家已经先行离开了。

"我叫安妮，和你合作的感觉很棒。"金发道袍美女热情地寒暄道。"在下宁天穹，科幻类互动小说家。你扮演的祝铉也非常厉害，控制飞剑的样子简直帅呆了——"

"是吗?"金发道袍美女说，"说起来，我平时的工作和控制飞剑还有一些相通之处。"

"你是——"宁天穹好奇道。

"我是一名供职于日冕公司的维序者，工作是操控飞行器清除地球周边的太空垃圾。"

"好棒的职业！难怪你身手如此敏捷。"宁天穹由衷地称赞道。在赛博空间中的人们大致形成了几大类职业，除了很多宁天穹这样专职从事互动小说的创意者，还有程序员、维序者、搏击者。程序员是赛博空间的创造者，他们负责研发更新的计算机程序，以及更先进的数学算法，不断推动赛博世界升级换代。维序者则担负着赛博空间与现实世界的接口任务，他们在赛博空间中操控真实世界中的3D模拟人，有条不紊地维持着物理世界必不可少的秩序。而搏击者主要从事各种游戏比赛，通过比赛奖金以及出卖比赛录像获得收入。

"你可真会夸奖人。"金发道袍美女嫣然一笑，"时间不早了，我得离开了，能留下一个联系方式吗？以后还可以一起再玩这类小说。"

"当然，我的ID地址是——"他向对方发去了一个地址链接。

在相互留下联系方式后，金发道袍美女消失了，宁天穹还留在房间中，作为一位互动小说家，他习惯在小说结束后认真地为小说评分。

这部小说只算中等之作，纯YY向，有着几分天马行空的想象力，但有些逻辑却似乎经不起推敲，也许更适合没有太多中国历史背景的玩家。

最后他为这部小说打了一个三星。

6．红发安妮

离开了互动小说店,宁天穹拖着身心俱疲的身体回到了家,在没有借助任何催眠程序的情况下,他一倒在床上就安然进入了梦乡。

他的意识只在睡眠时段才会离开赛博空间。

这一夜他的睡眠质量很高。当他一觉醒来,已是第二天的中午时分。

他连忙翻身下床,走出了生活舱。

沿着狭窄的过渡舱,他缓步走向主舱——他的家被自己设计成了一艘结构复杂的宇航飞船,一连分成了好几个船舱,这样他即使多日足不出户也可以在不同功能区域活动。

很快,他步入主舱,阔大的主舱内虽然空无一人,但仍是一派正在向着星际深空疾速跃进的繁忙景象,大大小小的屏幕上兀自跳动着数据与图像,远处的舷窗外闪烁着遥远而迷离的星光。

在主舱的控制台上,人工智能早已为他摆好了咖啡、沙拉和面包片,他舒服地半躺在宇航员座椅上,慢慢地享用起美妙的早餐。当然,吃早餐只是个形式,在另一个层面的世界,他正带着一个特制的头盔,一动不动地平躺在特制的封闭箱子中,十几根插入他身体的管子里正在同步向他的胃里缓缓注入营养液。

在喝完一杯芳香的咖啡后，宁天穹习惯性地打开了宽带接口，浏览起新闻。顿时，名目繁多的信息——其中绝大部分是垃圾广告——像五颜六色的潮水般一拥而入，令他应接不暇。他不得不打开多个过滤程序，这样他的视界顿时简单明快了许多：主舱的空间中只悬挂了几条他订阅的门户新闻网站链接。他随意地联入了其中一条闪闪发光的链接，漫不经心地浏览了起来。

在快速阅读完时事新闻后，他跳转到了科技资讯的版面，版面上全都是有关于日新月异的科技成果的最新报道：动用庞大计算资源运转的虚拟核反应试验又模拟出了一种新的基本粒子；又一种他从未听说过的癌症通过大型计算被攻克（在这个时代，绝大部分的疾病已经被战胜，虽然衰老还暂时无可避免，但人类的寿命如跳板一般不断延长，他预想不到自己的生命会在哪一个长度终结，或许，在他有生之年能看到人类的永生也犹未可知）；由机器人负责的量子实验室成功制备出八十万个光子的量子纠缠；金星上又有大量的铁矿资源被发现……在遥远的真实世界中，人类科技仍在以前所未有的速度向前跃进，只是绝大部分人都不再关注这些信息，他们早已对此麻木。

但他不一样，他是一位科幻小说家，一直以来他对这些科技信息仍旧保持了足够的敏感与热情，并希望从中寻找到创作的灵感。

在浏览完这些信息后，他长长地伸了个懒腰，准备开始一天的工作。

可是今天是新年第一天，他有些不甘心让自己呆坐在控制舱埋头创作。好吧，今天还是继续给自己放个假，出门去逛逛，他对自己妥协道。可是去玩哪类互动小说呢？他的脑海中不禁浮现出了昨晚遇见的那位个性十足的金发美女。

他伸出手指在空气中一戳，一个对话窗口跳了出来，他导入了安妮的ID。很快,对方灰色的头像浮现了出来。"哈啰,安妮,在忙什么呢? 有空一起玩互动小说吗?"

没过几秒,安妮的头像生动了起来,今天她的头发变成了热情奔放的火红色,只见她嘟起嘴巴,做出了一个俏皮的表情,"天穹,是你啊。今天没空呢,我刚接了一个大活。"

"噢。"宁天穹颇为失望,"你要去哪儿?"

"我正在赶往距离地球一千万公里外的一颗名叫'丹尼斯67'的掠日彗星,光幕正好处在它飞行的轨迹上,我们得去干掉它。"

"好刺激的工作——"宁天穹一下子来了兴趣,"能带上我一起吗? 我是说给我分享你的视角,我保证不会打搅你的工作。"

"没问题啊,只要你能忍受现实世界缓慢得让人绝望的频率,我的工作也很简单,欢迎随时和我聊天互动。"安妮爽快地发来了一个视线共享邀请链接。

宁天穹点击了链接,他的视界一下子跳转到了一艘行进中的飞船上。

狭小的飞船中包括安妮共有七位成员,全都是两只长胳膊三只短腿的机器人模样。

"其中三位是人类远程控制的3D模拟体,另外四位则是真正的机器人。"安妮向宁天穹介绍道。

"从地球到你要去的彗星,无线电需要走多长时间?"宁天穹敏感地意识到一个问题。

"有三十秒的延时。"

"我有些弄不明白,这样遥远的外太空工作为何不完全交给机器人来干,它们的意识没有任何延时。"宁天穹不解道。

"你说得没错,过去这类远离地球的行动中,执行者全都是机器人,但后来发生过一次病毒程序导致机器人意识崩溃的事故,因此当出现事关光幕安危的大事件时,日冕公司还是会安排人类维序者同行。当然,我们人类的作用也仅仅是监督。"

宁天穹没有再说话,他将安妮投向飞船舷窗外的目光的一个角落进行放大,见到了地球方向的壮丽图景。

此刻的光幕已经成长为一面广阔无垠、泛着粼粼蓝光的半透明薄墙,横亘在地球与太阳之间,足有几千倍地球表面大小——难怪频繁造访太阳系内层空间的周期彗星会威胁到光幕。

最后,宁天穹将目光锁定在蔚蓝的地球上,在地球的周围,如海水中的浮游生物般漂浮着不计其数的能源中继站,中继站之间交织着人眼见不到的微波,源源不断地向地球输送能量——正是光幕过量的能量输入造就了第二次奇点的到来。在此之前,可能很少有人能够事先预判到网络主频升级将带给世界多么深刻的变化,最终的结果令人多少有些瞠目结舌,升频行为不仅终结了真实世界的现实加强技术,还使得人们开始争先恐后地逃离现实世界,全面移居到赛博空间——毕竟绝大部分人类都愿意花相同的生理时间去经历数倍于过去的时光,这无异于变相地延长了人类的寿命。于是,绝大部分的人类将睡眠以外几乎所有的生活时间都放在了赛博空间中,除了未成年的小孩以及一部分念旧的老人……后者包括宁天穹的母亲,此刻她还一个人居住在老人公寓中,而自己的真身已经很久没有去看望过她。想到这里,宁天穹心中不由一阵难受。

"天穹,我们到了。"安妮的声音打断了宁天穹的思绪。

宁天穹将视界转回了安妮的视线,只见飞船外悬浮着一团外形犹如不规则马铃薯的大石块,两头宽大,中间塌陷,有着黑白相间的颜色,这正是丹尼斯67彗星,可以看到彗星表面满布着大大小小的悬崖、斜坡、坑洞,还有一丝丝白色气流从起伏的裂缝中喷吐而出,这是彗星水冰物质被太阳光加热而形成的蒸汽。

一串闪亮的蓝色数据叠印在彗星之上。彗星质量：12万亿吨。彗核平均密度：每立方厘米0.92克。速度：每秒520千米。磁场状况：无。

飞船缓缓地降下速度，贴近了彗星表面，以和彗星相同的速度与彗星并肩而行。

接下来，飞船依次飞临彗星预定的三个着陆点，一名3D模拟体与一名机器人组成一个分队，将登陆到一个着陆地。

安妮的着陆地位于彗星躯体中部的一片冰原。

在转瞬间，安妮的3D模拟体如子弹般被弹射而出，宁天穹的视野随之疾速旋转了起来，很快，安妮径直坠落在一个巨大的深坑中，掀起了漫天的尘土。反弹了几次后，她的三只脚伸出螺旋钩状的支架牢牢地抓在了松软的彗星物质中。

安妮开始扭动机器头颅环顾四周，呈现在视线中的是一片冰雪皑皑的世界，升腾起的尘雾弥散在荒芜的冰原之上。

紧接着，安妮试着缓缓移动起来，由于丹尼斯67上的重力仅为地球的几万分之一，因此只需稍稍一用力，她的身体就能蹦起好高，就这样，安妮的模拟体就如同一只跳蚤，蹦跳着向前行进。

模拟体接下来需要完成的任务是将携带的十枚小型核弹埋置在冰原的各处。

宁天穹目光随着安妮曲折的脚步四处探寻，他的心中充满了新奇感。虽然过去在互动小说中他无数次神游异星，但他的意识还是第一次"身临"地球之外如此遥远的天体，在这一过程中，一种强烈的奇特感受渐渐地从宁天穹心底升起；自这颗彗星在形成数十亿年以来，或许是第一次迎来了"高等生命"有意识的改变。有那么一刻，他甚至觉得是安妮的"目光"塑造出了这片壮丽的奇景，在人类没有抵达的漫长岁月中，主宰这里的唯有浑茫的不确定态——无尽的黑暗与混沌。

"核弹已经安置完毕,我的工作结束了,我们可以离开了。"安妮对宁天穹说道。她所说的"离开"是将3D模拟体留在彗星表面,意识退回地球。

"不,安妮——"宁天穹从遐思中醒来,着急地恳求道,"能再多待一会儿吗?"

"待在这里干什么? 这颗彗星表面不都是一成不变的荒芜吗?"安妮语气中多少有些不耐烦。

"不,安妮。"宁天穹突然变得很是固执,"你知道吗,这些来自太阳系边缘的彗星被认为是地球海洋以及生命的源头,这片冰原的深处兴许隐藏着某种不为人知的秘密,比如生命的迹象……"

"人类已经登上过成千上万的彗星,从来没有发现过除了原始细菌以外的任何高等生命。"安妮打断了他的话。

"兴许这一次——"宁天穹喃喃道。

"真是拿你没办法,好吧,我带你再转悠一圈。"安妮无奈地妥协道。

宁天穹颠簸的视线继续向着前方的黑暗缓慢推进,他见到机器的支架轻轻碾压在崎岖的沟壑之上,如同刻刀般抹拭着数亿年来形成的美丽纹路。与此同时,从模拟体体内散发出的微弱热量疾速融化着地表冰层,升腾起缥缈的雾状蒸汽,弥散在空中……宁天穹不由得又有了一个奇怪的想法——在过去数十亿年中,这颗彗星就如定点守时的环线巴士,从寒冷的奥尔特星云带到温暖的太阳系内层空间,环绕着太阳周而复始地穿梭了千万次,而今却因为人类的光幕阻挡了其轨迹而招来灭顶之灾。

一丝感伤划过宁天穹的心尖。

"安妮,我在想,"宁天穹开口道,"如果我们不选择彻底摧毁彗星,而只是用核弹改变彗星的轨迹,让我们的3D模拟体留在这里,是不是就能坐上这趟彗星巴士游览太阳系沿途景色?"

"我的大科幻作家,你的想法真是浪漫,不过地球太空外层除了冷冰冰的彗星没什么好看的。"安妮抱怨道,"再说了,你应该知道日冕公司以地球为球心画了一个十光分的光幕通信圈,这个长度差不多是地球到火星的距离,超过了这个范围就不再提供超频宽带接入。你可能无法再接收到你3D模拟体的信号。"

"好像是这样的。"宁天穹这才意识道,"难道如今真的就没有人类选择生活在光幕通信圈之外?"

"也不尽然,"安妮回答道,"据我所知,还是有一些小型私人太空公司在奇点前就取得太阳系外层空间的采矿权,他们就像一群自我放逐于主流文明的吉普赛人,还顽强地活动在光幕通信网之外。说实话,我很难理解这群人的动机,在荒凉的外太空过着一种无法享受超频世界的生活,这得有多憋屈啊。"

说着,安妮充满感慨地抬头望了眼太空深处。宁天穹循着安妮的目光望去,他恍惚见到几丝影影绰绰的光亮忽闪在墨黑的深邃夜空中,似乎不像是遥远星辰发出的光亮,或许就是安妮说到的那些小型太空公司的采矿飞船吧,宁天穹暗中想象道,他们的生活倒是有几分浪漫的色彩,希望未来有机会能了解到他们的生活……

骤然间,一道明亮的强光闪现,宁天穹的视线在巨大的冲击波中凝固住了。

核弹被引爆了,彗星将在爆炸中碎成了粉末。

宁天穹的意识退回到赛博世界中,他怔怔地呆坐在自家宇航员座椅上,久久没有回过神来。

"天穹,明天我有空,可以约互动小说吗?"安妮的声音突然从空中的对话窗口响起。

半晌，宁天穹才开口："你准备带我去哪里？"

"想不想尝试一点新的玩法，补偿一下你在现实世界度过的沉闷一天？"安妮一脸神秘地说。

"新玩法？"宁天穹一怔。

"互动小说一种全新的体验，保证你不会失望。"安妮一个劲地鼓动。

"那试一试吧。"宁天穹迟疑着答应道。

第二天，安妮带着宁天穹来到了赛博世界的吠陀之城。

在此之前，宁天穹只是听说吠陀之城是一座以印度教文化为主题的城市，不过他一贯对于仍延续于赛博世界中的各类宗教文化并没有太多的兴趣。

但这一次的吠陀城之行着实让他大大地拓宽了眼界。

当他们的身体从吠陀城的大街上浮现出来时，宁天穹发现他俩都换上了崭新的印度传统服装。安妮身着一件艳丽的宝石蓝纱丽，脖子上挂着一大圈白色花环，额头正中点了一粒朱砂；而他自己则穿上了一件朴素的白色棉布长袍。

宁天穹怔怔地环顾四周，这里带给宁天穹的强烈冲击首先是视觉上的，鲜艳到极致的色彩充斥在他的整个视界；然后是听觉，人们的欢声笑语与忽近忽远的印度音乐混杂在一起；最后才是味觉上的冲击，空气似乎弥散着一股浓浓的混合着咖喱与檀香的气味。

这里就是吠陀之城，一座拥有着浓郁印度风情的梦之邦。

他与安妮走马观花地逛起来，他所处的这一条热闹的大街上新奇花哨的印度元素让他目不暇接，吹着笛子、手中耍蛇的卷发少年，翩翩起舞、婀娜多姿的印度少女，披头散发的苦行僧盘膝悬浮在半空中，似乎正陷入与神灵交流的冥想中。宁天穹看到还有人装扮成了他不认识的一位印度教神灵,一头散乱的蓝黑色长发,手持三叉戟,威风凛凛地骑在黑色神牛上,慢慢悠悠地前行,招摇过市。

同样让宁天穹感到震撼的还有大街两侧的美轮美奂的印度风格建筑物,一座座圆锥顶的金色城堡闪闪发光,墙壁上错落的格框中布满了精美繁复的雕像。

繁华大街的尽头是一座更加宏伟华丽的寺庙,远远望去,一大片巍然高耸的建筑群错落有致地矗立,其间还有缕缕缥缈的流云缭绕,流光溢彩,宛如仙境。

安妮指着远处的寺庙说:"那是迪利亚曼神庙,里面供奉着印度教的三大主神,梵天、湿婆、毗湿奴,在供世人参拜的同时也是一间互动小说店。"

"互动小说店?"宁天穹有些诧异。

"是的,在那里你可以阅读到印度教中大大小小诸多神灵的传奇故事。"

"那得去看看。"宁天穹顿时来了兴致。

于是他们牵着手走向了神庙。

当他们走进庙宇群落,宁天穹愈发觉得神庙恢宏而精妙,石柱、拱门、拱顶的设计巧夺天工,看上去神庙的主体完全由一块块的大理石搭建而成,寺庙外壁上全是栩栩如生的人物浮雕,形态各异,宁天穹在其中还看到了很多赤身裸体的男女雕塑盘根错节似的纠缠在一起。

不知不觉之间,他们来到了神庙的中心区域,他们面前一排高高的台阶之上就是神庙最大的主殿。

正当宁天穹刚要踏上神庙的阶梯时,安妮突然叫住了他。

"你在这儿等等我。"安妮说完快步向神庙外走去,宁天穹看到她在一棵菩提树前停下了脚步,与一位身披红色纱丽、体态丰腴的少女攀谈起了什么，很快，少女递给了她一些东西。

而后，安妮一脸欣喜地回到宁天穹身边。"你买了什么?"宁天穹好奇地问。

"你看——"安妮在他面前张开了手掌，手心握有两颗黄色药丸。"这是什么?"宁天穹惊诧道。

"我们管它叫'毒龙'，价格并不便宜，吃下它，能够帮助你更加深入地了解这里。"安妮微笑着说，说完她吞下了一颗药丸。

宁天穹也跟着吞下了另一颗药。

一时他并没有感到任何的异样，他继续拾阶而上，步入了富丽堂皇的神庙中。

宁天穹眼前一亮，宽阔明亮的神殿内一片金碧辉煌，四壁与高高的穹顶上满是浮华绚丽的印度教义的彩绘，殿堂正中央凛然矗立着一尊几十米高的天神像，这位天神端坐于一朵巨型莲花之上，头戴金冠，身披金甲，蓝色皮肤，面容安详沉静，身后四只张扬的手臂分持各种法器。

在神像的身下，上百名虔诚的信徒正一动不动地站立着，双眼紧闭，默默向着天神祷告。

"这就是印度教的主神毗湿奴，在教义中他是整个宇宙秩序的守护者。每一轮宇宙只是他脑海中的一场浅梦。"安妮向宁天穹介绍道，说着她拉着他加入了膜拜的人群。

他俩并肩站在人群中，宁天穹学着安妮的样子双手合十，举于胸口，然后抬头凝望着毗湿奴神像。

这一刻，他视线中的毗湿奴奇怪地晃动起了巨大的身躯，可能是之前药丸的效果开始显现了，他意识到。很快，他眼前的视界泛起了涟漪般的波纹。

倏然间，他的意识进入了一个奇异的世界。

他似乎刚从一场漫长的沉睡中醒来,眼前是一片茫然无形的混沌,自己身躺在一条飘浮于混沌中的千头大蟒蛇腰间。宁天穹发现自己变成了毗湿奴的样子,与此同时,他能感觉到自己意识变得前所未有地丰盈强大,身体中奔突着一股堪与宇宙比肩的恢宏力量。

突然间,他惊奇地看到自己的蓝色肚脐如嘴唇般裂开,从中徐徐蔓生出一朵清新纯净的莲花,莲花上托着一个新生的婴儿,婴儿飞速长大,转瞬之间成了一位英俊魁梧的男子。男子正是拥有创造世界的魔力的梵天,梵天开始动手在混沌中塑造天地万物,很快,他创造出了天、空、地三界,三界之中充满了形态各异的生灵,其中最为庞大的两个种族是天神与阿修罗,这两个种族天性迥异,天神性格具有两面性,时而温和理性,时而又暴躁高傲;而阿修罗天生凶猛好斗、桀骜不驯、多疑善嫉。

这样一来,天神联盟与阿修罗的阵营总是纠葛不断,最终引发了一场昏天暗地的鏖战,三界骤然失色,从此陷入了旷日持久的动荡。

直到有一天,天神与阿修罗发现他们看似强大的生命并非不朽,都面临着生老病死的宿命。于是他们暂时放下了争斗,合力寻找长身不老永葆青春的灵药。

终于,他们在宇宙一隅寻找到了一片由牛奶形成的浩渺大海,名为"乳海",据说在乳海海底蕴藏着一种能让人长生不老的甘露。

然而,仅靠天神与阿修罗的力量还无力提取甘露,他们只得求助于毗湿奴。毗湿奴爽快地答应了下来,他化身为一只巨龟,以庞大的龟背托起曼陀罗山,剧烈地搅动起乳海。终于,永生不死的甘露从海底泉涌了出来。

正在诸神欢欣鼓舞,准备均分甘露之时,阿修罗们却心生邪念,企图独占,他们伺机抢走了甘露。正当他们即将服下甘露时,毗湿奴变身为了一位美丽绝伦的女子，从他们手中骗走了"不死甘露"。

毗湿奴转而将"不死甘露"赐予了天神，天神们喝下之后功力大增，一举击败了气急败坏的阿修罗。落败的阿修罗被永远地驱赶到了海底。

即使阿修罗被放逐于海底，仍与天神们进行着永无止境的战争。

而毗湿奴没有再介入他们的战争，他超然物外地旁观着这一切，渐渐地，他开始感到了深深的厌倦，于是他闭上了眼睛，昏昏沉沉睡了过去。

当他再次睁开眼睛，视野中又是一片无边的混沌，但梵天很快又创造出了一个全新的世界。

这同样是一个诸神乱战的世界，一个本性邪恶贪婪的种族罗刹最终统一了三界，奴役了其他种族。从此整个宇宙滑入了万劫不复的黑暗深渊。这个世界开始以恶为秩序，所有的生灵都纵情享乐，贪欲过度，道德沦丧到谷底。

毗湿奴洞若观火地目睹了这一切，痛心不已，于是他化身为一位疾恶如仇的武士，手持一柄闪亮长剑，身骑白马幡然降于尘世。在他的光剑起落之间，世间的丑恶被一一铲尽。最终，急于重建宇宙秩序的他亲手毁灭了这个腐朽的世界，然后他缓缓合上了双眼，等待着下一世的到来。

就这样，毗湿奴周而复始地沉睡、醒来，大千宇宙重生与毁灭，如此往复不已。

在每一个轮回的宇宙中，毗湿奴变身成了千万种化身，救世或灭世，降临与拯救，都在他一念之间。

终于，在历经多世的轮回后，宁天穹进入了他所熟悉的一个宇宙中。在毗湿奴的这一轮梦中，他所熟悉的地球诞生在了浑茫地界之中,人类随后也出现在这颗蓝色的星球上。紧接着,他看到人类的先祖在广袤蛮荒的大地上战胜了野兽与自然的侵蚀,艰难地建立了脆弱的文明,然而一场突如其来的洪水淹没了整个地球表面,历经苦难的人类不得不登上了一艘仓促建造出的巨船——诺亚方舟,在一片惊涛骇浪中随波飘零,处境岌岌可危。

这一刻,毗湿奴再次出手。他化身为了一条超级大鱼,跃入海中,将诺亚方舟的缆绳系在自己的麟角上,用力拖曳起了方舟,拯救了人类。

在随后的漫长时光中,毗湿奴总是在冥冥之中护佑着人类文明的演进,每当人类千万生灵濒临涂炭之时,毗湿奴就会以肉身的形象降落人间,帮助人类一次次渡过劫难。

当人类陆续进入赛博世界,毗湿奴又化身为一团强大的力场,严严实实地包裹了整个太阳系,阻挡了接连不断的来自宇宙深处的流浪天体的袭击,以及一次又一次来势汹汹的外星人入侵,保佑着人类无忧无虑地生活在伊甸园中,直至这一世的宇宙毁灭。

终于,毗湿奴可以欣慰地闭上了双眼,进入梦中。

在下一个崭新的梦境中,一种与人类形态迥异的新生命横空出世,毗湿奴继续默默地守望他们,见证了他们的兴衰存亡。渐渐地,就如他过往经历过的所有前尘往事一样,花开花谢,缘起缘灭,却终究如镜花水月,渺然无痕。或许自己不应对此太过执着与悲伤,他顿悟到,可又不知为何,他的心底涌起了一丝惆怅,一滴眼泪潸然从他的眼眶涌出。

他看到自己晶莹的泪珠在空中缓缓飘落。就在这一刻,宁天穹泪光模糊的视线突然一晃,倏忽之间,他退出了毗湿奴的世界。

他再度置身于恢宏的迪利亚曼神庙中,面前那尊高大魁梧的毗湿奴神像正居高临下地俯视着他,目光中充满了俯瞰众生的悲悯。

空阔的殿堂似乎比他来时空荡了许多,祷告的人们少了很多,身旁的安妮正目光灼热地望着他,似乎一直在等着他醒来。

他怔怔地望着安妮。安妮在这个互动游戏中扮演的是另一位女性神祇,在很多转世中与他有过交集,甚至与他无数次共浴爱海,他俩就如印度神庙那些婀娜多姿的性爱雕塑,瑜伽般变换着性爱姿势,疯狂地交媾……

"刚才发现了什么,我在这里站了多久?"宁天穹喃喃道,刚才他所经历的真的只是一部互动小说吗?这与之前他玩过的所有单线程、循序渐进的互动小说相比都是那么迥然不同,刚才所经历的每一个轮回的每一个细节之处都还历历在目。

"没多久,不过大半天的时间。"安妮语气平静地说。

"可是我怎么会如此细致完整地经历了那么多次生命的轮回,这不再是过去互动小说中那些单一的人生片段。这种感觉……就如一种神灵一般超脱尘世的存在。"宁天穹神情恍惚地沉吟道。

"这就是你吞食'毒龙'带来的神奇体验。"安妮不动声色地说。

"'毒龙'……到底是什么?"

"一种让你大脑实现超频的网络权限。在服用'毒龙'后,你的大脑能够接收与传递的信息相比过去已不再是一个数量级。"

"大脑超频?这……似乎是不合法的。而且人类大脑承受这么高的反应速度,不会被烧掉吗?"宁天穹震惊道。

"当然,明面上大脑超频技术确实是非法的,但实际上现在使用'毒龙'的大有人在。"安妮调皮地眨了眨眼,"实际上,超频不仅需要耗费赛博世界层面的海量计算资源,有的还需要真实世界上亿的纳米机器辅助大脑中的神经元完成飞速运算。当然,这一切需要支付大量的云比特币。"

"真是有些让人难以接受!"宁天穹感叹道。

"天穹，或许是你待在你的科幻小说里太多时间，并没有察觉到如今世界的变化，其实这个赛博空间正在极速分化，很多坐拥云比特币的富翁如毒品般迷恋于超频的药物，"安妮注视着他的眼睛，"而普通人则按部就班生活在统一的时间频率中。在某种程度上，有钱人与普通人已经出现了一道无形的生殖隔离①。"

"如果你所说的是真的，这似乎是一个很大的社会问题……但就个人的感受来说，我并不喜欢'毒龙'带给我的这种体验，虽然这种非凡的感觉确实妙不可言，可是不知道为何，经历了那么多世的轮回，以及那么多个无限庞繁的世界，在我心底泛起的却是深深的空虚感，这无法让我感到心安。"宁天穹喃喃地说着，含糊地表达着自己对于"毒龙"的感受，他暗自下定决心以后不再享用这类超频大脑的药物。

"我觉得'毒龙'并没有什么问题。这也是世界不断进步的一种方式。如今随着光幕不断扩张，能量过剩越来越多，人们需要考虑的是如何换着花样恣意地去挥霍变得漫长的人生。"安妮满不在乎地说。

宁天穹沉默着点了点头，并没有再反驳安妮，但他心中做出了一个决定：以后不再联系她。

---

① 指由于种种原因导致亲缘关系接近的类群之间在自然条件下不交配，或者即使能交配也不能产生后代或不能产生可育性后代的隔离机制。

7.《北河二的星与尘》

随后的一段日子,宁天穹回到了过去那种令他心安的生活状态中。

每日埋头创作,创作之余的所有时间花在各类互动小说上,当然大部分还是科幻类。这一天,他完成工作后,从自家飞船的主舱跳跃到了雷伯城的迪克森大街。这是一条并不长的街道,街道两旁分布着十几家互动小说店,主营科幻类小说。

在这里,宁天穹回到了自己惯用的虚拟形象——除了脑袋以外的身体照搬了《星际迷航》中柯克船长的样子,一身深蓝色的紧身宇航服以及黑色的磁性靴。而在外貌方面,他并没有做出多大的修饰,虚拟形象与真实相貌没有太大出入,只是年轻了二十几岁。

他悠然漫步在迪克森大街上。这里终年飘浮着一层淡蓝色的光雾,往来其中的全是一些科幻类的虚拟人物,一路上与他迎面相遇的有如蝙蝠侠、绿巨人这样的超级英雄,但更多的还是一些科幻迷自己DIY出来的奇形怪状的外星人形象。

当他经过大街中央的一座阿西莫夫的雕塑时,他看到一位身着黑色燕尾服的弗兰肯斯坦向他打着招呼。

原来这位是他的书迷。在与热情的弗兰肯斯坦寒暄了几句后,他径直走进了他最常去的一家店——"幽暗的光年"。

他很喜欢这家店铺内部界面别出心裁的设计,敞亮的店内被装扮成了上个世纪的那种老式唱片行的样子,各类互动小说被别出心裁地设计成一张张唱片的模样,精心地分成不同的类别,井然有序地排放在柜架上,以供那些还愿意花时间逛逛的顾客慢慢浏览。

这个时间,书店中的顾客并不多,仅有的几位虚拟人物分散在几个角落:有的正悠然踱步,挑选着中意的小说;有的则一动不动地站立在某个柜架前,安静地沉浸在某一篇互动小说所营造的科幻奇景中。

宁天穹走近琳琅满目的柜架,仔细地浏览了起来,柜架上也陈列着他自己的一些小说。

他在科幻小说界还算是小有名气,作品总能不时进入寰宇网互动小说排名科幻类的前十,不过这也不是多么值得炫耀的事情,科幻题材在当今世界已相对冷门,读者寥寥。对此他也能坦然接受,毕竟,科幻已无力再去追赶世界巨变的脚步,赛博世界光怪陆离的本身就已远远超越了奇点之前人们心目中对于科幻的绝大部分想象。不过让宁天穹多少有些欣慰的是,科幻并没有完全寿终正寝,在真实世界中星际宇航计划早已停滞不前之时,还是有一部分读者仍热衷于老式而笨拙的星际冒险故事,愿意在科幻作家的故事中去神游宇宙深处那些瑰丽神秘的异星世界。

不过在这样一个被数据代码所主宰的奇点时代里,他还是会自觉地在传统的星际故事中加入一些信息学的新鲜元素,比如他最新上榜的一篇小说《北河二①的星与尘》,就是一个"太空版鲁滨孙"的故事,讲述了一艘陷入恒星引力阱的失控宇航飞船如何借助计算机信息学完成了自我拯救。

---

①北河二是位于双子座的一颗恒星,距离地球50光年,它是全天空第23亮的星星。

想到这里，他不由在店里的热推榜里找起《北河二的星与尘》，并点开了这篇小说的入口界面，上面显示的阅读量与好评率都还算勉强过得去。

他又把目光投向了紧跟在自己小说阅读链接后面的一些同人小说，这些小说都是由意犹未尽的粉丝沿着他的故事脉络继续向后编写而成。

对于赛博空间中这些同人小说，原著作者大多抱着乐观其成的态度，因为这不但能扩大自己小说的影响力，还能从这些同人小说的云比特币收益中划取一小部分到自己账户。

而对宁天穹来说，他更是对同人小说尤为重视，他习惯于亲自阅读其中最高人气的几篇，除了对于科幻迷群体的惺惺相惜外，这还有助于他了解粉丝的口味。

他注意到阅读量排在榜首的是一篇署名为"凌蕊雪"的作者，很自然地，他随手点击了链接。

转瞬间，他的眼前一晃，进入到了小说的界面中。

这个小说的前半部分还是他自己所创作的《北河二的星与尘》，于是他又重温了一遍自己的小说。

《北河二的星与尘》

2122年，太阳系边缘的柯伊伯彗星带。

从外太空看去，停泊在冥王星同步轨道上的"群星号"外形独特，就如一条具有银光闪闪的机械外壳的抹香鲸，围绕冥王星缓缓游弋。

飞船的主体长约一千米，内部结构复杂的舱体中形成了一套完整的生态系统，能够搭载一百多名宇航员。"群星号"作为人类有史以来第一艘星际冲压宇宙飞船[①]，前后历时十余年才构建完成。

身处"群星号"的一间休息舱中，宁天穹入神地望着舷窗外冥王星巨大而奇伟的身影，其由于蕴含甲烷而呈现出暗红色。紧密相伴在冥王星身旁的是冥卫一卡戎——一颗薄雾缭绕的冰蓝色星球，与冥王星一同组成了一对体型并不悬殊的双星系统。

他就是在黑暗而寒冷的冥王星表面出生、长大，接受漫长而严苛的特训成为一名宇航员的；也是在这颗星球上，他与自己的未婚妻莫娜第一次邂逅而后坠入爱河。一想到十天后他就要离开这颗星球飞向遥远的巨蟹座55A/B，不免有些伤怀。这一刻，他想到了一个人。

他打开了一个私密的通信频道，一幅全息投影浮现在他面前，投影中是一张上了年纪却依旧神采奕奕的脸庞，这是尤利奇老师，他们第一期冥王星宇航员的导师，他的虚拟形象一直陪伴着他们成长。这一次他也将随他的学员一同起航。

"尤利奇老师，我们终于要出发了。"宁天穹开口道。

"是啊，这一天终于来到了。"尤利奇老师微笑着说，"这可是几代人的梦想。"

宁天穹点了点头，在他出生的一百年前，人类足迹就已遍布了太阳系每一个角落，然而，踌躇满志的人类无不感伤地发现，正准备扬帆的远航之路被搁浅在了太阳系的边缘。这是因为人类掌握的最先进的驱动方式——可控核聚变，仅仅能将飞船提升到百分之二

[①]美国物理学家巴萨德在1960年提出了这种飞船的雏形构想。在他的设想中，冲压飞船的前端安装有一面巨大的漏斗形氢采集器，飞船利用采集器的磁场不断收集星际空间中的氢原子作为前行的能源。如此一来，飞船在理论上可以不断加速以接近光速。不过在随后的一百多年中，这一天才的理念始终无法变成现实，这是由于真实星际真空中的氢原子非常稀薄，磁场漏斗难以获取足够的燃料。

光速——即使距离太阳系最近的恒星比邻星也有四点二二光年之遥。直到有一天，天文学家一个石破天惊的发现让人类这一遥不可及的梦想出现了新的转机。人类最先进的开普勒Ⅲ天文望远镜偶然搜寻到，在太阳系外的巨蟹座方向上，天然地存在一条通向星际深处的捷径——一条由高密度氢原子构成的狭长通道，这条通道的跨度长达一百六十多光年，最窄处直径仅为一千亿公里（百分之一光年），氢原子的密度达到每立方厘米一千个，这几乎是正常星际空间的一千倍。这让物理学家很自然地联想到了氢气冲压飞船，飞船理论上能够在如此高密度的氢原子聚集通道中不断加速以接近光速。

更让人类激动不已的是，通道的入口仅距离地球零点五光年，而氢气走廊途经的第一颗恒星正是四十一光年外的巨蟹座55A/B，这个双星系统甚至拥有着五颗与地球相似的行星。

于是，一项名为"银河走廊"的宏大宇航计划正式启动。

宁天穹结束了回想，充满感慨地说道："我还记得在宇航学院的第一堂课上你曾对我们说，太阳系是人类诞生的摇篮，而氢气走廊就像是造物主有意放置在摇篮外的阶梯，人类可以踩着它缓步登上更高的舞台。"

"那可是十多年前的事了，你是在含蓄地提醒我，我已足够老了吗？"尤利奇老师半开着玩笑道，界面中他的脸庞一下子蔓生出一道道深深的皱褶，"不过我终于老得可以见证你们出发。"

"'见证'……我们不是一起乘'群星号'出发吗？"宁天穹很是诧异。"不，孩子，我和你们不一样，飞船启航后，你们将很快进入冬眠直到抵达目的地。而我只是浸泡在营养液中的一叶大脑，冬眠对我意义不大。我很难熬到飞船抵达的那天。"尤利奇平静地说。

尤利奇的话让宁天穹陷入了沉默。尤利奇老师是出生在地球的旧人类，早年曾是一位优秀的宇航员，一次太空事故让他只剩下了大脑。由于他的细胞并没有经过抑制端粒缩短的改造工程，因此他的大脑运转时间不会超过一百年。与尤利奇不一样的是，宁天穹他们这一批宇航员是为太空拓殖量身定制的新一代人类，他们在冥王星严酷的环境中锻炼出坚毅的意志，同时身体也被植入了五花八门的芯片，寿命被拉长到了三百岁。

"再说了，漫长的航程中途谁也不知道飞船会遭遇到什么状况。"

尤利奇继续说道，"等你们大部分人都冬眠了，剩下清醒的我可以与飞船A.I.一同监控飞船航行，也算发挥我这老家伙最后的余热。"

宁天穹难过地点了点头，他尊重老师的决定。这对此次航行或许算得上一件幸事，老师将用丰富的太空经验守护着冬眠的他们一路飞抵星际深处的目的地。

十天后，"群星号"飞船如期启程。半年过后，"群星号"的速度提升至百分之二的光速，并飞出了太阳系的奥尔特星云带。渐渐地，飞船舷窗外的景致变得空洞起来。按照计划，十五年后，"群星号"抵达"氢气走廊"的入口，接着改由氢气冲压方式在氢原子的海洋中破浪前行，迅速将飞船加速至百分之八十光速，直至飞抵距离巨蟹座55A/B零点五光年的地方，然后反向开启冲压引擎，用五年的时间使飞船减速，最终登陆巨蟹座的行星。

人类宇航员陆续进入冬眠状态，宁天穹也躺进了冷冻舱内。在舱壁合上那一刻，他莫名地产生了一种奇怪的感受，自己就像是一只被投进河流中的漂流瓶，在漫长的漂流中不知有着怎样的惊涛骇浪与险滩暗礁。自己能否安然抵达遥远的彼岸？即使到了彼岸，迎接他们的又会是怎样一番奇景?

带着纷杂的思绪,他缓缓地闭上了眼睛。

也不知道过了多久,当宁天穹缓慢睁开眼睛,发现自己正平躺在已开启的冷冻舱中。几分钟后,在生命恢复系统的帮助下,他艰难地撑起身体,直愣愣地打量着眼前这间异常狭小的船舱,直径与高度都不会超过五米,光线极为暗淡,这应该是舱体开启了节能模式的缘故。

更让宁天穹感到惶惑的是,他身旁并没有其他的冬眠舱,这真是奇怪,他应该和其他同伴一同苏醒才对啊。

他小心翼翼地离开了冷冻舱,充满失重感地飘浮在空中。

这一刻,一个充满机器人质感的声音从他身后响起:"宁天穹,醒来的感觉还好吗?"

宁天穹恍然转身,狭小的空间中并没有其他人,声音似乎来自舱内的电脑端口。

"还好,我只是有些困惑……"宁天穹嗫嚅着,"你是飞船的A.I.?"

"是的,我是'群星号'上千个A.I.中的一员,我的名字叫艾伦。"这个A.I.呆板的声音听上去奄奄一息,或许也是选用了节能模式的缘故。

"喔,艾伦,你好。"

"宁天穹,你好,现在我是这艘着陆飞船的控制者。"

"着陆飞船?这里不是'群星号'吗?难道我们已经抵达了巨蟹座55A/B?我的同伴们呢?"宁天穹更加困惑了。

"宁天穹,我不得不告诉你的是,在你沉睡的一百年中,飞船经历了一些突发状况。"

"突发状况?"宁天穹心里猛地一个哆嗦,"现在我们到了哪里?"

"你可以自己到舷窗前看一看。"艾伦轻声说道。

宁天穹颤颤巍巍地移到了舷窗前,猛地,一幕无比震撼的太空奇景投射进他的瞳孔中。六颗大小不一的恒星拥挤地排列在广袤无垠的太空中,熠熠闪耀,交相辉映,就像是一颗巨大恒星进入到一片由几面玻璃镜组成的封闭界面中,交错投射出一串不真实幻影……这并不是他所熟悉的巨蟹座55A/B双星。

半晌后,宁天穹声音干涩地问:"这是哪里?"

"双子座的北河二。"身后冰冷的声音回答道,"距离地球五十光年,距离巨蟹座55A/B十二光年。"

"怎么会是北河二?"宁天穹心中一个激灵,"我记得巨蟹座55A/B与北河二的方位在天球上相差了十多度,这不是我们的目的地。'群星号'究竟发生了什么?"

"很不幸,'群星号'发生了一次意外。"艾伦依旧不带任何感情地说道。

"一次意外?"宁天穹惊恐地问。

"请你听我说。'群星号'进入'氢气走廊'后的旅程一直无惊无险,意外出现在'群星号'即将抵达巨蟹座55A/B并准备减速时。就像是上帝给人类开了一个残酷的玩笑,主序恒星55A毫无征兆地发生了氦闪,由光子与中微子组成的磅礴冲击波以光速向着飞船呼啸而至,'群星号'的防护盾勉强承受住了这一轮冲击波,但在数秒钟后接踵而至的还有被加速到亚光速的质子、氦核这样的高能粒子,这将打穿防护盾。"

"天啊!'群星号'……"宁天穹痛苦地惊呼道。

"在这千钧一发的紧急时刻,尤利奇老师冷静地做出了抉择,他沉着地用脑波发出电脑指令,将一部分沉睡的宇航员迅速装进十几艘备用小型着陆飞船,紧接着这些飞船以与冲击波相反的角度弹射出。"

　　"尤利奇老师!"宁天穹悲恸难禁地呼喊道。他们这一批"群星号"宇航员都是在尤利奇老师的指引下一步步成长,承负起整个人类的太空梦想,满怀激情地踏上了茫茫星际之路,可如今,人类雄心万丈的外星拓殖之梦却如水中月镜中花,还未触及就被冷酷的群星无情击碎。或许在森罗万象的宇宙面前,举步维艰的人类还只是一个天真稚幼的孩子。

　　许久之后,宁天穹嗫嚅道:"可我怎么会来到这里?"

　　"被抛出的着陆飞船瞬间开启了可控核聚变引擎,以全功率瞬间提升起了速度。很幸运,我们所在飞船的航线刚好位于'群星号'背后,'群星号'抵挡了一部分冲击波,因此我们侥幸得以逃脱,然而劫后余生的飞船很快耗尽了所有的燃料,只得借由惯性以抛物线为航线远离了巨蟹座55A/B。此后经过了五十年的航行,在一个月前进入了北河二星域,最终被北河二恒星的引力所束缚。"

　　"这么说,在事故发生过后,我又随着这艘飞船在茫茫太空中漂泊了五十年。"

　　"是这样的。"

　　宁天穹愣住了,自己竟不知不觉地沉睡了一百多年,而飞船更是远远地偏离了最初的航线……

　　"飞船外的六颗星究竟是怎么回事?"宁天穹猛地意识道。

　　"北河二是一颗比较罕见的六合星。""六合星?"

　　"六颗彼此独立的恒星通过引力约束在了一起。""……你能告诉我这些恒星的数据吗?"

　　"当然可以,我早已通过高分辨光谱仪测量出了这些恒星的光谱,从而判断出这些恒星的元素组成及元素丰度。这个六星系统实际由三组双星系统组成,每颗恒星均属于正值壮年的主序星,其中最大的主星质量是太阳的二点六倍,最小的质量为太阳的一半。"艾伦一口气说出了一连串冰冷的数据，"这六颗恒星组成了一个异常复杂的引力迷宫，我们的飞船就如一叶轻薄小舟在激荡的海面颠簸，不时被拉拽到不同的恒星引力阱中，此刻我们的飞船正围绕着其中最大的一颗恒星飞行。"

"难道我们不能脱离这里吗？"

"非常不幸，我们办不到。"艾伦说，"飞船现在只能依靠太阳能提供的极其微弱的动力，这只够对航线进行微调。"

"我记得着陆飞船携带着微型氢气冲压引擎。"宁天穹急切地打断了艾伦的话。

"是的，我们携带着氢气冲压引擎。可是我们的太阳能动力甚至无法使飞船达到冲压引擎开启的阈值速度。更何况，即使满足了阈值速度，以星际间如此稀薄的氢气浓度，我们最多让飞船达到可怜的百分之零点零五光速。天穹，我们可能会永远地困在这里。这也是我唤醒你的原因。"

永远困在这里。这让宁天穹感到了一股坠落到无底深渊的无力感，"我们飞船的生态系统还可以维持多久？"

"这你倒不用担心，只要飞船不解体，生态系统可以一直维持下去，水与氧气可以无限循环使用，同时飞船携带着食物培植设备，里面培育着大量的光合细菌，这些细菌只需要阳光就可以合成有机食物，因此提供你生存下去的食物也是没有问题的。但是——"艾伦停顿了下来。

"但是什么？"宁天穹紧张道。

"就如刚才告诉你的，我们身处的这六颗恒星的运动轨迹是如此变化莫测，我担心哪一天哪一颗恒星会突发巨大引力扰动，飞船积蓄的太阳能可能无法提供足够的动力摆脱引力，这将使飞船坠向恒星表面。"

"坠向恒星……"宁天穹惊诧道,"难道我们不能通过计算机模拟出六颗恒星的引力变化趋势,提前让飞船始终处于安全的位置?"

"我们没办法做到这一点。"

"为什么?"

"因为六颗恒星引力的相互作用错综复杂。在数学上,对于一个六体问题没有明确的解析解,只能依靠海量的计算获得一个近似的数值解。然而非常遗憾的是,我们的飞船只是一个设备简陋的着陆飞船,并没有携带足够的计算机资源。虽然我会尽全力一直计算下去,但是我无法保证做出足够准确的预判。"

艾伦冰冷的话语充满了不容辩驳的威力。宁天穹僵立在空中,他禁不住将目光投向了舷窗外。视线中的六颗恒星次第交错,他仿佛看到了这些恒星涟漪般扩散出的引力相互交织,形成一面瞬息万变的引力陷阱,而他身处的飞船只是深陷其中的一粒微小至极的尘埃,完全掌握不了自己的命运。

这很像是一场疯狂转动的俄罗斯轮盘游戏,不知道灭顶之灾会在哪一时刻猝然降临……

在那以后,宁天穹经历了一段长时间的沮丧期,最后他还是不得不接受这不幸的命运。在这个笼子一般的逼仄空间中,他艰难地开始了新的生活。

一开始,他为自己制定了详尽的作息时间表,飞船上仍旧按二十四小时为一天的周期,艾伦会定时熄灭八小时灯光作为休眠时间。而在"白天"的十六个小时里,他给自己安排了不少事情,阅读电脑中储存的小说,与艾伦聊天,自己与自己下国际象棋,甚至是一个人对着镜子,一人分饰几角地表演话剧。但在大部分时间里,他不知道自己该干点什么,他总是愣在原地,如陷入白日梦一般发呆。

他不知道这般暗无天日、一成不变的日子还要折磨自己多久,他怀疑哪一天飞船还没被恒星吞噬掉，而自己就已被寂寞与无聊彻底击垮。

直到有一天，宁天穹无意间发现飞船的一个角落暗藏着一个隐秘而有趣的小世界。

这是一台由电脑控制的食物制造机，里面陈列着十几只培养槽，每个槽里都生活着数量庞大的细菌群落。

这让他恍然意识到，飞船上的生命不仅有自己与艾伦，实际上还存在着种类繁多的微生物。

通过显微镜，他可以清晰地看到这些细菌制造自己每天所吃的有机食品的整个过程，在宽度仅为十厘米的培养槽中，俨然形成了一个秩序井然的小王国，数以百万计的细菌纷然涌动，就如一团正在旺盛生长的旋涡星系，如此波澜壮阔、生机勃勃。而当镜头进一步放大到单独个体时，可以看到每一只细菌都像是活力十足的小马达，瑟瑟震颤，四下蹿动，如链式核反应般飞速地分裂，繁殖出新生体。

在艾伦的解释下，宁天穹更加深入地了解了这些细菌群落。它们全都是光合细菌，只需要阳光的作用就可以将氢气或二氧化碳转化成有机物供自身利用，合成出人体所需的蛋白质、脂肪、淀粉以及维生素。如果没有玻璃器皿的阻隔，这些顽强的微弱生命甚至可以无限繁衍壮大下去。

这一天过后，宁天穹一天中一大半时间都花在神奇的细菌上面，他总是一动不动地伫立在控制台的显微镜前，长时间地观察细菌的动态。让他着迷的是整个细菌群落制造食物的奇妙的自组织过程，不同功能的细菌在这样一个整体中各司其职，如构成庞大机械的无数微小齿轮，一丝一点地构建出不同口味的有机块。然而，当面包状的有机块最终成形，机械手臂却又会将有机块取出。培养槽中剩下的细菌全然没有察觉到这一变化，它们甚至没有表现出任何的停顿与懈怠，转而投入下一轮"制造有机面包"的浩大工程。

就这样，细菌们浑然不知培养槽之外还有宁天穹这样一位近乎神灵的存在，神灵正高高在上地俯瞰着"社会"全景，芸芸众生们只是不停地循环忙碌着，冥冥之中充满了令人感叹的宿命感。

不由得，一个奇怪的想法在他脑中生成，自诩为万物之灵的人类会不会也只是一种低层次的单体智慧，浑浑噩噩地生活在一个被早已设定好大小的容器中——这个容器就是我们看似无垠的宇宙，而在容器之外或许还存在着某一种上层智慧。氢气走廊的存在，二十年前"群星号"遭遇到那一次突如其来的氦闪爆发，这一连串看似随机的天体行为背后也许隐藏着某种深沉的目的，或许是上层智慧的一次有意行为，只是，人类永远无法去理解与感知。

这样的想法让他感到了一阵不寒而栗的恐惧。他赶紧打住了思绪。

对细菌群落的观察持续了好几个月，他一点也没厌倦，反而寻找到了一些新乐子。他开始学习细菌合成食物方面的知识，不时与艾伦进行讨论，艾伦根据他的要求每天总是变着戏法般设计出新的方案，操控着细菌群落为他合成出不同口味的美食。

在创造出很多五花八门的食物后，宁天穹很自然地想起了细菌似乎还能为人类酝酿出一样好东西——啤酒。

"艾伦，这些细菌能为我合成一杯啤酒吗？"宁天穹好奇地问道。

艾伦很快给出了回答："这在原理上是可行的，酿造啤酒的原料主要是麦芽汁以及能够发酵的酵母菌，麦芽汁可以通过水与特殊的细菌合成，而我们的细菌群落中包含着大量酵母菌。"

"那就给我来一杯啤酒吧。"宁天穹兴奋地嚷道。

艾伦接受了他的命令，飞速调动起计算机资源，控制台精心修改起了细菌的DNA，改造后的细菌涌进了一个盛满水的封闭玻璃格中，开始了一轮宏大的"酿酒"工程。

宁天穹凝望着玻璃格中如旋涡般搅动起来的液体，心情急迫地询问道："我需要等很久吗？"

"要不了多久，"艾伦回答道，"传统的啤酒酿造时间需要七天以上，但现在我改变了酵母菌的DNA并设定了特别的环境温度，你只需要等上十几分钟。"

宁天穹欣喜地点了点头，充满期待地等待起来。他看到液体的颜色在缓缓变深，最终，液体变成了琥珀色。

盛满液体的试管被机械手送到了宁天穹的面前。他小心翼翼地接过试管，端详了起来，混浊液体的表面漂浮着一层细腻的泡沫。

宁天穹将嘴唇放在试管口上，微微地咂了一小口，黏稠而冷凉的液体立刻流入喉咙，直抵他的胃部，但除了冰冷的刺激外，酒精暂时并没有给他带来太大的感觉。

接着，他又几大口喝完了杯中的"液体面包"。没过多久，一种微醺的愉悦感让他飘飘然起来，身体每一个细胞都得到了极大的放松。

这正是他久违了的酒精的美妙滋味。

但这浅尝辄止的感觉并没有让他感到满足，他还需要更大的刺激。

他大声要求艾伦为他来一大杯更劲道的啤酒。

艾伦接受了他的要求，下达了一串计算机指令，扩大了酿酒细菌的群落。

几分钟后，一大杯高浓度的暗黄液体制作完成了。

他迫不及待地举杯大口畅饮了起来。慢慢地，他亢奋的意识逐渐变得模糊起来，最后睡了过去。

从那一天之后，他爱上了这种生活，白天无论做什么事情手中都端着一杯酒，一杯接一杯，每天都要喝到酩酊大醉然后昏昏睡去。如此一来，之前紧绷在他心头的那些空虚、无助、压抑、孤独，全都在一场接一场的宿醉中变得烟消云散。

有一天，宁天穹又从一场宿醉中醒来，愣愣地见到昨天喝剩下的半杯酒还飘浮在空中，自己醉酒后的呕吐物已经被艾伦清扫干净了。此后的很长时间里，他自己全身乏力地瘫缩着，头痛欲裂，胃里翻江倒海，难受极了。

他艰难地起身想要找点水喝，一个人类的声音猛地响起。他被惊吓住了，他已经太久没有听过人类的声音了，更让他无比惊诧的是，他分明听到的是他自己的声音。

"天穹，我觉得你不应该这样终日沉迷于酒精。"

难道是自己醉酒后出现的幻听？他怔怔地环顾只有他自己孑然一人的舱内。

自己的声音再次响起："天穹，我是艾伦，我想和你好好谈谈。你知道飞船中没有留下任何人类的音频资料，因此我不得不以你的声音作为样本。"

宁天穹长出了一口气，昏沉的大脑稍稍清醒了一些。今天是怎么了？难道A.I.也开始以人类的腔调和他推心置腹地聊起了人生来？他感到有些哭笑不得，"是你呵。我说艾伦，不喝酒我又能做些什么？请你告诉我应该做点什么打发这无聊的时间。"

"我也说不上来，我只是觉得依靠酒精麻醉度日并不是办法。你应该做一些更有意义的事情———"

"什么是更有意义的事情？"一股未消的酒劲猛地冲上宁天穹的头顶，他情绪失控地咆哮着打断了艾伦的话，"我在这该死的恒星监牢里做的任何一件事都毫无意义,都改变不了最终掉进恒星熔炉里的命运,既然如此,难道还不能让我选择一种更加舒坦的安乐死法吗?"

艾伦并没有生气,继续语气诚恳地说道:"每一个人类都知道自己最终逃避不了死去的命运,但大部分人还是选择了认真地生活下来。"

宁天穹一下子愣住了,半晌后,他没头没脑地问了一句:"生活的意义是什么?"

"我怎么会知道。"艾伦喃喃道,"我甚至并不是一个真正的生命。"

接下来的时间里,俩人陷入了沉默。

最后还是艾伦打破了沉默,"天穹,我真的不知道生活的意义是什么,但就对我这样一个不具备人类丰富感知与情感的A.I.来说,我只是朦胧地觉得,生命的存在就像是一种责任。"

"一种责任?"宁天穹皱起眉头。

"是的,一种责任。"艾伦柔声说道,"我必须坚持人类最初创造我时赋予的使命,就现在来说,只要我一息尚存,我都将竭尽全力守候你的安危。"

"可是我并没有你这样坚定的使命感。"宁天穹喃喃地说。

"不,天穹,在遥远的太阳系一定还有一些关心你的人、爱你的人,他们一定希望你能好好地活下去。为他们活下去,这或许也可以当作一种责任吧。"

宁天穹僵住了,艾伦的话给了他重重的一击,这让他不由自主地想到了自己的未婚妻莫娜——在这之前他一直在脑海中极力回避着她的模样。他颤颤地从宇航服内面取出了一张充满褶皱的照片,这是与莫娜的一张合影,照片一直紧贴在宇航服与他胸口之间,陪伴他跨越了几十光年广漠而幽暗的时空,来到了这片荒凉诡异的星域。

在这张褪色的照片中，莫娜笑容灿烂地注视着自己。他恍然回想起自己与莫娜分手的场景。

在冥王星北极一座冰雪覆盖的建筑物中，俩人紧紧地依偎在一起，久久不忍分离。"一百年后见。"宁天穹深情凝望着莫娜，努力露出一个笑脸。

"我等你。"莫娜紧咬着嘴唇，用力地点了点头，说完她转过身去，在机器人的帮助下躺进了冷冻舱。

透明的舱壁随之关闭，氤氲的白色烟雾缓缓弥漫在舱内，莫娜安然闭上了眼睛。没多久，她进入了休眠状态，她将以这个姿态在零下两百摄氏度的液氨中一动不动地沉睡下去，生命体征完全停滞。宁天穹默默地注视着那张就像是被琥珀凝固住的脸庞，恬静而柔美，隐隐有着一丝闪亮的晶莹冻结了她紧闭的眼角。不由得，一丝痛楚漫过他的心尖。不，这并不是诀别，他在心中反复提醒着自己，如果一切顺利，一百年后，他会从巨蟹座55A/B返回到这里唤醒他的睡美人。

这一刻，往事如一幕幕的电影画面般呈现在他眼前，滚烫的眼泪模糊了他的视线，他愧疚地低下了头。

五十光年之外的冥王星上，他们曾有过的那个约定，此刻他的莫娜还静静地躺在冥王星的冬眠舱里，等待着自己的归去。

自己不能再消沉了，作为被基因改造过的"新一代"，自己还有两百多年的寿命，即使自己无法挣脱这片恒星的桎梏，但兴许哪一天人类的宇航飞船碰巧飞抵这里，如果那时飞船还没有坠落恒星的话，自己在有生之年还有机会被营救，与莫娜重逢。

希望尽管微乎其微，但谁也无法否定它依然存在。

一念及此，他抬头望着悬浮在面前的那半杯酒，不由得握紧了拳头，猛击向酒杯，酒杯随之倾倒，液体泼洒了出来，化作一颗颗颤颤的水滴浮游在空中。

他暗自下定决心，要与堕落的日子彻底作别。

从那一天过后，他开始过起了一种自律的生活，每天坚持锻炼身体、阅读书籍、写日记，甚至开始重新学习基础科学知识，只有到了每个星期的周末他才会犒赏自己一小杯低度啤酒。

他仍然坚持每天定时观察控制台中的细菌群落，不过不再是为了酿酒，而是找到了一个新的消遣方式——他对细菌DNA进行了一番改变，使得细菌在合成食物过程中还能依照他的设计演化出各种新奇的图形。这并不难做到，他只需要在细菌中加入一些产生荧光蛋白质的基因表达，就能让这些细菌发散出不同颜色的荧光，同时，他还利用这些光合细菌的趋光特性，通过机械手臂移动多个光源刺激细菌，细菌将按照光源移动的方向缓缓生长、繁殖，以此绘制出复杂的图形。

宁天穹每天都绘制着不同的图像，图像来源于记忆深处那些美好的事物：鲜花、蝴蝶、飞鸟、河流、"群星号"、太阳系……

有一天，宁天穹依靠回忆试着画起了莫娜的脸庞。他默默注视着荧光细菌一点一点地凝聚成莫娜五官的线条，饱满的嘴唇、俏丽的鼻子、深邃的眼睛……他记忆深处最难忘的那张脸庞最终定格，正目光深切地凝望着他。

这一刻，他不禁潸然泪下，脑海中忽现出了一幅鲜活的画面，那是自己与莫娜在冥王星上第一次邂逅的场景。

那天宁天穹还在宇航员基地受训，正在操场上埋头训练的他不经意间抬头，远远地望见一位身着米黄色风衣、火红色长发的女孩正在四处拍照，他之前从未见过她。但在这一刻，他的目光不由自主地被女孩牵引，她那张精致恬静的脸庞，顾盼生辉的眼神，照相时专注的神情，甚至是轻轻用手指将秀发挆向耳后的细微动作，都无不散发着迷人的气质。

当女孩走近他，与他目光相遇，女孩礼貌地向他莞尔一笑，他这才回过神来，他笨拙地笑了笑，慌乱地收回了目光。

当他装作无意地将视线再次投出时，女孩已不见了踪影。他不由得感到了一阵从未有过的怅然若失。

但没过多久他们又见面了。原来莫娜是一名来自地球的记者，二十五岁，刚从地球飞到冥王星准备完成一次对"银河走廊"计划宇航员的采访。宁天穹碰巧被上级指定接受她的采访。

随后的采访安排在基地的一间咖啡馆中，莫娜热情地询问起了他从生活到宇航飞船的方方面面，看得出年轻的她对未知世界充满了巨大的好奇感。面对莫娜一个劲的提问，宁天穹表现得并不好，他全然没有了过去一贯的风趣幽默，变得腼腆的他含糊地回答着她的问题，在整个过程中，他心中始终有着一种恍惚感，他出神地凝望着坐在他对面的莫娜。脱去了外套的她身着一件紧身蓝色毛衣，更显露出姣好的线条，朦胧的烛光照映在她俏丽的脸上，那双黑色的眼睛中不时闪烁着异样的光亮……

直到访谈结束，他将女孩送回酒店，心中的不真实感依旧挥之不去。

在此后的几天中，他没有再见到莫娜，他在心中告诉自己她已经返回地球了。为了压抑住内心的潜流，他拼命地加大训练量，毕竟他心中很清楚，自己没有任何可能性与莫娜走到一起。从他出生的那刻起，他就被赋予了确定无二的命运。他的未来远在遥远的星辰彼岸，而在配偶问题上，他的选择只局限于同期的女宇航员。

就在饱受相思之苦折磨之时，他接到了一个紧急命令。莫娜被困在了冥王星赤道的冰喷泉地带，处境极为危险，基地要求他立即带队营救。

　　原来莫娜在完成采访任务后并没有立即返回地球,与所有她这个年纪的女孩一样,憧憬着全世界旅行的她当然不愿放过神秘诡奇的冥王星风景,她独自一人跟随机器人向导去到了著名的艾斯古峡谷冰喷泉,然而就在她抵达峡谷时,过去一直固定在一处的冰喷泉突然活跃起来,遽然扩大了喷发地域,飞扬起的冰雪将莫娜乘坐的漫游车掩埋了,莫娜命悬一线。

　　以最快的速度,宁天穹率领一支救援队抵达了出事地点。此时的情况已非常危急,广阔的峡谷中已是白茫茫的一片,汹涌的冰喷泉还在向着四面八方扩张,更要命的是,莫娜的信号早已中断,救援队无法定位到她被掩埋的确切地点。

　　破冰车开启了红外线探测器,开足马力驶入了峡谷,在冰雪风暴中艰难地前行。

　　宁天穹万分焦急地守在屏幕前。在红外线的波段中,周遭寒冷的世界显得更加死寂,昏暗的视界中看不到一丝热量的成像点。

　　这不由让他的心变得沉重起来,莫娜是不是已经失去呼吸,变成了一具冰冷的躯体?

　　就在他默默为莫娜祈祷之时,一团微弱的红色隐约地出现在屏幕一角。

　　莫娜在那儿!

　　宁天穹心中一阵狂喜。他赶紧发出指令,停下了破冰船。紧接着,他亲自上阵,操控着一台破冰型机器人走出了破冰船。

　　全副重型机甲的机器人迎着狂暴的风雪,步伐沉稳地迈开步子,抵达了热点所在的区域,弯下腰奋力挖掘了起来。

　　终于,漫游车的外壳在积雪中显露了出来,机器人随即钻进车舱内,抬出了陷入昏迷状态的莫娜,快步返回了破冰船。

　　在温暖的破冰船内,宁天穹望着包裹在宇航服中的莫娜,悬着的心终于放下了。宇航服表面液晶屏显示她的生命体征稳定。

很快，莫娜的宇航服探测到了周围环境的改变，于是唤醒了她。她睁开了双眼，在愣怔了许久后说道："宇航员，是你。"

"是我，莫娜。"宁天穹柔声说。

"天啊，我还以为自己命丧在冥王的领地，出现在我面前的是冥河的摆渡人。"

"我的脸孔有这么阴郁吗?"宁天穹笑着说。

莫娜也虚弱地笑了笑，她睁大眼睛望着他，认真地说："感谢你救了我。"

"这是应该的。"宁天穹笨拙地支吾道，他不知道该如何继续话题，忽然间，他有了一个主意，"想不想看一眼真正的'冥河摆渡人'?"

"我太不懂你的意思。"莫娜一头雾水。"来吧，我扶你到舷窗边。"

宁天穹小心翼翼地挽扶着莫娜来到了破冰船船尾的舷窗边，莫娜向窗外望去，惊呆了。此刻破冰船已经驶出了危险区，平稳地飞行在上百米的高空，在破冰船的后方，远远地可以看到一条由雪花构成的细长云状体，就如龙卷风一般，纷纷扬扬地转旋着，扶摇直上，从峡谷谷底一直穿越了整个阴沉沉的天穹，直抵悬挂于天空正中那一个巨大星球，这颗星球几乎占据了三分之一的天空，那是冥王星的卫星卡伦。

"你看，天空上那颗星球就是'冥河摆渡人'卡伦①。"宁天穹轻声开口道，"由于卡伦的质量并不比冥王星小太多，那些轻盈的雪花在引力的作用下如飞鸟般飞向了卡伦。"

"噢，我明白了，你说的是卡伦。"莫娜恍然点了点头，目光定定

---

①卡伦是古希腊神话中的人物，专门负责带死者的灵魂渡过围绕地球的冥河。

地注视窗外,全身心地沉浸在这难得一遇的奇景中。

不经意地,她将头轻轻地靠在了宁天穹肩上,宁天穹木然僵立在原地,侧眼充满怜爱地望着她,心中涨满了一种想要永远保护她的强烈情感。

那一夜,两位年轻人相互依偎着,领略了他们一生之中最为绝美的景色。

这一次惊心动魄的"浪漫"经历后,莫娜选择了留在冥王星上,成为驻站记者。

在冥王星永恒昏沉的天穹之下,她与宁天穹炽烈地相爱着,然而他们不得不面对一个非常现实的问题:"群星号"将在三年后出发,而"银河走廊"船员的名额早在十年前就已确定,像莫娜这样没有经历过宇航训练的记者是没有可能挤进"群星号"中去的。

对此,莫娜主动提出了一个解决方法——将自己冰冻起来直到宁天穹返航。

就在这一刻,记忆结束了,宁天穹木然呆立,故事情节发展到这一刻,小说陷入了困局。

实际上,这个小说就像是一个"密室逃脱"游戏,需要读者自己开动脑筋,寻找已给出的线索让情节继续往下走。

然而,这一篇互动小说无疑具有很高的挑战性。百分之九十以上的读者都会忙乱无绪地碰壁多次,不得不选择"情节求助"的道具。

但宁天穹作为小说的作者,自然是轻车熟路地寻找到了方法。

有一天,宁天穹仍专心致志地观看着细菌绘制图像,细菌群落如一支画笔缓缓地绘制着斑斓的图像……突然间,一束思维的火花在他大脑中擦亮，这些细菌阵列忠实地执行他的命令，这很像是……一台具备着输入输出功能的计算机。

他陷入了思考。近一段时间正好学习了一些细菌生理特性方面的知识，他心中明白，一旦这些光合细菌受到某种特定酶的刺激，将会激起体内一系列化合反应，并释放出另外种类的酶，这很像是集成电路中的半导体晶体管，输入"1"或"0"的数字信号，经过最简单的逻辑运算，将输出"0"或"1"的结果。通过修改DNA，他可以将细菌单体改造成如"与非门""或非门"这样的逻辑门——这已经是构成一台计算机的基本运算单元。

也就是说，他可以制造出一台完全由细菌构成的生物计算机，如果运算单元数量足够，或许能够辅助艾伦的工作，提升飞船的计算能力，获得北河二六颗恒星的精确运动轨迹。这样飞船兴许有机会逃脱被恒星吞噬的厄运。

这个突如其来的想法让他感到了一种从未有过的亢奋，他迫不及待地来到操作台前，动手修改起了细菌的DNA，与此同时，他还设计了一些与飞船电脑相连的接口电路。

经过半天不间断的工作，宁天穹兴奋地站到了显示屏幕前，伸出颤抖的手指在键盘上敲下一串输入指令，这是一个经典的数学问题——"求解10的10次方以内的所有质数"。而后，他将目光转向了身旁另一面屏幕，上面呈现着培养槽内部的高倍放大画面，只见数量庞大的细菌群落就如一支阵容强大而齐整的部队，当接收到上级指令后，所有的细菌单体就如一名名动作矫健的士兵，全力以赴地投入到了轰轰烈烈的战役中去，它们有条不紊、分工协作。在这些士兵的身前与身后，还能看到忽闪的光点电光石火地明灭闪烁，这些都是作为计算数据的酶，正如同涟漪般在细菌单体之间传递。

这一刻，他的心跳不由得加快了起来，在一段漫长到让他感到窒息的等待后,显示屏上出现了一串数字:"2,3,5,7,11,13……"

他情不自禁地振臂欢呼了起来,自己成功了,细菌准确无误地解答出了他的题目。

这一刻,一种难以言表的激动荡漾在他的心中,苏醒以来他第一次看到了获救的曙光,他欣喜若狂地将自己的想法大声告诉了艾伦。

艾伦冷静地听完了他的想法,在长时间的思考后开口道:"天穹,你真是一个天才,这个想法非常非常棒,可是我们飞船狭窄的空间无法培育出太多的细菌。你知道,我们飞船任何一台处理器CPU内部都拥有上亿的逻辑门,显然,即使将我们飞船中所有的物质都转化成细菌,都远远没有达到能够计算出六体问题所需要的规模。"

宁天穹愣在原地,艾伦的话如一团冰块,无情地将陡然燃起的希望火苗瞬间扑灭了。

但他的失望并没有持续几秒钟,艾伦的声音再次响起:"但是,我们可以在飞船外广袤的宇宙空间中培植我们的细菌计算矩阵,想要多大就有多大。"

"是吗?"宁天穹惊喜道,但他又疑惑道,"可是,飞船外是一片空荡的真空,细菌能够捕捉到物质,实现生长繁殖吗?"

"这你不用担心。你是知道的,事实上宇宙真空也不是真正空无一物,其间弥散着稀疏的星际物质,由百分之九十的氢和百分之十的氦组成,密度仅为一个粒子每立方厘米。我们可以开启飞船前端的氢气冲压采集器,在飞船行进的路径中收集星际物质,不断供给细菌矩阵。"

宁天穹思考着点了点头,"我还有一个疑问,离开了飞船的庇护,宇宙空间中如此强烈的射线不会杀死这些细菌吗?"

"这也不是问题,我们可以改变这些细菌的基因表达,让其细胞壁变厚,在太空生存的时间变得更长久。更何况,当一部分细菌最终被射线扼杀时，它们已经完成了一系列计算任务。我们只需要不断培植更多的细菌群落去抵消死亡的部分。"

"真是太好了，艾伦，我爱死你了。我们现在就动手干吧。"宁天穹激动得已是语无伦次。

艾伦随即发出指令，飞船的前端展开了巨大的漏斗状圆盘，如吸尘器般汲取起了周围空间中的气态星际物质。游丝般稀薄的星际物质被汇集、压缩，源源不断地通过一个管道送入到飞船中一个庞大的反应槽中，槽中蠢蠢欲食的细菌立即活跃了起来，贪婪地吞噬着这些星际物质，同时在恒星光芒的作用下飞快地将星际物质转化为自己下一代的肌体。新生的细菌群落刚刚成形，就立即被送出了飞船。

就这样，一个月后，宁天穹的细菌计算矩阵已初具规模。

在飞船外无限宽广的墨黑空间中，一条深绿色的细菌构成的聚合体正在如滚雪球般地急剧生长，聚合体的一头与飞船的一扇舷窗紧密相连，而另一头则如乌贼的一只巨大触角张扬着，还在向着无尽的外太空飞速蔓延。

在聚合体内部，不计其数的细菌单体正在投入计算的滚滚洪流，全力运算着六颗恒星的精确轨迹。在这一过程中，一部分细菌长时间受到宇宙射线的侵蚀，体内的蛋白质结构逐渐失去活力，这些濒死的细菌会迅速地脱出聚合体，如孢子般飘散向茫然无际的宇宙深处。

这真是一幅令人动容的图景，这些远比尘埃还渺小的卑微生命，正在斗志昂扬地前赴后继，顽强地抵抗着浩瀚太空的冷漠与荒芜，用生命新陈代谢的接力去完成着一轮接一轮的计算。

在这个由冰冷物理法则主宰的宇宙中，逆熵的生命的确是最为非凡的奇迹,宁天穹欣慰地感叹道。

此刻的艾伦也没有闲着,它将自己意识的触角伸进了这一片宽广的计算资源中。

"我的意识就像是一只微小的水母,徜徉在了无边无际的大海中,这种自由自在的感觉真是太棒了。"

艾伦如此形容它栖身于庞大聚合体中的畅快感受。

终于有一天,艾伦告诉宁天穹,北河二六颗恒星详尽的引力变化图被绘制了出来。

根据这张实时更新的引力变化图,艾伦将能游刃有余地修正飞船的前行轨道,使得飞船在他有生之年被恒星吞噬的可能性近乎零。也就是说,从此之后,宁天穹终于可以高枕无忧地生活在飞船中了。

然而,这个消息并没有让宁天穹感到兴奋。他怔怔地来到舷窗边,出神地望着星空中太阳系的方向,在他内心的深处,始终还埋藏着一个更为强烈的愿望——有一天他能够真正挣脱这个星"囚"的桎梏,飞向太阳系,与莫娜再见一面。

在随后的一年中,宁天穹终日冥思苦想,迫切想要找到一个逃脱的办法,却始终一无所获。而飞船外相互缠绕着的北河二六颗恒星仍循着瞬息多变的轨迹高速运行,斗转星移,就像是不断组合出一组组抽象而意义难辨的立体几何图形。

直到有一天,宁天穹目睹到了飞船外一幕壮观的天文奇景,此刻的六颗恒星向着一个方向参差排开,近乎一列直线。

被深深震撼到的他长久地凝望着六颗星球,陷入了思考。

突然,六颗恒星迸射的星光像是扭合成一根锋利的针尖,轻轻地扎了他的大脑一下,他得到了一个醍醐灌顶般的顿悟。

引力弹弓效应!

他的心一阵狂跳，是的，引力弹弓效应！这并不是一个多么高深的概念，在人类最开始的太空探索之路上，很多航天飞行器就利用弹弓效应获得了最初的加速。当飞船以一定角度掠过途经的天体时，会与天体交换轨道能量和角动量。由于轨道能量与角动量的总和是恒定的，所以在这二者的接近与交换能量过程中，飞行器会得到更多的轨道能量而获得加速。而此刻一字排开的六颗恒星正是一个天然的多级弹弓，能够使飞船如助推火箭般一次接一次地完成加速，最后或许有机会达到北河二的逃逸速度！

一股亢奋的情绪推动着他，他急切地将自己的想法告诉了艾伦，艾伦陷入了计算。

很快，艾伦给出了最终计算结果，"诚如你所想的，细菌矩阵可以完成逃生路线的精确计算，去求得一个最优解。如果飞船以这个最优解的路径依次通过六颗恒星，先后六次获得加速，最终飞船的速度将达到百分之零点零六光速，这已经超过了北河二的逃逸速度。"

"这个速度能够满足冲压引擎的阈值吗？"宁天穹声音颤抖地问。"勉强能够达到，"艾伦回答道，"可是即使冲压引擎开启，由于星际真空中的氢气非常稀薄，再加上收集器磁场巨大的拖滞效果，两种效应相互抵消，我们飞船最终的速度只能达到百分之五光速。"

宁天穹的心咯噔一下，百分之五光速并不是一个缓慢的速度，然而相对于以光年计算的太空距离却又显得如此地微不足道。

艾伦的声音再次响起："天穹，我知道你热切地渴望着能够返回太阳系去寻找你的爱人，可是这里距离地球足有五十光年，你剩下的寿命不会超过三百年，无论如何，你都无法逾越如此漫长的距离。"

一股深深的绝望向宁天穹袭来，他愣怔了许久，哀伤地开口："艾伦，我们能不能去巨蟹座55A/B，那里距离这里只有十二光年，我或许在有生之年能够抵达那里……虽然'群星号'失败了,但我相信还是会有后继飞船,从地球出发沿着'氢气走廊'去到那里,在那里建立起人类栖息地,或许那里的人类已拥有了高度发达的科技,可以将我传送回地球……"

"你的想法很奇怪,不过,也并不是毫无可能性,"艾伦说,"但是,现在还有一个问题。"

"什么问题?"

"此刻能够从六颗恒星取得最大加速的路线指向了空无一物的太空深处。只有等到三年后,北河二六颗恒星才会有一次最佳排列,让飞船加速的方向恰好指向巨蟹座55A/B。"

"我愿意等到那一天。"宁天穹喃喃道。他已不在乎多等这三年,他能够预感到这样的抉择将给自己带来怎样的一种人生命运,自己将用生命的长度去丈量十二光年的距离,一天天在日渐破旧的飞船中年华老去,而最终迎接自己的,可能将是缥缈虚无的水中月,或许还没有抵达目的地,自己的生命就黯然熄灭掉了……

不,他摇了摇头,这些都算不得什么,至少自己曾经出发过。即使在生命的弥留之际,自己也可以坦然面对回忆中莫娜深情的目光。

从那一天起,他开始静下心来,操控细菌矩阵运算起了飞船精确的加速路线,这无疑是一项庞大烦琐且不容任何纰漏的工程,不过对于不断增长的细菌矩阵来说,这并不难办到。

半个月后,一套详尽的方案成形了。

对于这个方案,宁天穹又设计出多种自检的程序,反复地核实方案的准确性。他很清楚,方案必须万无一失,任何一个微小的失误都将让他命丧黄泉。

三年的时间很快过去,北河二六颗恒星终于再次排列成了一条直线,直线的方向直指巨蟹座55A/B。

飞船启航的日子也来到了。

为了最小化飞船的质量,艾伦将飞船上所有多余的部件都抛向了太空,最后,艾伦关闭了舱门,断开了飞船与聚合体的连接。

"我的意识一下子又缩拢回了原来可怜的大小!"艾伦感叹道。

宁天穹微微一笑,沉默地将目光投向了舷窗外,他要与细菌聚合体作最后的告别。

经过三年的生长,飞船外的聚合体已经扩散到大片星域中,形成一个蔚为壮观的庞然大物,给原本空旷死寂的宇宙空间中增添了一抹明亮的生气。

再见了,这一群微小而又不挠不挠的细菌勇士,是你们用生命的律动让我有机会踏上归途,去再见爱人一面。

他的眼睛不禁湿润了,这一刻,他惊奇看到,这个嵌合在黑暗深空的墨绿色聚合物表面浮现出无数色彩斑斓的光斑,竟有节奏地闪耀了起来,他恍然意识到,这应该是艾伦最后留下的指令,让聚合体中的荧光细菌活跃了起来。

然而他宁愿去相信,这就是一个具有真正意识的生命体,与他朝夕相处了三年多的时光,此刻正在与他动情地作别。

飞船离去后,这些细菌群落由于失去了星际物质的注入,很快就将停止生长,过不了多久就会被宇宙射线彻底杀死。这多少是一件令人感伤的事情。

"天穹,可以起航了吗?"艾伦的声音猛地打断了他发散的思绪。

"让我们出发吧。"宁天穹收回了依依不舍的目光,轻声说。

他坐到了久违的驾驶位上。很快,从船尾传来了引擎的振动,这是艾伦调动起飞船仅存的所有太阳能动力正在进行加速。飞船颤巍巍地动了起来,缓慢地脱离原有轨道,斜斜地飞向了最近一颗恒星的表面,在转瞬之间,第一颗恒星巨大引力场狠狠地推了飞船一把,获得了动能后的飞船旋即又沿着弯曲的轨道远离恒星,曲折地飞向下一颗恒星。就这样,飞船按照精准计算的路径与六颗恒星会合又离开,一次接一次地完成了加速。

这一过程中,宁天穹的身体终于感受到了曾经熟悉的重力加速度。最后,挣脱出北河二六颗恒星组成的引力阱的飞船打开了冲压引擎,汲取起游离氢原子,再一次实现加速,向着十二光年外的巨蟹座55A/B飞驰而去。

随之而来的日子变得千篇一律,黑夜与白天周而复始地交替,宁天穹每天按部就班地重复着一成不变的作息。唯一的变化来自于舷窗外的群星,即使以他的肉眼也能察觉到这些星星排布随航程悄然发生的变化。只是位于飞船前方的目的地巨蟹座55A/B看上去仍是一丝微弱亮点,不具备任何具体形态,纹丝不动地凝固于茫茫星海之中。

渐渐地,他习惯了这种生活,内心也不再感到寂寞与孤独,心静如水的他任凭镜子中的自己头发变得花白,满布皱纹的脸庞就如同失水的花朵一天天愈发干瘪。他已不再计算时间究竟过了多久,以及离巨蟹座55A/B还有多长的距离。

直到有一天早晨起床活动身体时,他突如其来地感到一阵眩晕,自己的腿脚变得不利索起来。

他挣扎着想要站稳,然而突然眼前一黑,昏厥了过去。

待他苏醒过来,他发现自己的大脑完全失去了身体的控制权,最后他不得不放弃了努力,无力地瘫坐在原地,陷入了深深的绝望。

此刻,空荡而寂静的飞船中,艾伦的声音再次响起,轻声安慰起了他——他只是身体出现了轻微中风,而他的大脑依然很清醒。随后，艾伦拆下了飞船的一些部件，为他制作了一台只需要用语言控制的全自动轮椅。于是，从这一天开始，他开始了轮椅上的生活。

此时他已年满两百五十岁，距离巨蟹座55A/B尚有三光年。

在而后的时间中，他终日瘫坐在轮椅中，时常陷入精神呆滞的恍惚状态。

有一天，宁天穹又陷入了恍思，突然间，他听到从轮椅的麦克风传出了一个声音，是艾伦。

"天穹，我们已经抵达了55A/B。"这一刻，艾伦那金属质地的声音似乎也泛起了一丝微澜。

宁天穹迟缓地抬起耷拉的脑袋，怔怔地呢喃道："是吗？我们有没有收到什么无线电信号？"

"暂时还没有。"艾伦轻声回答道，"天穹，你需要亲自到舷窗前看上一眼吗？"

宁天穹没有回答，他失焦的目光直直注视着眼前的空气，许久过后，还是点了点头。

轮椅随即动了起来，离开地面，向舷窗飘了过去。

从瞭望镜望出去，呈现在宁天穹眼前的是一片荒凉而奇诡的景象。两百年前成为白矮星的55A如同一团即将熄灭的微弱炭火，行将就木地蜷缩在一片稀薄而晦暗的星云中央，散发着阴冷的淡红色光辉，它与处于主序星的55B仍构成了一对双星系统，步履蹒跚地相互环绕着，并不协调地旋转着。

宁天穹还见到了那一条气势如虹的"氢气走廊"依然横亘在距离55A/B双星零点一光年外，他的思绪不由回到了两百多年前，"群星号"上他的尤利奇老师与众多同伴正是葬身于此，这一刻，混浊的老泪不禁湿润了他的眼眶。

艾伦的声音突然响起："天穹，我已经用光学望远镜扫描过这片星域,暂时没有发现生命的迹象。"

宁天穹怔怔地点了点头。

"不过,或许人类已经抵达这里,居住在我们观察不到的地方,要过上一段时间才会接收到我们的信息。"艾伦轻声安慰起了宁天穹,"天穹,按照计划我们的飞船现在开始减速了。"

宁天穹呆坐在轮椅上,没有回答。

就这样,缓缓减速的飞船与星系飞速擦肩而过,继续奔向无尽的虚空。

又过了十余年,飞船仍未收到任何的无线电讯息,而宁天穹已经年满三百岁。此刻他心中已不再有任何的期待,整日蜷缩在轮椅上,静静地等待着死神来到。

有一天,宁天穹安静地倾听着艾伦为他朗读小说。艾伦的声音若有若无地飘荡在他昏聩的耳朵中,显得如此遥远而不真切,不由得,他又陷入了半睡半醒的状态,不知过了多久,他恍惚感到艾伦的声音突然消失了,似乎有别的声音在对他说着什么。

他艰难地抬起沉重的头颅,见到一位身着宇航服的人类模样的年轻男子站在他的面前。男子拥有一张样貌英俊但却没有特点的脸庞。

"艾伦,是你吗?"宁天穹颤颤巍巍地开口道,自己像是在梦中。

"不,我不是。"年轻男子脸上带着意味深长的微笑。

"你是人类? 还是巨蟹座55A/B的智慧生命?"宁天穹喘息着说道,衰老的胸腔中那颗已平静跳动了一个多世纪的心脏陡然加速跳动了起来。

"不,都不是。"年轻男子平静地摇了摇头。"那你是——"宁天穹难掩失望地喃喃道。

"我来自北河二。为了更好地与你交流,我选择了你们人类的样子与你见面。"

"北河二？我两百多年前到过那里，可是我并没有看到任何的生命。"宁天穹困惑道。

"是的，你到那里的时候北河二还是一片生命的荒漠，但在你离开的时候已经不再是了。"

"你是说——"

"我们种族最初生命的萌芽来自于你离开时遗留下的细菌生命，微小的细菌最终演化成了一个高度发达的星际文明，而你，就是我们的造物主。"年轻男子一字一顿地说，他的话语中饱含着深沉的感情。

"这怎么可能？强烈的宇宙射线将很快扼杀掉那些细菌群落。"宁天穹怔怔道。

"造物主，你低估了生命的韧性，是的，绝大部分细菌被射线杀死，但还是有微乎其微的细菌逃过了致命的射线，极其幸运地坠落到了双子座62E上。"

"双子座62E？我记得那颗行星，北河二最大恒星的一颗行星，可那只是一坨光秃秃的硅化物疙瘩，没有大气与水，生命如何在上面繁衍壮大？"

"少量微小的细菌进入到行星表面岩石的缝隙中，顽强地生活了下来，一直坚持到了有一天星际间一颗流浪的巨大陨石偶然撞击了行星，将行星内核的气体释放了出来，形成了一圈温润饱满的大气层。沉睡的细菌立刻活跃了起来，开始了漫漫进化之路。"

"真是一个令人难以置信的奇迹。"宁天穹沉吟道，"可是仅仅两百年怎么可能让细菌进化出你这般复杂的生命？"

"当然，两百年无法办到这一切，整个进化过程一共用去了五千万年。"

"五千万年,那么你……"

"我来自未来。"年轻男子微微一笑。

宁天穹愣住了,这个宇宙的扑朔迷离远远超出了他能够想象的维度,自己不经意间创造了一个文明,这或许也算是自己星尘般无足轻重人生的一丝慰藉吧。

年轻男子情绪激动地继续说道:"伟大的创世主,你能想象吗?在此刻时空五千万年后,一个横跨数光年的璀璨文明最初只是源于你在冷寂的太空中随手播种下的一粒微小的种子。"

"你来到这里,是要……送我回地球?还是去到你们的未来?"宁天穹喃喃地打断了年轻男子的话。

"都不是,"年轻男子不无遗憾地说,"尽管我们能够穿越时间,但仍没办法改变过去的事件,因为这涉及因果律,你应该知道'外祖母悖论',我们宇宙的运行机制能够阻止'外祖母悖论'的发生。"

"那……你的目的是?"

"你快要离世了。"年轻男子轻声说道。

宁天穹一下子愣住了,半晌后,他哆嗦着呢喃道:"是的,我就要死了。你是来帮助我完成安乐死的?"

"不,尊敬的创世主,我之所以在你濒死之际出现你的面前,除了表达我们文明对你无限的敬意外,还带来了我们为你寻找到的一段历史影像。这是你的爱人莫娜在你离开太阳系后的生活影像,我们想帮助你从影像中回到太阳系。同时这又不会改变任何因果律。"

"莫娜……"宁天穹轻轻念叨着这个深深铭刻在他心底的闪亮名字,"非常感谢你们。你们为什么要这样做?"

年轻男子迟疑了片刻,说道:"当我们鼎盛的文明饶有兴致地追溯自己生命最初的源头时,我们震惊地发现了创世主你的故事,你从北河二绝境逃脱的经历真是振奋人心。然而故事的最后，你一个人孤独终老在一艘狭小的飞船上，至死都没有再能如愿回到你魂牵梦绕的太阳系，这样的结局对你来说太过……残忍。"年轻男子哽咽着说不下去了，这一刻，他的眼角泛起了闪闪泪光。

栩栩的光影直接通过人机接口映入了宁天穹的脑海中，在眨眼间，他进入到了一片色彩明亮的世界中。在这里他不再是一位瘫缩在轮椅上风烛残年的老者；相反，拥有年轻俊美面容的他身体健壮，尽可以活动自如。但这只是一段虚拟影像，他只能够如透明的隐身人一样跟随着莫娜的身影，去经历了她的生活，去真切感受她所有的喜怒哀乐，却无法与之交流。

首先出现在他面前的是莫娜从冬眠中被唤醒的场景。工作人员为她注射了用于苏醒的药物，没过多久，她睁开了眼睛，那一张凝固了百年的恬静脸庞犹如初春积冰消融的湖面，渐渐地生动了起来，先涌上她脸庞的是一脸的茫然，但很快茫然转变成了憧憬，因为她意识到自己的苏醒意味着"群星号"已经返航。

可是当工作人员告诉她"群星号"被击毁的事实，莫娜红润起来的脸庞一下子变得苍白了起来，纤弱的身体止不住地颤抖，大滴而下的泪珠打湿了她精致的五官……"莫娜。"宁天穹情不自禁地呼唤道，他伸出双臂想要去拥抱她、安慰她、呵护她，然而自己的手指却如空气般穿过莫娜的身体。在一刻，宁天穹感到了一种近乎绝望的孤独感。

在此之后，他又目睹了莫娜如何度过一段异常艰难的日子，还未从悲伤中走出来的她必须面对一个新奇得令人眩晕的世界。人类与社会的形态与一百年前已有了天渊之别，"群星号"的失败让人类全面停止了星际远航计划，然而太阳系中的资源日益无法满足人类的需要，此时的人类社会陷入了一个大低谷。这样的生活让她感到无所适从，不堪重负。于是，在冥王星终年阴沉的天空下，她开始了一段自我封闭、自我放逐的生活。宁天穹在她的身旁默默地注视着她的一举一动，她总是显得神情落寞、无精打采，这让他揪心极了，痛苦地祈祷她能早点走出消沉。

所幸的是，在熬过最初那一段艰难的日子后，莫娜渐渐表现出了自己性格坚韧的那一面，她选择回到了气候更加温和的地球，并开始主动融入到了新的生活中。慢慢地，她的眼神中有了久违的光彩。

宁天穹充满欣喜地看到了她的变化，由衷地为她的成熟感到高兴。

在这一过程中，她甚至收获了爱情：在一次政府组织的互助小组活动中她结识了一位与她年纪相仿的男生，这位有着温暖笑容的男生让她打开了关闭了太久的心扉。宁天穹默默目睹了莫娜重获爱情的整个过程，在一闪而过的苦涩之后，充盈在他心中的更多是欣慰与祝福。随后，他又见证了莫娜的新伴侣牵着她的手走进庄严的大教堂，在众人的见证下结为了夫妻。

"愿你已放下，永驻光明中。"他如同一道孤独的影子，伫立在教堂的一个角落，心中反复默念着一句早已忘记了出处的诗句。

接下来，宁天穹选择飞快跳过了莫娜婚后的生活，很快，他进入了影像的尾声。

在影像的最后一幕，宁天穹出现在了莫娜家的花园中。他见到莫娜虚弱地瘫坐在轮椅上，鼻子上挂着吸氧的管子，身旁簇拥着为数不少的儿孙。此时的莫娜已是白发苍苍，面容枯瘦，她已来到了自己生命的最后时刻。

莫娜身着一件淡蓝色的毛衣，目光僵直地注视着前方，明媚的阳光勾勒着她脸庞上深深的褶皱，突然，她回光返照般缓缓地抬起头，将目光颤颤地投向了天空中某个遥远的地方，那失神的目光像是在寻找什么。

她或许是在向过往的人生岁月作最后的告别。

这一刻，宁天穹分明望见莫娜那混浊的眼中泛起了晶莹的泪花，他无从知晓此刻她的想法，也无法知晓她是否会回忆到自己。

再见，莫娜。他轻轻地向她挥了挥手。

冥冥之中，莫娜像是能够感受到他的告别一样，一丝平和的笑容浮现在她苍老的脸庞上，随后，她安详地闭上了眼睛。

宁天穹在原地默然站立了许久，随后他又重新回放了一遍完整的虚拟影像。

莫娜年轻时绰约的身影再一次如浮云般款款流动在他的眼前，她的一举一动、一笑一颦，甚至是一个细微的眼神变化，都牵引着他所有的感触、塑造着他所有的意识……他视线中莫娜每一个表情与动作都像是被逐一放大，变得愈来愈缓慢，而自己的意识也随之变得愈来愈迟钝。就这样，他感到自己几乎凝滞的意识与莫娜的斑斓光影缓缓融成了一体，最终凝作了一种深沉而美好的感受，一种横跨了几十光年苍茫时空的悲欣交织的记忆……

此刻，真实世界中，在一艘远离巨蟹座55A/B的飞船上，一位老者姿态僵硬地瘫睡在轮椅中，一动不动。他身旁的年轻男子一直在轻声呼唤着老者的名字，然而老者始终没有回应，他的眼睛永远地闭合上了，那表情松弛下来的衰老脸颊上似乎有着一丝陶醉。

年轻男子久久地注视着安然睡去的老者，脸上慢慢地流露出了一丝欣慰。而后，年轻男子的全息影像消失了，他的意识重新回到了飞船的控制电脑中，接着他逐一熄灭掉了飞船的照明与生态系统，并关闭了引擎，最后，自己也进入了休眠模式。

随后漫长的时光中，这艘饱经沧桑的飞船将借由惯性继续飞向没有目的地的前方，在数万年后，飞船终将解体，散落在冰冷空漠的星际间,再经过数十亿年的轮回,这些物质又将重新凝为茫茫宇宙中的星与尘。

这一刻,宁天穹眼前的画面定格了,"剧终"的字幕浮现在他的眼前。

在原著小说中主人公飞出北河二故事就此结束,自己经历的后面内容全是由凌蕊雪续写的。相当精彩,宁天穹在心中赞叹道。他一边意犹未尽地回味着令人感伤的剧情,一边准备发出指令从小说中抽身。

但就在这一刻,他眼前的视界跳转了,进入到了一个奇异的世界中,同时他惊奇地发现自己的身体变回了赛博世界中惯常的样子。

真是奇怪,这是哪里? 他怔怔地环顾空无一人的四周,自己正伫立在一片天然的鹅卵石河滩上,不远处是一条并不宽阔的河流,静谧的河面上摇曳着闪烁不定的波光,天空中有着西沉的血色夕阳、蔷薇色的云霞……他不禁有些恍惚了,自己似乎……在什么时候来过这里,不,这竟然是他童年时家附近的河滩。

8．蕊　儿

宁天穹脑海中对这片河滩最初的记忆,还要追溯到遥远的孩提时代。每年初春,父亲都会带着他来这里放风筝,风筝是父亲用篾条与宣纸亲手糊制而成。在父亲的带领下,他牵着高飞的风筝,欢快地奔跑在这片硌脚的鹅卵石上。

即使在当时,现实加强技术也已经蔚然流行,但父亲总是有些不近情理地要求他关闭掉所有现实加强设备,以便让年幼的他与真实的大自然没有距离地接触。

虽然他逐渐长大,但他独自来到这片河滩时,仍习惯于关闭现实加强技术。抓蝌蚪、网鱼、逮螃蟹、游泳……他在这里度过了一段无忧无虑的童年时光。

后来他上了中学,来这片河滩的次数变得越来越少。但就在读中学时,情窦初开的他与同班的一位女生渐生情愫,他们仅有的几次偷偷约会地就选在这片河滩。他记得自己总是与女孩沉默又默契地并肩漫步在河畔,远处的河面波光闪烁,黑色水鸟纷然翻飞,自始至终他们连手都没有牵过。

再后来,他与女孩陷入了一种若即若离的距离,直至命运将俩人的人生轨迹彻底分开。

在而后的日子中,他没有再去到这片河滩。随着自己成年并被奇点时代裹挟,关于这里的所有记忆也永远地封存在了他脑海的最深处。

可是,此时此刻……自己怎么会回到这里? 一时间,他陷入了沉思。

就在恍惚间,他注意到空中有一个长着翅膀的人形向他滑翔而来,轻盈地落在了他的面前,他慌忙抬眼望去,这是一位年轻的女羽人。

女羽人向他微笑着,优雅地收起了半透明的翅膀。

他仔细端详着这位女羽人,她的身上似乎有着一种特别的清新气质,一头金黄色的编成小辫子的长发,一双玫瑰色眸子,小巧的面孔算不上精致,红润的脸颊上还散落着几点小雀斑,她的左手臂上有着一块醒目的海螺文身。

"你是谁? NPC①?"宁天穹怔怔地问。她不会是自己记忆中那位女孩吧?

女羽人嫣然一笑,"不,我是这段小说的创作者凌蕊雪,你可以叫我蕊儿。"

"你就是凌蕊雪?"宁天穹惊奇地说,与此同时,他在网络中搜索出凌蕊雪的大致情况,他长出了口气,还好,这并不是他记忆中的那位女孩,"可你怎么会出现在这里?"

"嘿嘿,我是你的粉丝,我总是在以你的小说为榜样学习如何写作科幻。因此,当我在续写你的小说时,突发奇想地在小说中留了一个后门程序,我幻想着有一天你会进入到这段小说中,那时,后门程序将第一时间提示我。但真没想到的是,这样一个一厢情愿的梦

①泛指一切互动游戏中不受玩家控制的角色。在互动小说中,NPC一般由简单的人工智能控制。

想竟这么快就变成了现实。"女羽人柔声说，她的身体散发出一股温暖而芬芳的气息。

"噢……是这样啊，很高兴认识你。"宁天穹怔愣着说，"你的故事续得非常精彩，不过我感到奇怪的是，故事的结尾你怎么会设计出此时这个场景，这似乎……"

蕊儿轻声笑着接过了他的话，"这一个片段是专门为你设计，用来向你致敬。是的，你一定觉得这个地方很熟悉，没错，这就是你少年时代生活过的地方。我之前专门研究过你的故乡，并从云网数据库中寻找到古老的影像数据。如果我没有猜错，这片河滩也是你曾经在小说中描绘过的地方。"

"是吗？你真是一位有着敏锐洞察力的读者。"他含糊其辞地说。让人窥见了自己心底一处柔软的角落多少令他有些难为情，接着他迅速地转移开了话题，"这么说你也很喜欢科幻创作？"

"算是吧，"蕊儿眨了眨眼睛，"不过我总是苦于获得创作的灵感，噢，现在是个好机会让我当面向你请教，怎样才能得到如你小说中那些让人震撼的创意。"

"除了阅读与冥想，"宁天穹顿了顿，"有时我会去到真实世界寻找灵感。"

"蜗牛一般缓慢的真实世界？这有用吗？现如今地球上每一个角落不都被人类探索得一清二楚，你只需要调出这些区域的虚拟数据。"蕊儿很是惊诧。

"不，你有时需要独辟蹊径，寻找那些偏远而拥有极端风景的地方，通常这些地方还没有被天云网格点覆盖。"

"现在地球上还有这样的地方？"蕊儿惊讶得竖起了那对又尖又长的耳朵。

"当然，比如说，当你选择与火星表面相似的智利阿塔卡马沙漠,双脚漫步在一片无边无际、沟壑纵横的黄沙上,你放空的大脑中总不免会蹦出一两个有关于荒凉异星表面开拓的科幻点子。"

"真是太酷了——"蕊儿赞叹道,"你最近的计划是去哪里?"

"我计划着哪一天去大洋洲的安布里姆岛走一趟,那里被人称作'世界的尽头'。"

蕊儿的眼睛闪亮了一下,"哇,好棒……也能带上我去领略一次吗?"

宁天穹犹豫了片刻后点了点头。

几天后的一个早晨,在享用过美妙的早餐后,宁天穹全身放松地躺在自家主舱中,戴上一个头盔,准备连入真实世界。

即将拉开的地球表面之旅并不需要他的肉身真正前往,只需他安静地待在赛博世界中,全程通过电磁波实时操控真实世界的3D模拟体。由于搭载操控讯号的电磁波以光速传播,无论3D模拟体身处地球哪一个角落,最长的时延也不会超过0.2秒,完全可以应付真实中任何复杂多变的情况。

首先,他为自己和蕊儿定制了一套特殊的身体,然后精心设计了出游的线路。在云网系统确定后,他向蕊儿的即时通信器发去了他们会合地点精确的经纬度。

紧接着,他发出了一条命令,轻车熟路地接入真实世界。

他的眼前随之一黑。几秒钟后,他出现在了一艘停靠在海滨码头的小型快艇上。

这里是位于大洋洲的桑托岛,瓦努阿图共和国的首府所在地。由于他们要去的安布里姆岛位于大洋的深处,而且并没有被云网网格所覆盖,因此他只得选择在最近的网格覆盖之地打印出自己的身体与快船。

他转头望了望四野。相比赛博世界的旖旎,这里显得很是景色单调,像素极低,缺乏任何的艺术修饰。不过仅以纯自然的角度去欣赏,初升的旭阳,纯净的空气,远处起伏的葱郁山峦,近处银白色的沙滩,在碧海蓝天的辉映下,还是有着一份独特的清新味道。

就在他晃神之时,无数的格点正悄然在他身旁汇聚,打印出一位女羽人的身体。

女羽人睁开了眼睛,她看到宁天穹的样子一下子乐坏了,"天穹,我们又见面了!"

"这副身体你还满意吧?"宁天穹也笑了,他与蕊儿的3D外形完全是按照赛博世界的形象打印出的,两个身着奇装异服的神祇将漫步于无人的海岛,这是一幕多少有些滑稽的景象。

蕊儿活动起了崭新的身体,打开了薄若蝉翼的双翼,感叹道:"我的身体可足够轻盈!"

"我们的身体是为了这一次旅行特别打造的,选用的是极为细密的纤维材料,能够通过改变体内空气比重,在空中上浮或下坠。"宁天穹说。

"真棒。"蕊儿称赞道。

宁天穹发出了一个指令,伴随着马达轰鸣声的响起,快艇飞速驶出码头,如利剑般劈开海面的波涛,笔直地驶向大海深处。

咸湿的海风吹拂着他们的面颊,让他们感到惬意极了。很快,身后的海岛看不见了,他们乘风破浪前行在茫茫的海面上,除了纷飞的海鸟,还不时看到有海豚欢快地跃出水面。

然而,随着快艇不断地前行,原来晴朗的天空逐渐变得昏暗了起来,空气中飘浮着的灰黑色尘埃遮蔽住了阳光。

快艇继续在浑茫的海面上疾速行进,终于,一座海岛远远地出现在了他们的视线中,海岛上屹立着数座连绵起伏的雄峻山峰,其中最为高耸的那一座山峰顶部似乎透出了丝丝的火光,微微闪烁在灰茫茫的天空中,像是从山峰内部燃烧起来的一团巨大火炬。

很快,他们抵达了安布里姆岛,登上礁石构成的海岛,向着马鲁姆火山的方向走去。

一路上的风景算不上荒凉,视野中满是种类繁多的热带植物。但这一切都笼罩在了浓浓的火山灰中,加上从远处的火山口传来了隆隆的巨响,漫步其中真是有着一种身临科幻小说所描述的核冬天的末世的感觉。

"安布里姆岛之前还有三千多原住民,但是第二次奇点来临后这个岛屿已没有了居民,他们全都迁移到了能够接入赛博世界的大城市中。"宁天穹边走边向蕊儿介绍着。

此刻的蕊儿陷入了沉默,蹑手蹑脚地行走着微微颤抖的大地上,似乎因远处隆隆作响的火山有些提心吊胆。

宁天穹看出了蕊儿的不安,"你不用担心,即使火山突然再次喷发,喷薄而出的炙热岩浆吞噬掉你的身体,你也无须慌张,毕竟我们只是远程操控的3D模拟体,最多是意识中断返回到赛博世界。"

"是吗?我多少有些不适应。"蕊儿不好意思地笑了笑,她试着展开了透明的双翼,缓缓飞翔在了空中。

宁天穹凝望着蕊儿轻盈的身影,不由有些晃神了,她又变回了赛博世界那位优雅的女羽人,在一片灰色的朦胧世界中显得如此灵动。

当他回过神来,发现蕊儿已飞到了很远的地方等着他,他慌忙也让自己身体变轻,如气球般飘浮了起来,向蕊儿追去……

在落日最后一丝余晖中,宁天穹与蕊儿的3D模拟体一路跋涉,登上了马鲁姆火山口。

极目四望,火山口周边地貌如月球表面般荒凉,混浊的空气中充满了硫黄的呛人味道,头顶上的天空由于铺天盖地的火山灰而变得灰暗。他俩缓步走近了火山口边缘,向下望去。只见猩红色岩浆巨浪般奔腾翻涌在深渊的底部,犹如一只地心巨兽被囚禁于此,狰狞地张开了血色大口。

"欢迎来到地狱的入口,接下来,请跟着我来一次地心之旅——"宁天穹对着蕊儿行了一个绅士的鞠躬礼。

"'地狱的入口'——这有什么说法没有呢?"蕊儿咯咯地笑着说。

"嗯,这座马鲁姆火山是一座异常活跃的活火山。岛上曾经的原住民对这座火山抱有一种宗教式的崇拜,他们相信坠入火山底炼狱的灵魂将踏上通往来生的辉煌旅程。"

"这么说,我们即将进入下一世哦。"蕊儿开着玩笑道。

"哈哈,可以这么说。有什么话要对这一世做个告别的?"宁天穹顺着她的话说。

蕊儿望着他的眼睛,迟疑了一下,"这一世很高兴能认识你。"

"我也很高兴。"宁天穹说。

说完,俩人相视一笑,相互挥了挥手,一同从火山口一跃而下。

他们收缩起了体内空气比重,以自由落体垂直下落,加速穿行于氤氲的气流,直坠向了狂暴的岩浆湖中。

宁天穹尽情感受着极速下落的刺激快感。

正当他就要坠入岩浆湖时,他突然感到空中有一只手抓起了他的右手,将他拉拽在距离岩浆仅十来米的地方。

他恍然抬起头,原来是蕊儿,她打开了高强度纳米材料构成的巨大双翼,正疾速地挥振,用力拍打着空气,使得他俩稳稳地悬浮在了空中。

在震耳欲聋的轰鸣声中,他似乎听到蕊儿在向他喊话。他抬头望去,根据口型判断她喊的应该是:"下一世见!"

他也笑着大声回应道:"蕊儿,下一世见!"

紧接着,蕊儿收起了双翼,她与宁天穹手拉着手一同坠入了滚滚岩浆中。

在高达一千摄氏度的炙热岩浆中,由纳米格点组成的身体迅速土崩瓦解,化为灰烬。

这一刻,他们感觉不到任何的痛感,一片无边无际的漫涌的血红色定格在了俩人的视线中。

而在转瞬之间,他俩的意识又安然无恙地退回到了赛博世界。

过了很久,俩人才缓过神来。

"死后复活的感觉真好!"蕊儿不禁向宁天穹感叹道。

随后的一段日子里,宁天穹带着蕊儿在现实世界中"上天入地"了好几次,在这几次相处极为愉快的旅行之后,宁天穹对这位热情而聪慧的女孩渐渐心生好感,自然而然地,他俩坠入了爱河。尽管蕊儿并没有向宁天穹谈及多少她的过去,但宁天穹能感觉到,这位女孩虽然年纪轻轻却在赛博世界游历甚广,她也教给了宁天穹一些他过去不曾知晓的一些事情。

在一个冬日的夜晚,宁天穹又带着蕊儿潜入了真实世界,来到了中国的德令哈,这是一座位于青藏高原边缘的小城市,曾因诗人海子的《姐姐,今夜我在德令哈》以及德令哈毫米波观测基地闻名于世,但如今,奇点的来到让这里变得很是荒凉。

在空荡无人的大街上溜达了一圈后,他们离开了萧索无趣的城市,一路向西,穿过大雪覆盖的荒漠、沼泽,来到了一座峰峦雄伟的山岭,山的名字叫作白公山。

天文台就坐落在白公山下一片开阔的草原上,远远望去,尤为醒目的是几座巨大的乳白色圆球屋顶的天文望远镜,宁静地矗立着,就如来不及升起就被时间琥珀凝固住的几只热气球。他们走近了这些圆球,惊奇地发现这座天文台仍在运转,只不过此时天文台的工作人员全都换成了机器人。机器人台长礼貌地接待了他们,允许他们随处转悠,自由调看星空的观测数据。

作为一位资深天文迷,宁天穹对天文台里的设施很是熟悉,他兴致勃勃地向蕊儿介绍起了由观察数据合成的深空图景,气势恢宏的银河系的分子云、行星状星云、星际介质、脉冲星、类星体……这都让他激动不已,不过多少让他有些失落的是,这些在他看来弥足珍贵的数据只是作为数据库上传到网络,然后静静地堆栈在赛博世界的某个角落,很少会有人再去关注研究它们,毕竟在赛博世界中,专门研究天文的学者日渐稀少。

在结束天文台的参观后,宁天穹又带着蕊儿爬上了山石嶙峋的白公山。

在一个满是积雪、寒风呼号的隘口,他俩头靠头地依偎在了一起,仰望着冰碛般冷峻闪耀在冬日夜空的群星。

他们漫无边际地交谈了起来。

很自然地,他们聊起了俩人的共同爱好——科幻小说。在此之前,宁天穹又看了蕊儿好几篇小说,他总是耐心地指出蕊儿在写作上的一些稚嫩之处。

忽地,蕊儿像是想起了一件事,"说起来,我还有一篇自己最为满意的作品,希望得到你的意见。"

"哪方面的题材?"宁天穹饶有兴趣地问。

“异星大开发、人类自身的基因改造、恒星际航行，总之是一部口味纯正的硬核科幻，你一定会喜欢。”蕊儿的声音一下子激动了起来，这一刻，宁天穹看到她那双玫瑰色的瞳孔在星光下骤然明亮了一下，就像是瞬间怒放的原始星云。

“听上去很不错。”宁天穹心里一动，“怎么之前没有听你提过呢？”“哎，”蕊儿皱起了眉头，“这篇小说有一些违禁内容，在赛博空间无法上传，也无法与人交流。”

“违禁内容……是有关于什么的？”

“人类自由意识的觉醒，对不公正制度的反抗。”

“我不太懂你的意思，这是很多科幻小说中常有的主题啊。不过听你这样一说，我倒对你的小说更感兴趣了。”

蕊儿叹了口气，“唉，我也很想你能早一点读到——”

“有没有什么别的途径？”

“噢，对了对了，我把这篇小说挂在了我的行会里，在那里你可以看到完整的版本。”蕊儿顿了顿，仰头望着他，“我可以带你到我的行会走一圈，还可以把我的一些朋友介绍给你。”

“你的行会？”他一怔。

“是哦，我们行会位于迦南山谷，在没有遇见你之前我在那里消磨了不少时光。”

“迦南山谷……这似乎是一个灰色地带。”宁天穹心里一个激灵。灰色地带是指相对于正常网络世界的非法空间，运行这些空间的私人服务器并不隶属日冕公司的光幕系统。在那里法规极为模糊，所有的数据流都不接受正规网络协议的监控，通常是一些放浪形骸的黑客、来路不明的非法A.I.以及冥顽不化的反政府主义者盘踞之地。

“你不愿意去吗？那算了吧，没关系的。”蕊儿噘起嘴说道，语气中带着明显的失望。

"哪里的话，我非常愿意跟你走一趟。"他连声否认道，心中暗自盘算到走这一趟倒也算自己小说创作的一次体验。

"那太好了！"蕊儿顽皮地做了个鬼脸。

9. 迦南山谷

第二天，在约定地会合后，蕊儿带着宁天穹一路飞驰，来到了一座人迹罕至的茂盛森林前。

他俩沿着一条林中小径穿过了广阔的丛林，路的尽头是一面悬崖。

宁天穹与蕊儿并肩站立在悬崖边，陡峭的悬崖之外一片雾气弥散，完全看不到远方。就在这时，空中突然浮现出一团光雾，一只绿色精灵从中蹦跳了出来——这是宁天穹携带的防火墙软件的拟人形象，精灵在他面前激动万分地手舞足蹈，神色严厉地大声警示着他，这里已经是赛博世界的边缘。

他无动于衷地听完了警告，然后伸出手指对着精灵轻轻一戳，发出了一个屏蔽指令，只见绿色精灵发出"嘟"的一声，消失了。

"我们要去哪儿？"宁天穹转头望着蕊儿。

蕊儿并没有回答她，而是吹出了一声尖利的口哨，只见一只面目丑陋的黑色大鸟从远处向他们飞来，降落在了他们面前。

蕊儿利索地骑上了大鸟的脊背，宁天穹也跟着骑了上去。

还没等他坐稳，大鸟就蓦地振翅离地，攀升到了高空，载着两人飞向大雾笼罩的前方。

大鸟高仰起硕大的三角形头颅，缓缓悠悠地滑翔着，在这一片由浓雾构成的粗糙界面中，充斥在宁天穹视野中的只有如马赛克一般模糊的灰黑色浓块，影影绰绰地颤动。他明白，这实际上是他的数据包正在接受扫描，一条条全新的网络协议在重新建立。

“不会有什么危险吧？”宁天穹半开着玩笑说。

“迦南山谷并不是外界想象的那样。”蕊儿转头望着他的眼睛，“再说了，还有我在你身旁呢。”

他凝视着她的眼睛，然后不好意思地点了点头，他开始卸掉了一些保护程序。

很快，保护程序被卸掉了一大半，但大鸟仍是一副懒洋洋飞行的样子。

“大鸟，还有多久才抵达山谷啊？”一成不变的空洞场景终于让宁天穹有了些不耐烦，他轻轻拍了拍大鸟的脊背。

“我不是大鸟，我是翼龙！”翼龙很不高兴地大声咕哝道，“别着急，马上就到了。”

果然，没过多久，周遭的世界逐渐清晰明亮了起来，氤氲雾气悄然散去，他们缓缓穿行在了朵朵白云之间，他们头顶上是一片湛蓝如洗的天空。

这里景致的分辨率并不逊色于外面的赛博空间。

突然间，翼龙开始向下俯冲，一座褐色的山谷在他们的身下铺陈开来，山谷的正中央是一个星形的广场。从高空看去，环绕广场的一圈色彩明丽的建筑物，以及广场上色彩散乱的涂鸦，让广场就如同一块巨大的调色板。

很快，翼龙平稳地降落在了广场中央。

他们翻身下到了地面。这一刻，宁天穹发现蕊儿的外形有了一些变化,她双臂后的那对羽翼不见了,身上新换上了一件深蓝色碎花的老式巫婆长袍,五官也变得愈发棱角分明——这或许是她在迦南山谷惯有的装扮。

宁天穹充满好奇地环顾四周,这是一座面积并不大的广场,一排糖果盒子一般的建筑错落有致地环绕在广场周围。在他们的周围,略显空旷的广场上有几位魔法师正即兴表演着节目。

他的目光停留在了广场中心矗立着的一座波光粼粼的喷泉,一只可爱的白色海豚正欢快跳跃在一片晶莹闪烁的水珠聚成的薄雾中。

"哇,海豚!"宁天穹惊呼道。

蕊儿扑哧一笑,"这是我们山谷著名的音乐人歌迪拉,他正在演唱自编的歌曲。"

"很久没有看到有人的虚拟形象是海豚了呵。"宁天穹兴奋地向海豚走去。

"不,现实世界中操控这个虚拟海豚形象的并不是人类,而是一只真正的海豚,更为确切地说,是一只海豚的大脑。"

"什么? 真正海豚……的大脑?"宁天穹惊讶得下巴都掉在了地上。

"是的,这要归功于几年前兴起的将动物大脑连接进赛博空间的热潮。"

"有过这样的热潮?"宁天穹弯腰捡起了自己的下巴。

"当然,那时有一些主攻网络游戏练级的公司紧缺人力去完成赚取游戏装备与金币的任务,于是他们把目光瞄准了动物。他们开始着手提升动物的智能,并将它们的大脑连接进赛博空间,这些动物包括猴子、猫、狗,甚至还有老鼠。海豚歌迪拉也是其中一员。"

"可是按理说,一只海豚的价格应该不菲才对啊。"宁天穹不解道。"嗯,歌迪拉在奇点来临之前是一家海洋公园的顶梁柱,可你知道奇点后就没有人愿意再去光顾现实世界的海洋公园了。于是歌迪拉被低价处理给了一家日本人开的走私公司,它的躯体被切割成块后送上了餐桌,而大脑则被辗转卖给了一家游戏练级公司作为战队的头牌。不要小看歌迪拉,当年它可是叱咤风云的游戏界红人。"

"后来呢,为什么它又流落到这里?"

"没过多久,赛博空间察觉到了这个规则漏洞,于是花了大力气去弥补。在那之后,所有用户登录赛博空间都将扫描其DNA,只有检测到人类的DNA才允许驶入。这样一来,外面的赛博空间已无歌迪拉的栖身之处,好在迦南山谷最终收留了它。它也深深爱上了这个地方,在这里潜心研究音乐,成长为一位杰出的音乐家。"

"可怜的身世——"宁天穹难过地望着快乐地腾跃在喷泉中的歌迪拉。

"你现在可以走进喷泉去聆听它的歌声。"说完,蕊儿提起裙角,踮起脚尖进到了喷泉中,宁天穹也跟了进去。

当他双脚踏进喷泉的一刹那,舒缓的音乐声在他的耳畔响起,虽然他听不清音乐的歌词,但他能真切地感受到音乐中述说的内容源自歌者遥远的故乡——大海。歌声就像是一种富有节奏的海潮声,仿佛带着他凝望广阔无际的海面,咸湿的海风轻柔地吹拂着他的面颊。随着旋律跌宕起伏,歌声仿佛具有了更为深沉的灵魂,像是无边海水般包裹着他,带他进入了浩瀚、深邃、神秘的海洋深处。

宁天穹与蕊儿都闭上了眼睛。

几分钟后,一曲终了了,音乐的潮水就此退去。两人睁开眼睛,喷泉也不见了,歌迪拉半悬在空中,嘴角上扬,面带微笑地注视着他们。

宁天穹与蕊儿久久呆立在原地,沉浸在之前美妙的音乐中。

"真是妙不可言的感受——"宁天穹对蕊儿由衷地感叹道,他又小声地问蕊儿，"我需要付一些云比特币作为支持吗?"

"不，不需要，我们迦南山谷并不欢迎云比特币。"蕊儿说。"那我需要用怎样的方式表达对他音乐的赞赏呢?"

"你只需要鞠上一躬。"

"噢，好吧。"宁天穹对蕊儿说，他弯腰向着歌迪拉毕恭毕敬地鞠了一躬。

"谢谢你，我的朋友。"歌迪拉也俏皮地弓起身子向他回鞠了一躬。

宁天穹笑着向海豚挥手作别，转身准备再去看一眼不远处的独角兽——它正一边喷着火，一边在大地上涂鸦着抽象派图形。

"不要再逛了，我带你去见我的朋友们吧。"蕊儿不由分说地拉起他的手。

宁天穹只得跟着她走向了广场边一家叫作"迦南人"的酒吧，这是一座外形犹如海螺的铁皮房子。

房子内部的风格与外面赛博世界的酒吧看上去也差不了太多，在烟雾缭绕的空气中，形形色色的虚拟形象三三两两地散坐在各个角落，他们或是闲聊，或是相互比斗法术，或是豪饮买醉——在酒吧里能享用到使人神经放松的酒精饮料，当然这样的饮料只是一些刺激大脑神经的脉冲程序。有时候你不得不承认，让大脑运转速度放慢下来也是一件让人愉悦的事情。

蕊儿的出现自然引得酒吧里一阵骚动，人们都放下了手中的酒杯。

蕊儿微笑着冲人们挥了挥手，缤纷的白鸽与彩带适时地出现在她的周围。

"天啊，原来是我们美丽的小女巫，你上次出现已经是上上个世纪的事情了。我们都在说你把这里给忘了。"一位朋克打扮的僵尸第一个大声惊呼道。

"我这不是回来了啊,还带来了一位新朋友,我要隆重向大伙介绍,他叫宁天穹。"蕊儿扬起了她握紧着宁天穹的手。

"啊哈,这是你新交的男朋友吧?"一个小丑打扮的小伙子吹了声口哨,高声起哄道。

"天穹是我写作上的老师,外面赛博空间数一数二的科幻小说家。"蕊儿的脸一红,转头羞涩地望了眼宁天穹,"今天我要带他看看我的《进化的使命》。"蕊儿低声宣布。

接下来,又是一阵此起彼伏的欢呼声与口哨声。

宁天穹僵立在原地,不自然地微笑着,他快速扫视了一圈这一群人的样子,心里琢磨着,或许其中哪一位还是自己的"情敌"呢。

这时,从吧台挤出一个大个子,摇晃着山丘般魁梧的身躯向他俩移动过来。这家伙满脸络腮胡子,一身中世纪海盗船长的打扮。

大胡子船长一脸堆笑地向宁天穹招呼道:"啊哈,我们的科幻大作家,欢迎来到我们山谷。"

蕊儿连忙向宁天穹介绍:"天穹,这位是这间酒吧的老板,尼克船长,同时也是一位大航海题材的小说家。"

"幸会。"宁天穹向他友好地招呼道。

这位尼克船长凑近了他,热情地将粗壮的手臂搭在他的肩上,"大作家,我们蕊儿创作的《进化的使命》故事非常非常炫,我敢打赌,你一定会被震撼到。"尼克船长高声说道,又扬起一拳打在了宁天穹的胸部,他似乎已有些醉了,"看完记得和我们交流交流你对这部小说的感受。"

"这没问题——"宁天穹毫不含糊点了点头。正在他想要与船长继续攀谈几句的时候,蕊儿急着拉他离开了酒吧。

蕊儿要带他去阅读《进化的使命》。

　　他跟着蕊儿走进了一家外形犹如多彩冰淇淋的尖角塔楼。穿过一条幽暗的走廊,他们进入了一间满是一排排沙发座椅的大厅中,空荡无人的大厅正前方是一个舞台以及一面巨大的银幕。这是奇点之前的那种老式电影院,宁天穹意识到。

　　他们找了正中的座位坐了下来。待他们坐定,大厅的光线一下子暗了下来,屏幕上出现了晃动的斑驳光影。

　　宁天穹睁大眼睛注视着屏幕上的画面,就在这时,他感到自己的意识像是被屏幕吸了进去。他进入了一片奇异的界面。

10.《进化的使命》

宁天穹睁开双眼,发现自己悬浮在一片暗蓝色的水世界中,周遭的能见度极低,视线中唯有一些相距遥远的浮游生物,闪烁着星星点点的微弱荧光。

他又低头望了望自己赤裸的身体,他的右手紧握着一柄由贝类打磨而成的锋利长剑,两只手掌上有着鳍一样的黏膜将五根手指相连。更让他感到惊奇的是,自己胸口以上是"人"的特征,而下半身则全然是"鱼类"的形态,身下还拖着一条满布鳞片的宽大尾鳍。这一刻,他莫名地激灵了一下,"人"与"鱼"究竟是两种怎么样的概念?

他的大脑一片空白,一时间什么也没有想起来。自己是谁? 又怎么会出现在这里?

但他的迷惘没有持续多长时间,一串鲜活的记忆如水中的气泡,在他脑海中突突地鼓冒了出来,他目睹到自己在这片海水中的成长轨迹。

这里是一片广袤无垠而又危机四伏的海底世界,除了他这样自称为"鲛人"的生物外,还生活着无数形形色色的海底生物,这些生物大多体形硕大,生性凶残,富于攻击性。

他们整个鲛人种族在海洋中一共有上万人,分为数百个部落。

他们在海底各处建立了很多的小型城市,每一个城市都由一个有数十上百人的部落构成。

依照鲛人历法,十二年前,他诞生在海底的一个鲛人部落中,他的母亲在分娩时不幸难产去世了(鲛人这个种族在分娩时,母亲去世的比例非常之高),而他的父亲在他还未懂事时就殒命于一次狩猎行动中。好在鲛人是群居社会,部落的成年男性每天外出狩猎,获得的食物都平均分配,而成年女性鲛人则留守在栖息地,担负着照顾幼孩的责任。因此,虽然他是孤儿,但他的童年并不孤单,自己与部落同龄人一同成长,一同学习鲛人的文化,直到他年满十二岁,必须跟随长者外出捕猎。

同时,在回忆的画面中,他见到了自己的相貌,与所有的鲛人一样,他的脸庞上除了标致立体的五官外,脸颊的两侧还分布着一对盖壳状器官,这样质地坚硬的盖壳能够随意张开,壳下排列着几片血红色的齿轮状器官,这是鲛人的鳃,用来呼吸海水中的氧气。

突然间,他的回忆戛然而止,此时他灵敏的耳膜察觉到了远处水域传来的动静,他顿时警觉了起来,鼓起双眼向远处迸射出两道闪亮的光束,只见十几位手握刀叉的鲛人出现在他的视野中,他们与他有着相似外形,只是年纪稍长,他们都是自己所在部落的长者,今天他们要带着他一同捕猎。

他们正在向他游来。

"天穹,赶紧跟上我们。"带头的鲛人向他传递来讯息。鲛人的交流方式是使用肌肉发达的鼻腔振动海水,将话语转化为一定频率的水波形式,再传递至对方的耳膜。

"好——"宁天穹回应道,他摇摆起尾鳍,迅速跟上了队伍。

一路上,他的心难以抑制地绷紧了起来,这毕竟是他成年后的第一次捕猎之行。

他们狩猎的目标是身形庞大的海底巨兽——蛇颈龙。

不一会儿，他跟着经验丰富的带头者进入了一个海底峡谷，在沟壑纵横的峡谷谷底寻找到一个深洞，这就是蛇颈龙惯常的栖身之所。此刻，能够清晰听到从黑暗的洞中传出的阵阵隆隆声响，同时，他们还在洞口附近的海水中发现了一些刚被撕咬过的动物的骨头，看起来蛇颈龙刚享用完一顿美味，此时正在酣睡。

大伙儿在洞口分散开来，宁天穹蹑手蹑脚地蹲伏下身子，紧贴着海底，然后，他学着其他人运用鼻腔发出最大的振动，所有人发出的剧烈共鸣震颤着海水，激起的巨大浪潮直荡向洞穴深处。

没过多久，整个峡谷摇晃了起来，一股股混浊的淤泥与腐质物从洞穴中泛起，海兽正在苏醒！

忽然间，一头白色的庞然大物从洞中一跃而出。

宁天穹定眼望去，这正是一头成年的蛇颈龙。过去他只在部落长者的描述中知道它的存在，如今一睹真容，发现比他想象的更加狰狞：这只蛇颈龙全身布满了难看的褶皱，有着和它的四只爪子一般尖利的侧鳍，以及细长的颈脖和面目可憎的菱形头颅，嵌在头颅上的一对幽绿眸子闪烁着凶恶的光亮，如此一副暴戾可怖的尊容实在让人感到不寒而栗。

惊怒的蛇颈龙高扬起头颅，张开血盆大口，露出了狰狞的獠牙。蓦然间，巨龙向着宁天穹的方向猛扑了过来。

宁天穹悚然一惊，他来不及多想，举剑对着巨龙头颅拼尽全力地刺了过去。

长剑与巨龙头颅迎面相碰，他只感到自己的手腕猛地一震，锋利长剑刺穿了巨龙头部厚实的甲壳，殷红的鲜血顿时喷涌而出。

紧接着，他又双手紧握剑柄奋力搅动了一下，然后拔出了剑。

一时间，如注的鲜血染红了海水，受到重创的蛇颈龙痛苦地挣扎了起来,庞大的身躯翻腾扭动。

这一瞬,他来不及躲闪,巨龙张扬起的侧鳍划过他的身体,丝丝血花立刻从他腹部喷涌而出。

他强忍住钻心的剧痛,举剑再次刺向了巨龙。

身后的同伴也没有坐观成败,他们前赴后继地冲向了蛇颈龙,围着巨龙一阵猛刺。

蛇颈龙庞大的身躯很快被刺得皮开肉绽,内脏也散落出来。这一刻,宁天穹的眼前全是一片迷乱淋漓的血红,他只是机械地重复着刺入与拔出的动作。

没多久,蛇颈龙的挣扎变得越来越虚弱,终于,巨龙轰然倒下,抽搐了几下后不再动弹。

宁天穹望着断了气的蛇颈龙,终于可以缓过一口气来。他在为自己此前的英勇感到自豪的同时,也深深感受到了鲛人在大海中生存的艰辛不易,如果刚才蛇颈龙的鳍划过自己身体再深入一些的话,他可能就已命丧此地,由此他也明白了为什么会有很多鲛人活力勃发地外出狩猎,归来时却变成一具血肉模糊的尸体。

接下来,大伙将蛇颈龙的躯体大卸八块,每人都拖着一大块血淋淋的肉,心满意足地成群返回栖息地。

与所有的鲛人部落一样,他们的栖息地坐落于海底一个活跃的火山口附近,从火山口源源流出炙热的火红色岩浆,不断加热周围的海水,使得靠近火山口的区域温度较高,由此形成了一个生机勃勃的生物圈。这样一来,鲛人不需要离开栖息地多远就能狩猎到海洋生物。

在快要抵达栖息地时,他远远地望见有一个娇小的身影正伫立在他们必经的隘口上,神情焦急地张望着,这是一位金色长发的女孩,有着一双比海水更加深蓝的眼睛,他认出这是蕊儿,从小与他一起长大的女孩,她一定是担心自己第一次狩猎,于是在这里守候着他的归来。

一股暖流不由得在他心中荡起,他快速游向了蕊儿。

蕊儿也看到了他,欣喜地迎了过来。"你的胸口怎么了?"她发现了宁天穹身上的伤口。

"没事,被大鱼划了一下。"他满不在乎地笑了笑,扬起了手中大块的肉。

"好大的伤口,你还说没事。"蕊儿心痛地责怪道,说完她紧张地拉着他回到了栖息地。

他们的栖息地是一处隐蔽在海底表面起伏礁石间的巨大洞窟,由族人在一个深沟的基础上挖掘而成,入口极窄,内部却别有洞天,大大小小的洞穴交错相通,随处可见参差不齐的石柱与奇形怪状的拱门,这样一来,只需要很少人守护在入口,就能抵御夜晚当鲛人进入睡眠时海兽可能的袭击。

在一个洞穴中,蕊儿拿出海草,细心地为宁天穹包扎起了伤口。而他也没有闲着,一个劲儿地讲述着今天狩猎所遭遇到的惊险。

傍晚时分,整个部落的一百多名鲛人围坐在栖息地最宽阔的一个洞窟中,享用晚餐。此时,每位鲛人的双眼都照射出闪闪光束,将洞穴变得异常明亮,充满了温暖而亲切的气息。

在晚餐前,德高望重的族长代表族人郑重感谢了他们所信奉的神明伯特神祇——这是鲛人每天都要完成的仪式,而后,族人开始了进餐。

之前的蛇颈龙肉被分割成了更小的肉块,再辅以一些海藻与螺类,这就成了他们美味的晚餐。

　　这一刻,洞穴中变得很是喧闹,年幼的孩子们一边吃着食物,一边吵嚷着嬉戏玩耍;而大人们则三三两两围在一起,畅谈着一天的新奇事。

　　宁天穹一个人沉默地盘坐在一个角落,静静地望着族人们一片其乐融融的情景,心中充满了愉悦,他咀嚼起自己用血肉之躯博取而来的新鲜肉块,这种美味是他过去不曾品尝到的。

　　呵,这就是自己成年后迎来的崭新生活。未来的日子里他都将与今天一样,一早就外出狩猎,傍晚回到栖息地,与心爱的人见面,与族人分享食物。等自己再成长到十六岁,还将结婚、生子。想到这儿,他不由将目光投向了远处的蕊儿,此刻坐在人群中的她显得特别高兴,红润的脸上洋溢着喜悦的神情,或许是在为他的成熟与勇敢感到欣喜。

　　从这一天起,成年的生活确实如宁天穹想象的那般充实,而又波澜不惊。时间一晃而过,宁天穹从十二岁成长到十六岁,从稚嫩的新手成长为一位狩猎经验丰富的老手。

　　在这些年中,不知不觉间,他与蕊儿的身体也发生了一连串的变化。

　　他的身体变得更加的强壮、魁梧,手臂与胸膛都鼓起了一块块健硕的肌肉,与此同时,他手掌上的黏膜慢慢萎缩,如同蜕皮般消失不见了,凸显出五根灵活的手指。而最大的变化来自他的下半身,阔大的尾鳍从中裂开,变成了两条强健的长腿。新生的长腿让他能够自立行走在海底,然而失去了尾鳍的支持,也让他在水中的游速变慢下来。

　　对于成年鲛人身体为何会生长出与海底环境格格不入的双腿,宁天穹百思不得其解。他曾询问过部落里知识最渊博的族长,族长沉吟了半天,也没能给他一个明确的答案,只是念叨着这或许是伯特神祇赋予鲛人的某种旨意。

与他朝夕相处的蕊儿也在蜕变,除了下身的尾鳍变成了修长的双腿,原本单薄的上身逐渐变得丰盈起来,具有了曼妙有致的曲线,就连海草编织的上衣也难以遮挡住高高隆起的胸部。这些变化都让他在面对蕊儿时有些心旌摇荡。

终于有一天,在族人祝福的歌声中,宁天穹为蕊儿戴上了由贝壳串起、象征婚姻的项链,他们结为夫妻。

然而,就在他们新婚的那个夜晚,当宁天穹与蕊儿在一番激情过后相拥入眠时,突如其来的猛烈晃动将俩人从美梦中惊醒,他们看到所在的洞穴以及洞穴中的海水都在剧烈地摇晃着,不断有石块被震落。

是海啸!

对此他们也没有太过慌乱,由于他们的栖息地依附火山口而建,地壳运动极为活跃,因此这样的海底"痉挛"一年半载就会发生一次,他们早已习以为常。只要不被像岩石这样的硬物击中(毕竟海水也会延缓石块的力度)以及被掩埋,他们就能安然度过这次灾难。

他镇定地牵起了蕊儿的手,敏捷地游向了孩子们所居住的洞穴,在那里,他们稳定住惊慌失措的年幼鲛人,护送着孩子们一起奋力向洞口游去。

在穿过一个个曲折的洞穴后,他们终于逃出了栖息地。

洞穴外更是一片惊涛骇浪,他俩竭尽全力,带领着孩子们继续向上攀升,抵达了安全的水域。

终于,他们可以停下稍稍休息。当宁天穹心中充满余悸地回望栖息地,在他们的身下,海底山峦正在坍塌着变形,排山倒海的浪潮正在肆意奔涌。

在他们栖息地的洞口,还有更多族人正在鱼贯而出。

半天过后，这场惊天动地的海啸终于平息，海底又恢复了往日的平静。

在天灾中幸存下来的鲛人都陆续回到了栖息地，然而这一次并不是部落中的所有人都活了下来，有两位鲛人因为撤退不及而被石块掩埋，断送了性命，永远地被海底吞噬掉了。

同时，他们面前的栖息地早已变得面目全非，苦心搭建起的洞穴之城被彻底地破坏，变成了一道深深的裂缝，就像是海底裸露出的一道巨大伤口。

他们来不及悲伤，在简单埋葬了同伴之后，又必须建造新的栖息地。

在一个距离过去栖息地不远的山谷中，他们寻觅到了一处天然的深洞可以筑造新的栖息地。不过，他们还需要花费漫长的时间去一点点挖掘洞穴，才能将其改造成能够生存下去的家园。

三个月后，在新家园建成的那一天，所有的族人都显得兴奋不已，而宁天穹却开心不起来。他悄然离开了栖息地，一个人上升到了距栖息地几百米的海水中。在这里，他静静地让身体悬浮在轻柔的洋流中，感受着微微变化的潮汐力，远远地俯瞰新建起来的栖息地以及相距不远的那道曾经吞噬掉他同伴的海底裂缝。这一刻，他的心情很是沉重。

他脑海中回想起从懂事以来自己部落所遭遇到的那些艰险。这是一个弱肉强食的海底世界，一个变化无常的海底世界。突如其来的海啸，凶残嗜血的海兽，甚至是与其他鲛人部落追夺食物以及地盘的激烈战斗，都让他们部落的生存之路充满了残酷与不易。然而，他无法理解部落中的大部分人为什么对这样艰辛的命运逆来顺受，浑噩地重复着千篇一律的生活。

情不自禁地,他抬头凝望起了头顶上方那深不可测的海水。

"你在想什么?"一个熟悉的声音响起,截断了宁天穹飘散的思绪。

他恍然转头望去,是蕊儿正一脸关切地望着自己,她不知什么时候来到了他身边。

"蕊儿,是你啊。"宁天穹怔怔问,"你怎么跟来了?"

"我看你一脸闷闷不乐的样子,就跟出来了。你有什么心事吗?"

宁天穹沉默了一下,然后低声说道:"我在想,鲛人一直生活在这片黑暗而动荡的海底,而我们并不知道距海底向上很远的地方究竟是什么样的世界,是否依旧被海水覆盖? 我们是否应该向上去开拓我们的生存范围?"

蕊儿愣了一下,迟疑着开口道:"你所说的上升很多人都尝试过,听他们讲起,我们生存圈外的广袤海域中除了寒冷空无一物。最终还将抵达我们世界的尽头,再也上不去了。"

"我也听说过,"宁天穹急切地回应道,"海洋的尽头屹立着一道岩石般坚硬的边界,没有什么生物能再向上。但是我还是想亲身去经历一次。也许能够幸运地寻找到突破边界的缺口。"

"可你从来没有离开过海底,一路上万一发生什么未知的危险。"蕊儿紧张道,说着她低垂下了眼眸,"天穹,难道你对我们如今的生活还不满足吗?"

"不,蕊儿,与你在一起让我感到很幸福,也很踏实。可是我内心深处总是有一种奇怪的感受,这种感受随着年龄的增长在我心中变得越来越强烈。"

"什么样的感受?"

"这片海底似乎并不是我们鲛人应该生存的世界。"宁天穹一字一顿地说。

"我不明白你的意思。"

"你难道不觉得非常蹊跷吗？我们出生时完全是鱼类的模样，直到三岁时前鳍才长成双手，当我们成年过后，尾鳍又蜕变成了双腿。然而，双脚的出现让我们在海水中游动得不再那么自如。我总觉得，身体这一串变化似乎意味着造物主在冥冥之中赋予了我们某种特殊的使命，让我们有一天能够离开海底世界，在全然不一样的世界中生活。"宁天穹情绪激动地说着。

"天穹，我真的没有你想得那么多。"蕊儿喃喃道。

"我隐约地感受到，在我们头顶上方，海水之外的某个遥远地方，有一种非凡的使命在感召着我们，蕊儿，你和我一起上路吧。"他急切请求道，说着他紧紧握住她的手，"如果真有什么新发现，我想带领大伙一起走出去。"

蕊儿陷入了沉默。良久，她抬起双眼，定定地注视着他，"我跟你一起。"

翌日清晨，他们带上食物，悄悄地离开了栖息地，开始了一段"上升"的探索之旅。

在通常情况下，鲛人并不会进入距离海底太远的海域，如果真要上升，他们需要不断吸进海水中的气体，让身体的比重逐渐降低，再依靠海水的浮力推动身体一点点向上。

向着头顶上看似无穷尽的海水，他俩奋力用腮吸吐着海水，几乎垂直地向上攀升。

一开始，他们手拉着手，不时还交谈几句，甚至兴致勃勃与偶尔碰见的鱼群互动一下。但渐渐地，他俩都感到了怠倦，动作变得僵硬了起来，呼吸也越来越沉重，没有力气再说话。

所幸的是，他们一路上没有遇见什么大型食肉生物，只有一条滑齿鳗一直尾随着他们。这类滑齿鳗是海底常见的生物，它们的食物都是腐烂的死尸。这只滑齿鳗应该是认准了动作变得越来越迟缓的他们会在哪一刻猝然停止生命。

但直到一天过后，他们脱离了海底生物圈，这只滑齿鳗也没有得偿所愿，不得不停止了跟随。

出了海底生物圈，海水变得越来越冰冷，除了他们双眼迸射出的直直光束，黑黢黢的海水中寻觅不到一丝光亮，再也看不到任何的生物。

他俩仍手牵着手，在无尽的黑暗中缓缓上升。一种难以名状的强烈孤寂感蔓延在他们心中。

在令他们感到无比漫长的两天攀升之后，在他们的头顶上终于出现了新的景象：一团团形似巨石的白色物体静静地漂浮在海水中，层层叠叠，看不到尽头。

这突来的新奇感让宁天穹心中为之一振，暂时忘掉了身体的疲倦，他加速靠近了一团白色巨石，仔细观察起来，巨石表面晶莹无瑕，满布细孔，原来是巨型浮冰！

他们在浮冰之中曲折穿行，又用了半天时间，终于抵达了浮冰与海水的尽头。阻挡在他们面前的是一面无边无际的白色冰墙，固态的墙面凹凸起伏，看不到一丝缝隙。

"全是坚硬的冰。"宁天穹伸出手掌触摸着冰冷的表壁。

"没法再向上升了，天穹，我们还是回去吧。"蕊儿忧伤地说。

宁天穹没有回应她，他默默地用手刮下了一小撮冰，在这一瞬，或许是缺氧的大脑出现了一丝幻觉，他仿佛看到有一束微弱、寒森森的光芒从冰层之上极其遥远的地方渗透进来，这让他意识到冰层之上真的还有一个完全不一样的世界。

他赶紧摇了摇头，摆脱了幻觉，"蕊儿，我们可以向上挖一挖，或许要不了多久我们就可以破冰而出。"他转头望着蕊儿的眼睛,用近乎恳求的语气说。

蕊儿沉默了片刻,点了点头。

他俩抽出了别在腰间的贝壳剑,一点点地开凿起了冰墙。

贝壳剑艰难地刺进冰层,用力地搅动,一块块微小的冰块破碎开来,化作细碎的冰屑散落在水中。他俩竭尽全力地凿掘,一口气挖出了十几米深的冰窟窿,但宁天穹丝毫看不到何处才是冰层的尽头。

与此同时,刺骨的寒冷吞噬着他们逐渐疲惫的躯体,身体的热量在一点一点地消散,他们熬不了多久了。

"天穹,放手吧。"蕊儿用哀求的口吻说道。

宁天穹没有回应,他仍机械地挥动着贝壳剑,但他的动作变得越来越迟钝。渐渐地,他失去了对身体的控制。

他昏厥了过去。

"天穹,醒醒,我们一起回海底吧——"蕊儿泣泪呼唤道,拼命摇晃着他的身体。

在模糊的意识中,宁天穹隐隐听见了蕊儿的声音,他慢慢恢复了一点知觉。他用力地睁开眼,微微点了点头,开始竭尽剩下的力气释放出身体中的气体,大量之前吸进的气体一股脑地全部释放出,他的身体迅速地变得沉重起来,如石子般极速向海底坠落。

很快,他们回到了温暖而熟悉的海底。

在此后的一年中,他们又回到了以前的平静生活,宁天穹在外狩猎,蕊儿留守栖息地。日子一天天过去,但蕊儿能感受到,宁天穹一直郁郁寡欢、心事重重。

有一天,晚餐过后,他俩来到了栖息地外的一座山岭中散步。

当他们走累了，坐下来休息时，宁天穹又陷入了沉默，他一动不动地望着远处，一副若有所思的样子。

"天穹，你又在想什么？"蕊儿轻声问道。

"我想去伯特神庙。"宁天穹说出了一个早已预谋了很久的想法。"伯特神庙？你要去那儿干吗？"蕊儿紧张道，伯特神庙是鲛人信奉的唯一的主神伯特神祇所居住的宫殿，深居于海底世界的最中心圣地，平时是禁止鲛人随便进入的。

"伯特神祇拥有着洞悉一切的神力，兴许他会给我们一些神谕，可以帮助我们突破世界尽头的那面冰墙。"

"你还想着突破那面冰墙？"蕊儿难过地说。

"蕊儿，你听我说，"宁天穹突然变得激动起来，他紧紧拉住了她的手，"是的，我内心深处还是放弃不了对于海水之外世界的向往。"

蕊儿怔怔地望着他的眼睛，目光中充满了忧虑，"可是，你未经允许闯入神庙会不会有什么危险？再说，我们只是身份普通的鲛人，神祇会愿意给予我们指示吗？"

"我们只有试一试，这或许是我们最后的机会了。"宁天穹目光热切地恳求着蕊儿。

第二天，他俩出发了。

他们一路跋涉，穿过其他鲛人犬牙交错相邻的栖息地，越过了一座座起伏不定的海底群山，来到了艾玛哈大峡谷。

这里被称为整个海底世界的中心。

他俩伫立在峡谷边缘，只见脚下的峡谷四壁如悬崖般高陡，充盈在谷中的海水比其他地方显得更加澄明、幽蓝。在平坦广阔的峡谷谷底，密密匝匝地蔓生着深绿色的海藻，随着水波轻柔地摇曳，还有大量浮游生物悬浮在海水中，闪烁着五光十色的光亮，组成一幅极为神秘的巨型图案。

在峡谷正中央有一处凸起的平台,矗立着一座气势恢宏的银色城堡,城堡的外形是一个巨大海螺,这就是伯特神庙。

俩人向着神庙游去,缓缓穿过了似梦似幻的光潮,来到了圣殿前。他们充满敬畏地近距离注视着圣殿,这个"海螺"似乎并不属于他们的世界,圣殿坚实的根基深嵌在海底地面之下,它的外层质地坚硬而光亮,是某种他们并不知晓的神奇材料。

听族长说起,这座圣殿在鲛人这个种族诞生之前就立于海底,当遇到海啸地震时,圣殿还将整个漂浮起来,待到灾难过后才重新回到海底,这样使得圣殿在多次的灾难来袭时都免受冲击。

这样的神迹无疑都源于伯特神祇的无上法力。宁天穹拉着蕊儿的手,站到了"海螺"的入口前。

他们面前的大门紧闭着,宁天穹惴惴地伸出双手,将两只手掌放在两扇门上。

城堡像是读懂了他的意识,倏然间,大门缓缓开启了。呈现在他们眼前的是一座极为宽阔、整个浸漫在海水中的殿堂,充盈一种令人目眩的金碧辉煌。

俩人携手缓步走进了圣殿,这里有着螺旋向上的穹顶,无数奇形怪状、超出宁天穹理解的雕塑屹立在四壁,殿堂内空无一人,唯有一块黑曜石方碑静静地兀立在圣殿正中央。这块威严的方碑正是无所不知的伯特神祇。

宁天穹对这里并不是完全的陌生,在每一年新年的头一天,所有鲛人部落的代表都会会聚于此,虔诚聆听神祇的神谕,而后,神祇还会为整个鲛人社会修订历法以及校正度量尺。很多年前,年幼的宁天穹曾经跟随族长来到过这里。

他俩小心翼翼地来到方碑十米外的地方,在酝酿了片刻后,宁天穹深鞠了一躬,郑重地向着方碑发声道:"尊敬的伯特神祇,请原谅我们的贸然闯入,我们来这里只是想请教你几个问题。"

言毕,宁天穹忐忑地站在原地,他不知道伯特神祇会不会回应自己。

忽然间,方碑表面涌动出错综复杂的图案,与此同时,碑体微微颤动起来,以方碑为圆心荡漾出了一圈圈水波。

宁天穹的耳膜迅速接收到了水波携带的信息,是神祇在回应他:"孩子们,很高兴见到你们。"

"伯特神祇,我能请教你几个问题吗?"他难以抑制住内心的激动。"孩子,我并不是你想象中的那种无所不能的神明。事实上,我只是比你更多知晓这个复杂世界万事万物的一些内在规律罢了。"水波不疾不徐地回应着他。

宁天穹似懂非懂地点了点头。

水波在停顿了片刻之后再次振动开来,"好吧,请说出你心中的疑问——"

宁天穹鼓起勇气问道:"整个世界究竟是不是只有我们身处的这个海洋这么大?"

方碑很快给出了回答:"当然不是。"

宁天穹的心脏突突地跳动了起来,"这么说,在我们身处的海洋之外,还有另外的世界。"

"是的,在冰层之外存在着另外一个广阔的世界,广阔的程度你无法想象。"

"那么……覆盖我们大海的那面冰墙究竟有多厚?""那一层坚实的冰层足有三四千米那么厚。"

"我想穿破这层壳,到外面的那个世界去看看。"宁天穹顿住了,他深吸了口气,"伯特神祇,你可以帮我实现这个愿望吗?"

方碑似乎迟疑了片刻,但还是给出了回应:"或许,我可以帮到你。"

"是吗?"宁天穹喜出望外。

"在二十一天后,你们从栖息地出发向正南方向走上六千米,然后垂直上浮,你们需要保证在两天之内抵达冰层。"

"然后呢?"宁天穹紧张地追问道。

"然后,你们将获得一次新生。"波澜不惊的水波继续传递着意味深长的讯息。

"一次新生?"宁天穹怔怔道。

这一次,方碑没有再回应他。

在"神谕"的二十一天过后,宁天穹与蕊儿依照神谕,再一次踏上了"上升"之旅。

两天过后,他们如期抵达了海洋的尽头。

与上次一样,那一堵连绵无尽的白色巨墙横亘在他们的面前,他俩没有寻找到任何可以向上突破的缝隙。

他们只得手拉着手等待了起来。四周的浮冰使海水充满了刺骨的寒冷,慢慢地吸收着他们身躯的热量。

就在宁天穹的身体开始瑟瑟发抖之时,他隐隐感觉到周围似乎有了一些奇怪的变化,宽广无垠的冰墙像是轻微地颤抖起来,同时,他还听到了从冰墙内部传来了轰隆隆的声响。更让他感到惊奇的是,身下的一团团浮冰像是突然具有了灵魂似的,就如不计其数的大鱼一样向着冰墙方向漂游了过来。

一阵恐惧向宁天穹袭来,他声嘶力竭向蕊儿喊道:"抓紧我的手!"他的话音刚传出,四周的震荡骤然变得剧烈起来,犹如地动山摇一般,一条条深深的裂纹出现在了摇摇欲坠的冰墙之上,混杂着浮冰的海水也变得澎湃了起来。这一刻,他的身体感到了一种强烈、奇异的感觉,在无形之中,似乎有一只巨手在提拉着自己的身体,而且提拉的力量还在飞速地变大。

转瞬间,他感到自己的身体变得轻盈起来,在潮汐式的浪流中上下荡漾了起来。

猛地,伴随着一声石破天惊的震响,头顶上的冰墙彻底分崩离析,整个粉碎开来。

与此同时,一股狂暴湍流激荡而起,所带起的巨大的力量将他与蕊儿拉着的手猛然分开了,宁天穹惊恐万状地嘶喊道:"蕊儿!"

但最终,他还是无助看到蕊儿消失在视野中,他竭尽全力挣扎,但那股无可抗拒的无形力量还是猛推着他向上冲去。

眨眼之间,他感觉到自己身体不受控制地冲出了裂开的冰层,进入了一个视野明亮而开阔的崭新世界,但他完全顾不得观赏,因为他所进入的这个世界大气极为稀薄,令他无法呼吸到氧气,大脑由此变得一片空白,他快要窒息而亡了。

与此同时,他的身体还在随着冰块与海水混合成的巨浪直冲向天空,当他抵达空中某一高度后,那股向上的无形力量倏然消失了,他又随着坍塌的巨浪急速向下回落。

然而就在这一刻,一股突生的力量将他下坠的身体猛地托起。他惊奇地发现自己被一团晶莹透明的气泡整个包裹了起来,气泡中充满了清新的氧气,他本能地大口地吞吸了起来,这是他有生以来第一次直接呼吸气体形态的氧气。浓烈的气体猛地涌入他的口腔与鼻腔,瞬间沁入他的肺部,充满尖锐的刺痛感。

等他终于缓过气来,他的第一个反应是寻找蕊儿:她此刻在哪儿? 他紧张地将目光投向四野,出乎他的意料,他很快寻找到了她,此刻的她与他一样,安然无恙地飘浮在另一个上升的气泡中。

蕊儿也看到了他,两人遥远地对视而笑,两个巨大的气泡在继续飘向天空的同时,也在逐渐靠拢,最后,两个气泡融为了一体。

　　宁天穹惊奇地看到蕊儿缓缓向他飘了过来,他也挣扎着飘向她,终于他们靠近了,他伸出双臂,一把将她搂在了怀中。这一刻,气泡也停止了上升,稳稳地悬在了距离地表几百米的高空。

　　他们紧紧地拥抱在了一起,泪水泛滥在他俩脸上。许久之后,俩人依偎着,抬起头环视四野,见到有生以来最为壮美的一幕景色。

　　在他们的头顶之上,一颗表面汹涌着条条狂暴湍流的暗红色巨型星球,几乎占据了整个天空的一半,似乎触手可及,在剩下的黑沉沉天幕中则布满点点繁星,每一颗星星都如此地晶莹剔透。在他们脚下是一片茫然无际的白色冰原,纵横交错着冰封的山丘与沟壑,最为壮观的是他们身体正下方的那一口冰喷泉——他们正是从其中破冰而出。此刻喷泉还在从那个巨大的裂缝中持续喷涌出袅袅的白色羽状物质,如一只只洁白的飞鸟自由飘飞在空中,编织出一个奇幻而纯净的梦境。

　　这一刻,宁天穹呆呆地飘浮着,之前的眩晕感与恐惧感都消失了,充盈在心中的只有对于这个无限广阔新世界无以言说的震撼。

　　这或许就是伯特神祇所说的"新生"。

　　恍惚间,宁天穹看到一个人形浮现在气泡外。他定眼望去,这是一个并不真实的幻影,像是从哪个未知的地方投射到他眼前的三维光影,栩栩光影呈现的是一位年长的鲛人,身裹一件银光闪闪的紧身外衣,让宁天穹感到有些奇怪的是,这位鲛人的脸颊上并没有腮。

　　"怎么样,孩子,够震撼吧?"突然间,宁天穹的耳畔传来了幻影厚重的声音。

　　宁天穹全身一个激灵,他第一反应是振动起了鼻腔,想要发出声音,然而,他的四周并没有海水可以让他传递出话语。

"你现在可以改用你的嘴发声,振动的方式与之前鼻腔一样。"幻影的声音再次响起。

宁天穹茫然张开嘴巴,不知所措地扭动着喉咙与舌头,试着发出声音。

终于,他的喉咙震颤着沉重的空气,巍巍颤颤地发出了一丝轻微的声响,"天啊,我还可以如此发声———"他是如此惊奇。

"事实上,你们的身体是可以离开海水生活的,除了改用嘴发声,你脸上的腮也失去了呼吸的功能。从此以后,你将使用肺部呼吸。"幻影平静地说。

宁天穹怔愣了片刻,然后嗫嚅地问:"你说谁? 这里究竟是哪里?"

"你可以叫我若昂,你的导师,这里是木卫二。"幻影回答道,"高悬在你们头顶的星球是木星。"

答案终于揭晓,宁天穹恍然大悟。这一刻,小说主人公之外的"宁天穹"的意识也幡然苏醒了过来,他意识到自己正身处在一部互动小说中。木星与木卫二都是在真实世界中自己所生存的太阳系中的天体。

这个互动小说的情节真是足够震撼,令人回味,不过他心中还有很多疑问没有得到解答,于是,他急于向幻影提问道:"这么说来,我从出生以来,一直生活在木卫二冰层下的海洋中?"

"是的,你们在木卫二海底一直生活到成年,然后,你们需要自己寻找机会破冰而出,来到木卫二表面,第一次目睹到壮美的木星以及满天的星辰,这就是你们的成年礼。"幻影庄重地说。

"鲛人为什么要在冰层下的海洋中度过成年之前的时光?"宁天穹不解地问。

"为了重走人类的进化路,"幻影目光锐利地望着他,"事实上,鲛人种族最初并不诞生于木卫二。"

"并不诞生于木卫二？鲛人种族究竟来自哪里？""来自太阳系的第三颗行星，地球。"

"地球？"宁天穹迟疑道，他不由抬头望了眼星空，并没有办法在星空中辨认出地球的影子。这部小说的设定真是有些意思。

"你说得没错，地球，那一颗被海洋覆盖的美丽蓝色星球。三十亿年前，碳基生命最早的种子萌生于地球浩渺森海洋的深处，从最简单的单细胞细菌到多细胞海绵，直到有一天长着脊椎的鱼类占领了整个海洋。而后，鱼类又经过了一段漫长而艰辛的进化，在距今三亿年前，第一只肺鱼艰难划动着双鳍，挣扎着爬上荒芜的陆地，从那以后，它们开始学会用臒直接呼吸空气。"

"就如我们此刻离开海洋一样？"宁天穹情绪激动地附和道，他脸上的腮不由微微抽搐了几下。

"是的，这些离开海洋的鱼类成为陆地上脊椎动物的祖先，又经过一亿年漫长的进化成为原始哺乳动物，然后是灵长类的猿猴，最终进化成了人类，而后人类在地球上创造了高度发达的文明。"

"我明白——"宁天穹怔怔地回答道，他知道幻影描述的正是地球上生命的进化史。

"可是今天地球上的人们终日沉醉于网络世界，早已淡忘人类艰辛的进化历史，尽管从鱼类到人类诸多进化的痕迹仍永远铭刻于他们的基因中。你知道吗，地球上人类的胚胎在羊水中的发育过程就是一部完整的生物进化史，三十三天大的婴孩四肢末端的形状犹如鱼鳍，脸部长出鳃裂。五十四天才长出跟骨和距骨，这与两亿六千万年前初具哺乳特征的爬行动物如此相似。直到第九周时，足骨的形态与八千万年前的有胎盘哺乳动物如出一辙——"

"于是，你们——"宁天穹恍然意识道。

"是的，我们所做的不过是使用生物工程改造了人类的DNA，将人类在胚胎时期所经历各种的形态大大延长了,鲛人将用十八年的时间去走完十月怀胎过程中从鱼类到人类的所有生命形态。"

宁天穹张开嘴,已震惊得说不出话来。

"孩子,你已经完成了鲛人的进化历程,你现在可以称作人类。"幻影目光凝重地望着他。

"人类——"宁天穹咀嚼着这个词语所承载的深重意义。半晌之后,他喃喃道,"这一切的试炼都是为了让鲛人有一天成长为真正的人类?"

"是的,我们选定了木卫二作为你们的成长地,在这里,厚厚的冰层可以完全屏蔽住剧烈的宇宙射线,而在冰层之下,我们精心地改变了木卫二海洋的生态,让海水中富含氧气,甚至让海底火山频繁爆发对冰冷的海水进行加温。同时,还通过基因工程复活出了一系列凶猛嗜血的史前怪兽,比如蛇颈龙、滑齿龙、巨齿鲨。这些怪兽的存在都是为你们的成长之路增添一些富于挑战的元素,以此磨砺你们的意志,让你们能够成为果敢有血性的人类战士,能够勇敢直面危机四伏的太空丛林。"

"人类战士——"宁天穹怔怔道,"这么说来,我们海底世界的一切都是你们设计好的。"

"你可以这样理解。"

"那……伯特神祇又是什么呢?"宁天穹突然意识道。

"伯特神祇只是一台大型量子计算机,为海底的鲛人部落提供一些历法与度量方面的指示。鲛人历法的一天相当于地球上的三天半,这正是木卫二绕木星公转一圈的时间。"

"原来如此。"宁天穹恍然道,"可神祇又是如何为我们打开了那面冰墙?"

"事实上,这并不是源于神祇的什么法力,而是一种周期性的自然现象,由于木卫二永远以一个半球面朝木星,而木卫二公转轨道并不理想圆形,再加上木星自身并非规则球状,于是海底某一点所承受的水压在一年中呈现出周期性变化。当木星与木卫二的相互位置抵达某点时,木星的引力在木卫二表面拉开了多个裂缝,巨量的冰与液态水随之喷发而出。"

"也就是说,计算机只是告诉了我们冰喷泉发生的时间与地点。"

"你的理解完全正确。另外,这台量子计算机也实时控制着所有的鲛人NPC。"

"所有的鲛人NPC？ 我不明白你的意思。"宁天穹疑惑道。

"你所生活的部落中大部分鲛人都是由A.I.控制的机器人,其中你见到的有过分娩行为的女性鲛人全都是机器人。他们并不具有太多的自我意识,因此你会感到身边大部分鲛人同伴只是按部就班地生活,性格漠然,难以交流。"

宁天穹沉思了片刻,接着询问道:"现在我们已经'冲出冰层',我们接下来的任务是什么?"

"你们将前往位于木卫二极地的城市中继续学习科学知识,特别是宇航知识,最终,你们将成为宇航员,离开木卫二,乘坐宇航飞船飞向广袤的太阳系外。"

"宇航飞船……我们究竟要去哪里?"宁天穹恍然问道。

"向银河系中心挺进。"幻影说着,将炯炯的目光投向了身后迷离而深邃的星空。

"可是,我们又能去到哪里? 目前最先进的可控核聚变只能让你们的飞船达到可怜的百分之三光速。"宁天穹惊异道,不知不觉之间他忘记了这只是一部小说,而将真实世界中人类的处境带入其中。

"不,我们并不采用可控核聚变。"幻影回答道。"还有什么技术可以支撑起恒星际航行?"

"反物质引擎。"幻影平静地说,"这将使我们飞船达到百分之四光速,我们只需要十年就可以抵达半人马座α星,然后是更为遥远的其他恒星。"

"反物质……"宁天穹很是诧异,"难道你们能够收集到足够的反物质?我知道,反物质的存在极其微量,如今地球上最先进的粒子物理加速器需要花费一百年才能产出一微克的反物质。"

"你忘了我们此刻身处木星。"幻影微笑着说。"木星?"

"是的,你知道为何我们会将基地选定在木星?"

"是因为木卫二冰层下的海洋吗?"

"不,这只是其中一个原因。实际上还有另一个更为重要的原因。"

"那是?"

"木星拥有丰沛的反物质资源。"

"反物质?哦……我有点印象,木星的外层空间似乎蕴含着一些反物质。"宁天穹一下子反应道。

"是的,木星的反物质来自于高能宇宙射线日复一日地轰击木星浓密的大气层,这就如天然而巨大的粒子对撞机永不间断创生出微量的反质子,这些反质子飞速向外逃逸,最终被木星的磁场捕获,经过数十亿年的累积,在距离木星表面两千公里处形成了一圈极其富有的反质子带。这在太阳系内是绝无仅有的。"

"你们已经开始开采这些反物质?"宁天穹下意识地抬头将目光投向了木星。在木星与太空交叠的外围空间中,他隐约看到了有无数奇怪的光点正在频繁忽闪,它们像是一些特别的人造物。

幻影脸上浮现出一丝得意的笑容,"是的,你现在看到的那些亮点就是我们用于搜集反物质的飞船,我们称之为'捕鱼船',此时此刻,大约有两百艘这样的'捕鱼船'活跃在木星磁场的边缘。"

"听上去很酷!"宁天穹由衷地赞叹道。

幻影收敛住了笑容,"在你们接受完宇航员培训后,你们首先将成为一位驾驶'捕鱼船'的'反物质猎手',搜集反物质燃料将是你们走向太空的第一步。"

"故事还没有结束? 我们还要继续?"宁天穹有些惊奇地问。

"当然———"在幻影的话语中,宁天穹眼前的视界跳转了,互动小说继续着情节。他目睹到自己在随后的岁月中去到了木卫二极地,在那里的宇航学院中飞速完成了学业,然后出现在了一艘"捕鱼船"的驾驶舱中,自己戴着一顶坦克帽一样的头盔,端坐在主驾驶位,而身旁的副驾驶位坐的正是蕊儿,他对着蕊儿笑了笑。

这一瞬,有关于"捕鱼船"的操控方法如意识植入一般写入了他的脑中:"捕鱼船"的最前端搭载着一台反物质磁谱仪,能够探知出飞船周边广阔区域内反物质的分布。一旦探测到反物质的存在,飞船将伸出一只由超导磁铁构成的机械臂,利用超强的磁场吸收并束缚反物质。

作为驾驶员的他需要做的是利用脑电波操控飞船前进的航线。就这样,宁天穹熟练地操控起了"捕鱼船"的航程。他全神贯注地注视着面前的屏幕,用意识操控着飞船的航线,缓缓收集着沿途的反物质。

接下来,画面跳转,几年的时光一晃而过,他成长为了一名经验丰富的反物质捕手,驾驶着"捕鱼船"自如地穿行在空茫的外太空。

这一天,他的运气很不错,没飞行多长的时间就定位到了一团反物质。好家伙,他惊呼道,这团反物质真是足够庞大,在磁谱仪呈现的画面中就如一团熊熊燃烧的火焰。他深吸了口气,冷静地将飞船的航线锁定到了反物质的一侧,然后减低了飞船速度,缓缓接近目标。

还需要十多分钟才抵达目标,他不由得转头望了望飞船一侧的木星,这片壮阔的金属氢海洋此刻显得一片平静祥和,一条条交错的气流如轻柔的条纹相间的丝带,缓缓流动;甚至那一块最为醒目的"大红斑"也如凝固的瞳孔一般,正静静地注视着自己;整颗木星就如凡·高笔下诡异变形的星空。可是就在转瞬之间,他又目睹到了瞬息万变的木星狂躁的一面,在木星表面的一个微小的局部此起彼伏涌动起一团团湍急狂乱的气态风暴。

这是由于木星从内部溢出的热量搅动起了表层大气,引发了一轮汹涌的大气风暴,这样的现象他早已司空见惯。

但是,他还是警觉地将目光转回了显示屏,一下子怔住了。但他迅即反应了过来,显示屏上急速变化的图像传递出一个骇人的信息——几秒前,伴随着突发的气态风暴,木星金属氢内核猝然迸出一波电磁风暴,急剧改变了木星磁场的形状,非常不凑巧的是,在飞船周围极度扭曲的磁场将飞船锁定的这一团反物质猛推至了航线的正前方,并高速向飞船袭来!

"快偏转方向!"他听到蕊儿惊慌失措地大喊道。

宁天穹慌忙通过脑电波发出了转向指令,然而为时已晚。

11. 鹰先生

　　反物质团不偏不倚地击中飞船，一道强光乍起，正反物质剧烈作用在一起，但宁天穹没有就此湮灭掉，因为他及时退出了小说。

　　宁天穹霎时回到了电影院的皮椅上，他看到此刻的自己就如第一次玩过山车的小孩一般，全身紧紧贴靠在椅背上，双手紧紧抓住了扶手。

　　身旁的蕊儿一脸关切地望着他："你还好吗？"

　　他不好意思地笑了笑，将自己紧绷的身体放松了下来——这只是一部互动小说。他抬起了头，发现四周一片光亮，原本空荡的影院里多出了十来个人，他们全部站在舞台的正中。来者正是之前"迦南人"酒吧中的尼克船长一干人，也不知道他们什么时候来到这里的。

　　为首的尼克船长居高临下地站在台上，他不再是之前那副玩世不恭的样子，而是一脸严肃的神情，皱着眉头用询问的眼神注视着自己，"大作家，你觉得《进化的使命》剧情如何？"

　　宁天穹陷入了迟疑，他还没有从扣人心弦的小说情节中走出来。半晌过后，他怔怔开口道："一部相当精彩的作品，我从中看到了黄金时代科幻特有的向宇宙深处进发的纯真勇气与进取精神……更为难能可贵的是,这部小说提供了一套详尽可行的星际远航计划。"

尼克船长继续问道:"你有没有从中看出什么违禁内容?"

宁天穹困惑地摇了摇头,他想起蕊儿也曾特别强调过这件事,"违禁内容? 我完全没有看出什么来啊。"

尼克船长露出了一丝意味深长的微笑,"嗯,关于违禁内容,我要告诉你的是,你经历过的这个故事此刻正真实地发生在木卫二上。"

"你在说什么?"宁天穹怀疑自己听错了。

"你应该知道X-Xelee公司吧?"尼克船长依旧平静地说。

"我知道——"宁天穹的心中一个激灵。X-Xelee公司是太阳系内一家赫赫有名的宇航公司。由于在奇点来临之前,X-Xelee公司就通过与各国政府谈判的方式获得了木星区域五十年独有开发权,因此尽管奇点之后,日冕公司在地球上一家独大,但对于X-Xelee公司垄断木星资源的既有事实也只能放之任之。

"对外我们是X-Xelee公司,主营木星区域的采矿业,目前已经整合了太阳系外层空间各家小型太空公司。而对内,我们就是你刚才在互动小说中呈现的面貌,我们称自己为木星基地的自由战士。"尼克船长说着,目光陡地变得锋利了起来。在这一刻,宁天穹惊奇地看到船长脸颊上的络腮胡消失了,露出了一对鱼类的鳃盖,抽搐般微微地一张一合,这正是自己在刚才的互动小说中见到的"鲛人"形象。

宁天穹一时间震惊得说不出话来。这个世界远比他想象的要扑朔迷离许多。

尼克船长接着说:"事实上,我们迦南山谷是木星基地在地球上的一个聚点,这里的迦南人全都听命于木星基地总部。"

"木星基地……你们究竟要干什么?"此时的宁天穹已是不寒而栗,他感到自己正在身不由己地滑向一个可怖的深渊。

"我们不光着眼于太空远航,还计划着重返地球。"

"重返地球?难道你们现在不可以自由往返于木星与地球?"宁天穹惊奇道。

"当然,我所谓的重返地球并不是乘坐航班回到地球那么简单。"尼克船长说。

"那是?"

"你不觉得如今地球文明已误入了一个歧途?"尼克船长目光深沉地注视着他的眼睛。

"我不懂你的意思。"

"当然,在你的眼中地球文明可能依旧是欣欣向荣的乌托邦。"尼克船长顿了顿。

"难道不是吗?"

"好吧,还是让我为你讲述一个真实的反乌托邦故事,一个关于赛博世界真相的故事。"

"关于赛博世界的真相?"

"目前整个光幕已经包裹起了接近十分之一个太阳。你知道日冕公司每年所获得的阳光照射的总量是多少吗?"

"对不起,我对此并没有准确的概念。"宁天穹困惑道。

尼克船长脸上浮现出一丝狡黠的笑容,"还是让我告诉你吧,光幕一年拦截的太阳能接近 2×10^{25} 瓦特。而地球上目前的人口总数是一百五十亿,你知道,实际上如今每个普通人一年享用的计算资源所消耗的能量仅为 1×10^{12} 瓦特。"

"我不知道你说的数据意味着什么?"宁天穹紧张道。

"普通的一百五十亿人口共享计算资源仅仅占所有能量的百分

之一。"

"剩下百分之九十九的能量去哪里了?"

"日冕公司创始人鹰先生的家族以及他的少数亲信独享了另外百分之九十九的能量。"尼克船长压低声音说。

"他们用这么多能量做了什么?"

"很多事情,"尼克船长顿了顿,加重了语气,"某种意义上,鹰先生已经获得了永生。"

"永生?"宁天穹的惊愕无以复加,"可是,生物学上细胞层面的衰老似乎无法逆转,难道他已经可以将意识上传到网络?"宁天穹喃喃道,他被自己的说法惊吓到了。

"不,他还不能,至少从目前的科技来看,上传意识暂时还无法实现,复杂的大脑还不是程序化的计算机、数据库所能够取代的。生命的意识、情感、智能毕竟都是量子级别的产物,人类在近期还无法窥透其中的秘密。"

"那他又是如何完成永生的?"宁天穹急切地问。

"你听我说,鹰先生的永生可以分为几个层面,首先,他为自己培养出了很多份克隆体。"

"这个……似乎并不让我感到特别惊讶。"宁天穹喃喃道,"每个克隆体都应该算作一次全新的生命。"

"当然,这仅是一个层面的问题,更为重要的是光幕攫取的绝大部分能量被用于延长他本尊的身体机能。"

"这如何办到?"

"对于鹰先生的本尊来说,数以亿计的纳米机器在他的体内游弋,适时地监控每一个细胞的动态,你知道人体一共拥有五十万亿个细胞,这些细化到单个细胞的庞大数据源源不断地汇入到云网去分析、计算,取得结果,然后发出各种精准命令,指引纳米机器不断去修复细胞的端粒,以及不断修复濒临癌变的细胞。你可以想象,人体本身就是一个复杂得犹如浩瀚宇宙的系统,监控身体每一个细胞的复杂度,与模拟出整个银河系星辰精准的运行轨道已不相上下,这需要消耗难以想象的计算资源。再加上鹰先生集团中除了本尊外的其他人享用了级别次等的身体修复系统,加在一起足以消耗掉大部分的光幕能量。"

"这简直匪夷所思。"

"以我们掌握的情况看,鹰先生的身体状况维持得很好,机体并无多少衰老的迹象。"尼克船长说,"同时,他还完成了对大脑的升级超频工程。"

"这又如何办到?"

"使用大型计算网络与他大脑神经元相接,模拟出生物神经元的功能。"

"你刚才还说过大脑无法被计算机取代。"宁天穹很是不解。

"是的,人类最本源的直觉意识存在于大脑核心区域,这在目前是无法转移的,但与大脑神经元联结的计算网络辅助大脑进行运算是可以实现的,比如逻辑推理、记忆等功能。其实这项技术早已取得突破,只是一直被封锁起来,仅供鹰先生集团享用。以至于他们的超级大脑拥有海量的反应速度,他们与赛博世界互动的主频可以数万倍于普通人,这让他们变成了无所不能的神,更加游刃有余地遨游在赛博世界。"尼克船长说完望着宁天穹。

"我很难去想象——"宁天穹愣愣地说。

"你有没有尝试过一种叫'毒龙'的药物?"

"我曾经浅尝辄止地经历过了一次。"宁天穹喃喃道,"在一个叫吠陀城的网络社区。"

"那就对了,你享用的'毒龙'就是少数流入黑市的大脑辅助技术,这将让你同时去经历互动小说中所有可能性的人生。这短瞬之间的奇妙感受比你真正过完一个人的一生还要刺激,还要酣畅淋漓几百倍。”

宁天穹僵住了,在吠陀城体验的那一种不可名状的超级快感,以及随之而来的怅然若失的空虚感再一次攫住了他的心,许久过后,他声音颤抖着开口:“我一时很难去辨别你的话的正确性。可……你为什么要告诉我这些?”

“我们需要你的加入。”尼克船长目光热切地望着他的眼睛,“一起去颠覆鹰先生的特权。”

“不!”一股深入骨髓的透彻寒意从宁天穹后背涌起。这一刻,他回想起蕊儿与他相识以来一连串的画面,这个神秘的精灵毫无来由地闯进他的生活,又一路引导着他来到这个灰色地带的古怪山谷,让自己陷入了这一出妄想颠覆世界的阴谋中。

宁天穹愣立了许久,转头茫然无助地望着蕊儿,“我是不是还没有从你的小说里退出?你快告诉我,这也是你创作的互动小说里的一部分?”

“不,”蕊儿望着他的眼睛,慢慢地摇了摇头,“这不是小说。”

“你一直在欺骗我?”宁天穹难以抑制住愤怒,他的身体止不住地瑟瑟发抖。

“不,天穹,我没有向你撒过谎……我只是向你隐瞒了一些东西。”她毫不避缩地直视着他的眼睛,只是她的声音变得越来越低,“我也是出生在地球,在一个偶然的机缘下加入了木星基地。不用怀疑,我是你真正的书迷。一直以来,我是在你的书籍里汲取了那些来自遥远星辰大海的力量。我在阅读你的小说时总在想象,如果有一天能够有幸同你结识,那一定是一件非常有趣的事情,你兴许会赞同木星基地所策划的行动,甚至会愿意加入到我们当中来。这一次也是我向组织推荐了你作为人选。"

"不……我不会愿意的,我只是一位写科幻小说的。"他慌张地避开了蕊儿诚恳的目光,艰难地说。他不相信这群人真正拥有了能够颠覆鹰先生的能力,鹰先生是赛博空间的缔造者,也是整个赛博空间至高无上的主宰。只要他一念之及,不费吹灰之力,荷枪实弹的机器人就将倏然出现在世界任何一个角落,瞬间消灭任何一个人的肉体。

"你是觉得我们没有胜算?"尼克船长看出了宁天穹的迟疑。

"据我所知,世界上没有人知道鹰先生真正的肉身藏匿于何处,他与外界联系的通信链全都由世界上最复杂的量子密钥反复加密,你们根本没有能力去破译他的行踪,又谈何去颠覆他?你们没有任何机会。"宁天穹喃喃道。

"你说得很正确,但,我们也不是毫无机会。"尼克船长顿了顿,"我们一直在等待一个时机。"

"什么样的时机?"

"十一年一次的太阳峰年,即将在今年年底到来。"

"太阳峰年……可是鹰先生缔造的光幕完全具有抵抗太阳风的能力。"宁天穹质疑道。

"是的,太阳风粒子不会对光幕造成致命的伤害,但光幕为了减小风险,还是会关闭百分之九十的面积。"

"然后呢?"

"这段时间失去了能量支持,全世界的网络不得不减缓主频,而鹰先生也会降低通信中量子密钥的等级。我们准备孤注一掷,抓住这个时机,我们将放置一个隐蔽的跟踪定位程序在你即将推出的小说中,一旦鹰先生阅读到你的小说,我们将有办法锁定他真正肉身藏匿之地。"

"你们要行刺他?"宁天穹已是惊恐万分。

"不,我们只想挟持他,让他交出掌控的庞大计算资源,重新建立一套公平透明的资源分配新秩序。同时重启太空计划。"尼克船长一字一顿地说。

宁天穹震惊得说不出话来。

"所以,我们需要你的帮助,获得一个接近他的机会。"尼克船长逼视着宁天穹的眼睛。

"我怎么办得到? 我只是一个名不见经传的科幻小说家。"宁天穹惊诧道。

"不,你可以帮到我们。"尼克船长认真地说,"我们掌握了可靠的情报,鹰先生是你小说忠实的读者。"

"他怎么可能喜欢我的小说?"宁天穹讷讷道,脑海中浮现出想象中鹰先生的样子,一个面目模糊的老朽怪兽,强大的意识被蔓生的欲望和贪婪主宰,庞大无比的身躯弥散着一股来自坟墓深处的腐败气息,无形而又盘根错节地盘桓在无边的网络中,长长的触角无所不在。

"恰恰与你的想象相反,"尼克船长说,"尽管他的口味相当驳杂挑剔,但你的小说一直是他的一大偏爱,事实上,他总是急于阅读每一部你最新推出的小说,甚至每一次都会第一时间玩通关你小说中的所有支线情节。"

"真的吗——"宁天穹怔怔道。

"除了你的小说,鹰先生甚至还玩通了所有由上个世纪黄金时代科幻大师作品升级而成的互动小说,我猜想,在某种程度上,经历这些科幻故事也是他肉身一直困缩在地球一隅的一种弥补,科幻开启了他一种别样的人生,或许他心底的某个角落还是难以拒绝群星深处的呼唤,渴望着在遥远的异星驾驭超级战舰,与各种各样形态怪异的外星人浴血作战。当然了,这也只会花费他大脑庞大进程中一小缕意识的一小撮时间。"

"还是难以想象———"这样的事实让宁天穹简直有些受宠若惊。但很快,他努力让自己冷静下来,他艰难地酌量着语句,"我很难帮助你们。我目前手头上没有新作,最近也没有什么创作的欲望。"他撒了个谎,极力推托道。

"这没关系,关于这一点我们已经考虑到了,就用《进化的使命》这部小说,只需要挂上你的名字推出。"尼克船长紧盯着他的眼睛,"难道你觉得这个故事还不够引人入胜?"

宁天穹慌忙避开了他的目光,他的内心不得不承认,《进化的使命》从主题到叙事风格都很像他的作品,完全可以通过赛博世界的检查而推向市场。

尼克脸上微微露出得意的神情,"我们准备在鹰先生悬浮在木卫二冰封的大地之上的时候动手,就当他目睹到恢宏木星以及群星冉冉升起之时,你可以想象,老家伙从这样的奇景中猝然惊醒,睁眼看到的却是手持粒子枪的我们,他肯定来不及反应,就只能束手就擒。"

宁天穹怔怔地听完了尼克船长的话,他仍然对这一切提不起丝毫兴趣。此刻的他只想从这个该死的陷阱中全身而退。他觉得自己的语气应该更强硬一些,"我理解你们的诉求,但并不赞同你们的观点。我的父亲也曾在日冕公司供职。我隐约知道一些他们垄断计算资源的事情,但我不觉得这有多大的问题。每个时代都有不公平,我想,这些不公平也是推动时代进步的动力。如今单就每个人类个体而言,相对奇点以前已无异于无所不能的神祇,生活品质不知已经提升了多少个数量级,只有退回到田园牧歌式的社会才会存在相对的平等。"

他的话让尼克船长失望地叹了口气，"你真的这样认为？"

"是的，你们所谓正义的理想对我来说太过遥不可及了，我没有办法说服自己参加你们的计划。我只是一个小说家，安于现状，自得其乐，没有足够的勇气去改变世界，也没有勇气去反抗世界。"宁天穹喃喃道。他感到自己快要哭了。

"不，你会的。"尼克船长注视着他，"我知道你是一位虔诚的天文爱好者，对着外面的星空有着一种宗教式的狂热。"

"那又如何？"

"你或许还不是很清楚天幕计划的最终目标吧？"尼克船长脸上慢慢地浮现一丝讳莫如深的笑容。

"最终目标？"

"让太阳变成一个戴森球①——"

宁天穹猛地愣住了，他明白尼克船长的意思，以如今光幕计划高歌猛进的速度，迟早有一天光幕会变成一个戴森球，完全覆盖太阳。

尼克船长继续说道："你想想吧，你愿意与鹰先生一样，永远作茧自缚地畏缩在一个封闭的'盖子'里吗？到那时，地球上的人类再也没有机会看到夜空中任何一颗星星，所有'赛博冲浪者'真的只能在虚拟小说中无限伤感地追忆星空曾经的样子。另一方面，地球文明将永远丧失掉与外星文明交流的可能性，太阳将彻底变成一颗外星人探测不到的死星。"

"不，我不相信这是人类最终的命运，"宁天穹惊呼道，"我也不

----

①一种设想中的巨型人造结构，由美国物理学家弗里曼·戴森在1960年提出。这样一个"球体"由环绕太阳的薄膜所构成，薄膜完全包围恒星并且获得其绝大多数或全部的能量输出。戴森认为这样的结构是在宇宙中长期存在并且能源需求不断上升的文明的逻辑必然。

相信戴森球是宇宙间智慧文明的终极生存方式。"

"现在,你有机会阻止这一切发生。"尼克船长加重了语气。

宁天穹沉默了很久,最后颓然说道:"给我一些时间,让我再认真考虑一下。"

12. 母　亲

他已经忘了自己有多少年没有在清醒的状态下返回过现实世界，但今天，他决定醒过来。

他从床底的角落翻出了一个旧箱子，从中找出了几粒粉红色的胶囊，一把全部生吞下了下去，然后闭上了眼睛。

随之而来的苏醒过程，如同一辆陈旧颠簸的列车穿越一条漫长到令人眩晕的地下隧道，他的意识如一只微小的翩翩水母，在大海般宽广的虚无中缓慢地提升。

逐渐地，在一片充满黏稠感的黑暗中，他感受到了久违的心跳和呼吸，如潮汐一般急促而有力。

又过了许久，待心跳和呼吸平缓了下来，他微微睁开了双眼，然而瞬间涌入眼眶的光线尖锐地刺痛了他。

他连忙闭上了眼睛，几秒钟后才再次睁开，又旋即闭上。在反复睁闭几次后，他终于适应了屋里实际上并不算强烈的光线。

宁天穹如梦初醒般呆呆地望着眼前的这个世界。自己面前的水晶盖子已经打开，几根管子也已经拔离了他的身体，视线的尽头，有些开裂的天花板上悬挂着一盏微亮着的方形LED灯。

这是一个粗糙呆板至极的界面，像素极低，无处不充盈着沉沉的地心重力。

他轻轻地动了动四肢，重新温习了一遍意识驱动身体的那种陌生而微妙的感觉。接着，他试着通过双手撑起自己沉重的身体，一阵抽筋般钻心的撕痛向他袭来，但他还是竭尽全力地扛住了剧痛，艰难地坐起身来。

他长出了一口气，额头上已沁出了大滴的冷汗。

坐起来的他愣愣地环顾着眼前这间狭小的房间：没有窗户，除了自己待的水晶柜外几乎没有其他的家具。

接着，他抓住水晶柜的边缘，试图站到地面上去。他努力地挪动身体，将双脚放在地面，尝试着站起来。然而，此刻的双脚像是并不属于他自己的一样，肌肉与关节不再听命于他的大脑，他重重地摔倒在了地板上。

在反复挣扎了几次后，他无助地瘫倒在地上，再也没有力气了。最后，虽然不甘心，他还是不得不通过植入手臂的芯片打开了"生活助手"。很快，房间中的网格开始工作起来了，无数纳米大小的格点迅速汇聚，打印出了一位身材窈窕、面貌姣好的美少女，她身着清新可人的学生服，脸上挂着一副程式化的微笑。很多年前她就是这样一个模样，但他已经忘记了她的名字。

"主人，需要扶您起来吗？"她的声音很悦耳，但也毫无特点。

他张开了嘴，艰难地说出了重返现实世界的第一句话："不用了，请帮我定制一副机械外支架，帮助我行走用。"

"好的。"她依旧微笑着说。

紧跟着，纳米格点又工作了起来，围绕着宁天穹的身体打印出一套锃亮的支架，如合体的连体衣般包裹着他。

待支架成型后，他试着站起身来。这一次，当他的双腿稍微一用力，支架就迸发出一股恰到好处的力量，支撑着他缓缓站立了起来。接着,他又试着走出了两小步。

"主人,您还满意吗?"美少女体贴地问。

"还行,谢谢。"他跌跌撞撞地移向了房间的另一侧,那里有一个盥洗台,墙上挂着一面镜子。

他望着镜子中的自己,比想象中那副理应沧桑味十足的衰老样子要年轻得多,这得益于水晶柜常年对自己身体纳米级的保养与升级。另外,头发与胡子也被修剪得整整齐齐。只是看上去,自己的双眼很是浮肿,眼珠中布满了血丝,洁净如纸的脸庞是如此苍白、憔悴、毫无血色,就像是刚从一场重度流感中痊愈。

"主人,需要帮您完成一次面部的微整形吗? 只需要花上几分钟的时间。"美少女在他背后善解人意地提醒道。

"不……不用了。"他转身离开了镜子,摇摇晃晃地向大门挪去。"主人,还需要其他帮助吗?"

"不用了。"他有些不耐烦地回应道。

"主人,能告诉我您要去哪里吗?"美少女脸上流露出了一副楚楚可怜的神情。

他没有回应,继续吃力地挪向大门,终于他的手指触到了房门的把手,他虚弱地依靠在房门上,狠狠地喘了几口气。

他拉开了已掩闭了几年的房门,望着外面昏暗空荡的走廊,喃喃地说:"……我……要去见我的母亲。"

说完,他颤颤巍巍向着走廊尽头迈开了步子。

长长的走廊犹如午夜的墓地般死寂,除了脚步声和他沉重的喘息声外,没有别的声响。他知道,在他经过的每一扇紧闭的房门背后,都尸体一般蜷缩着一位如他一样的赛博漫游者。

终于,他走到了电梯的入口。智能化的电梯探测到他,瞬间开启了大门。在犹豫了半天后,他小心翼翼地将身体挪入了电梯。

电梯门随之关闭,疾速向下坠落。

他的心猛地一紧,这样一个幽闭的狭小空间让他感到一种不可名状的窒息感,所幸的是电梯很快抵达了底层。

电梯门遽然打开,外面正对着一条人流熙攘的大街。

他趔趄着迈步走出了电梯,怔怔望着大街上来来往往的行人,其中绝大部分是机器人,另外还有为数不多的由人操控的3D模拟人。其实他们的族别很好辨认,身着单一色系、简约套装的是机器人,它们总是对他报以程序化的礼貌微笑。相反,打扮得与赛博世界中缤纷夸张的虚拟人如出一辙的是3D模拟人,他们大都对他投来了诧异的目光——在现实世界中,他们应该很少见到如他这样年龄段却又如此虚弱不堪的人类了。

除了行色匆匆的路人外,大街上看不到任何私人小车的影子,只有一些双层大巴这样的公共交通工具供行人远距离迁移。

他久久地伫立在街边,感受着阳光的温煦,大口呼吸着新鲜的空气,微湿的空气中混合着一股淡淡桂花的清香,现在已经是深秋十月了,他恍然意识到。必须承认,真实世界的城市比奇点之前要更加光鲜亮丽、秩序井然。减少了人类的活动以及汽车尾气的排放,城市环境得到了极大改善,天空似乎比他记忆中更加湛蓝明亮,空气也似乎清新了许多,这也许是刚下完了一场雨。

站了很久,他终于迈开沉重的脚步,走向几百米外的地铁入口。

在他已经有些恍惚的记忆中,他母亲的公寓似乎远在城市的另一边,他需要搭乘地铁前往。

他梦游般走在宽敞明亮的地铁站中。这里的乘客并不多,他坐进了一节空荡荡的车厢中,很快抵达了目的地。

他缓慢地走出地铁站,这个地铁口已在郊外。对于这一带的地形,他算是非常熟悉,因为每个月他都会通过3D复制体前来看望一次母亲,每次他只需要在公寓附近随意找一处地方打印出自己。

母亲的公寓坐落在一大片有机农场的旁边,一共四层楼高,一百多户,住在这里的大多是一些远离赛博世界的老人。

他沿着陈旧的楼梯气喘吁吁地爬上了三楼,然后来到了母亲房间的门口。

心情忐忑地按响了门铃,很快,门里传来了缓慢的脚步声。

大门开启了一个观察窗口,一张充满了褶皱的脸出现在其中。这正是他年迈的母亲。

母亲的表情由警觉瞬间转为了惊喜,"天啊,我的天穹,真的是你——"母亲喜悦地呢喃着,她辨认出了出现在自己面前的是儿子的真身,老花镜后面那双混浊的眼中闪现出了一丝光亮。

"是我,母亲——"宁天穹难过地说。

门打开了,站在他面前的母亲是如此瘦小、单薄、苍老,她已是满头银发。他伸出双手深深地拥抱了母亲。

"今天怎么想到亲自过来?"母亲拉起他的手,带他走进了房间。"没什么……我就想过来尝尝你烧的菜,我已经好多年没有尝过了。"宁天穹费力地找了一个理由搪塞道。

"是吗?"母亲欣慰地说,她高兴得笑眯了眼,宁天穹很久没有见到过她笑得如此开心了,"今天晚餐我就烧你最喜欢吃的糖醋鱼、水煮牛柳。"

母亲拉着他的手坐到沙发上,兴奋地开始絮叨,与过去一样,她的主题无非是周围的空气变得更好了,她参加的老年社团新近又有了怎样的活动。接着,她又开始回忆起宁天穹小时候的一些经历,都是一些微不足道、宁天穹早已遗忘的琐碎小事。随后,母亲又询问起了他的生活,有没有女朋友,什么时候计划要小孩。宁天穹含糊地应付着,他已很难向老太太描述他如今的生活,赛博世界也早已不是她能够想象的样子，人类如今的生活形态相比过去早已是面目全非。

赛博世界中婚姻依旧存在，但已很少有人再愿意把自己捆绑在婚姻的枷锁中了。

同样地，性爱也依旧存在，只是不再需要男女面对面地直接身体接触，传感器芯片刺激大脑神经的电子脉冲远比真实的性爱更具快感，更加酣畅淋漓。

当然，如果两人希望拥有爱情的结晶，先进的基因技术将保证他们的精子与卵子以最优化的方式结合，诞生出一个理论上最为健康聪明的宝宝。

另外，由于"二次奇点"之后，出现过多起因年轻父母沉迷于赛博世界饿死婴儿的恶劣事件，最终由各国统一立法，所有新生的婴儿都须交由机器人保姆照顾，并强制规定父母每天必须亲自或通过网络操控3D复制体与孩子待在一起，这样共处的时间必须超过二十四分之一天。

只有等到小孩年满六岁时才能接触赛博空间，进入由父母为之设计的赛博空间。这样的赛博空间通常是一个按照父母自己的喜好构建而成的伊甸园：有的是宗教主题，有的是魔法交织的奇幻世界，有的是温馨浪漫的童话岛……孩子需要在其中一直生活到十四岁成年之后才能真正自由地驶入赛博空间。

由此一来，传统家庭的纽带已经在他们这一代终结了，宁天穹已经很难想象出他们下一代的生活形态，或许成长于赛博空间的这代人终将模糊掉科技与魔法、虚拟与实在的界限，忘记外面真实的世界，以及更加渺远的星际深空……

突然，一阵门铃声打断了他们的谈话，原来是送菜的机器人到了。

母亲接过一篮子沉甸甸的菜与肉类，忙着去厨房准备晚餐了。宁天穹独自坐在沙发上，默默环顾这间并不大的房间：朴素的布置，简单的家具，空气中弥散着一丝老人特有的沉腐气味。父亲的遗像挂在正对着他的墙上，有些褪色的照片中的父亲看上去一脸肃穆，正目光深沉地凝视着他，这让他有了一种幻觉，父亲灼人的目光像是在责备他如今的生活，这让他更加难过了。

他不自在地避开了父亲目光，站起身来，踱进母亲的卧室。狭小的空间中除了母亲的床外，还有一个陈旧的木箱，木箱上散乱地堆放着一些古老的玩意儿：外壳斑驳的老相册、很多年前他送给母亲做生日礼物的音乐盒、父亲生前用过的烟斗……一种熟悉的亲切感立即包围了他。

他随手拿起一本厚实的相册，一页一页地翻了起来，很多照片是他小时候与父亲的合影。有一张是他六岁生日的照片，年幼的他一只小手举着小型天文望远镜，一只小手牵着父亲的大手，望远镜是父亲送给他的生日礼物。还有一张是十八岁的他与父亲背着降落伞的合影，那一刻他们正站在三万米高空的飞机舱口准备向下跳，俩人都是一脸意气风发、踌躇满志的样子。他默默地注视着照片中的自己与父亲，他发现至少在兴趣爱好上他与父亲很像，都喜欢动物与大自然，热爱足球、网络游戏、旅行、阅读科幻小说、制作飞机模型、极限运动，对所有新奇的事物都充满了不倦的热情……只是随着长大，他与父亲交流的次数变得越来越少。

特别是在"第二奇点"后，他完全将生活数字化，而父亲却执拗地选择了留在低速的现实中，这让他完全无法理解。事实上，父亲年轻时也曾是日冕公司的一名程序员，甚至可以算是奇点时代的先驱者之一，以及赛博世界一位不大不小的缔造者，但思想日渐固化的他似乎对人类全面驶入网络持彻底的反对态度，他早早地就从日冕公司退出。在他的印象中,父亲生命中的最后几年,赛博世界提升的步伐越来越快,父亲越来越失落。他终日郁郁寡欢,以酗酒度日,没过多少年,过量的酒精就彻底毁掉了他,以至于当时最尖端的纳米修复技术都没能挽救他的肝……

母亲招呼他吃饭的声音打断了他的思绪。

他走出卧室,看到母亲已经准备好了一桌子的菜肴。

他坐在了餐桌前,桌上摆着糖醋鱼、水煮牛柳,以及母亲亲手烙制的葱油饼,无不散发着诱人的香味,他伸出筷子夹了一小块牛肉送入嘴里,试着咀嚼,小心地下咽。然而他的胃已不再能承受真实食物的刺激,一下子全都反涌到了嘴里。他紧咬住嘴唇,强忍住才没有吐出来,他望了眼母亲,母亲大约是由于眼神昏花的缘故,并没有发现宁天穹的窘态。他装作干咳了一下,悄悄将牛肉渣吐在了卫生纸上。

于是剩下的晚餐时间对于宁天穹变得艰难起来,他不再敢送食物入喉,只是装装样子,简单地咀嚼几下,然后偷偷地吐掉。

一旁的母亲仍自顾自地说着生活琐事,宁天穹静静地听着。后来母亲终于说累了,于是他们陷入了沉默。

坐在这里,宁天穹能够真切地感觉到时间在现实世界中流逝得异常快速,墙上复古的钟表嘀嗒地转动,从窗户玻璃透进房间的光线在一丝一点地变暗,时间正由黄昏飞快地进入傍晚。

终于,母亲缓缓站起身,打开灯,同时她拧开了桌上的一台收音机,熟练地搜索出一个频段。

收音机的声音被开得很大,母亲专心致志地听了起来,脸上不时浮现出会心的笑容。

这是一个老年人的谈话类节目,不时有老人打进电话与同样是老人的主持人交谈。除了点播年代久远的老歌外,他们交流的内容还包括哪一家有机农场的蔬菜与肉类的口感更好、老年人的养生习惯,甚至还有老年夫妻的情感沟通技巧。

这样古老的电台还存在于奇点时代,这让宁天穹多少有些惊讶,或许电台的其他工作人员也是一些无所事事的老人吧。他想象着电台的听众都是如母亲这样寂寞的老年人,终日孤独地生活在简陋的单元房中,在一天的某个时段定时守候着收音机里的声音,寻找些许心灵的慰藉。

宁天穹不由将目光投向那一台老掉牙的半导体收音机,这台收音机让他回想起了多年以前的一件往事。那是他与父亲最后的一次交流,当然交流的结果是不欢而散。

那是一个极为闷热的夏日黄昏,第二次奇点还没有来到,宁天穹还会在每个周末回家看望一下父母。

那一次,当他踏入家门,看到自己的父亲正一个人坐在阳台上喝酒,母亲并不在家。父亲穿着一条花花绿绿的沙滩裤,赤裸着满是赘肉的上身,一边入神地听着收音机,一边一瓶接一瓶喝着烈性啤酒,丝毫没有注意他的来到。

"爸爸。"他轻声唤道。

"噢,你来了。"父亲抬头望了眼他,语气中充满宿醉后的倦怠。说完,他又低头回到了收音机的世界中,收音机正在播放着上个世纪的摇滚乐,充满了聒噪刺耳的嘶吼以及不知所谓的呓语。

他站在原地长久地注视着父亲,终于,他还是忍不住说出心中积压已久的一句话,但话一出口,他就后悔了,"我无法理解你为什么还迷恋收听这种上个世纪的收音机,而不去看看外面世界的巨大变化,终日就像是一只逃避现实的鸵鸟,总是将头埋在沙土中。"

父亲听见了他的话,缓慢地抬起头,怔怔地注视着他,就像是在打量一位陌生人,目光中充满了深深的隔膜。但父亲没有开口,只是动作异常缓慢地举起酒瓶,狠狠地喝了一大口酒。紧接着,父亲又埋下头,开始不停地调换着频道,像是在寻找一个他永远也搜索不到的频段。

终于,父亲放弃了搜索,将收音机的声音调到最小。他沉吟了半晌,低声开口道:"你知道收音机里面半导体晶体管的创造者是谁吗?"

宁天穹愣住了,不知道该如何回答,他拿不准父亲是否在自言自语。

"沃尔特·布拉顿,1956年诺贝尔物理奖获得者。"父亲注视着手中的啤酒,就像骑士在仔细打量着一只闪闪发光的圣杯,然后,他幽幽地说道,"是他的发明让便携式收音机有机会走进了千家万户。最初他对自己的发明充满了无与伦比的自豪感,他认为这将是一件划时代的新生事物,要不了多久,收音机就将彻底颠覆整个世界的秩序,这是因为在他看来,收音机的普及意味着地球上每个角落里的每一个人都可以自由而平等地获取信息、发布信息,人类即将迎来一个完全公正、没有专制的新时代。可是,接下来的事实证明了布拉顿是如此天真与可笑,尽管收音机催生了摇滚乐的大流行,然而丝毫没有动摇到我们社会的根基,压迫与反抗仍然如同轮回般上演,从未休止过——"

"我不知道你想告诉我些什么。"宁天穹终于忍不住打断了父亲的话。

"人们总是幻想某项技术的革新将全方面改变人类固有的生活,能够抹除根深蒂固的阶级界限,战胜强大的集权,让芸芸众生享受平等的权利,让世界变得更加美好。但是,每项技术仅仅只是技术而已,本身并没有善恶的属性,永远无法改变人类的内心,而真正的魔鬼永远藏在人类的内心深处。"父亲语无伦次地说着,他已经醉了。

宁天穹目光充满怜悯地望着父亲,他能大抵明白父亲这一番似是而非话语中的意思。人与人之间不平等的现象依然延续在赛博世界中,只是过去的金钱与权利蜕变成了计算资源的不均,谁掌控了更多的计算资源意味着谁在赛博世界拥有更加强大的法力。诚然,今天大量的计算资源仍被小部分人所控制,这样的趋势甚至有愈演愈烈之势。但这又何尝不是每个时代都有的弊病?绝不能因噎废食。父亲只是一个与时代格格不入的执拗老人,无法坦然面对这一切。他已经与父亲完全生活在不同的国度,终究难以相互理解。

他转身离开了家。

此刻,他回忆起往事,一份深深的自责不禁漫涌在心中。父亲所忧心忡忡的未来终究还是来临了,垄断计算资源的寡头最终控制住了这个世界,翻云覆雨,而绝大多人却浑然不知。

"我知道你一定有什么事情。"母亲的声音将他从遥远的回忆中拉了出来。

"不……我只是想来看看你。"他不自然地搪塞道,就像一个被母亲看穿心思的小孩,此刻的他多么想把自己的境遇向母亲倾诉,然而他不能这样做,一是害怕真实世界无处不在的网点可能会泄露木星基地的信息,另外更重要的是,他不想让母亲担心。终于,他想到了一个理由,"最近几个月,我可能会去报名参加一个挑选宇航员的测试,当然只是可能,现在我还没考虑清楚。如果成行,我会乘坐目前世界最先进的宇航飞船飞向太空……我说的是太阳系之外真正的太空。"

"宇航员。"母亲沉吟着这个词语好几遍后,愣怔了片刻,"我记得,你的父亲在三十多岁的时候也兴冲冲地参加过一次X-Xelee公司组织的宇航员挑选,只是他第一轮就被刷下来了。"说着,母亲的脸上浮现出了一丝笑容,像是陷入了对于遥远往事的美好回忆。

宁天穹木然点了点头。父亲的这个举动并不出乎他的意料,他是一个对现实充满巨大热情的人,渴望着推动世界的进程,而自己,或许只是一个性情淡漠、自得其乐的人,缺乏直面现实世界的勇气。

"妈妈,我说的并不一定会成行,但是如果被选中,或许以后很难有机会再来看望你。"

"你不用担心我,实在老到不能动了,我会向政府申请机器人保姆。孩子,尽管放手去做你想做的事吧,成为宇航员……我想你的父亲一定会为你感到高兴的。"这一刻,母亲突然变得很是动容,"我能在网络中追踪到你们项目的进展吗?"

"不,妈妈,这次太空项目是绝密进行的,你可能很难在媒体上搜寻到相关消息。"宁天穹艰难地应付道。

"呃——"母亲很是失落地点了点头。

随后,宁天穹起身与母亲拥抱告别,在这一刻,他抬头望了眼墙上父亲的遗像,暗自在心中做出了一个决定。

13. 破壳行动

　　这是秋日一个阴冷的黄昏，一所早已荒废的中学操场上。

　　当蕊儿出现时，宁天穹已经慢跑了五圈。此时距离他重返现实世界已经过去了一个多月，他已能够在没有支架的帮助下行动自如，之前苍白的脸色也恢复了几分血色。

　　远远地，宁天穹一眼就认出了戴着墨镜的蕊儿，她扎着利落的马尾，身穿着一件米白色塑身风衣，下身搭配着深黑色的皮裤与皮靴，显得尤为成熟与干练。她取下墨镜，露出了一双充满雾气的紫罗兰色眼睛，实际上，除了瞳孔的颜色，她的相貌与赛博世界中的萝莉形象并无太大的出入，只是年纪似乎要稍长一些，约莫二十五岁。这也不算太过分，宁天穹心想，比他想象的要好太多。

　　不过让他感到很尴尬的是，自己的形象在蕊儿眼中落差一定很大，从英气逼人、体型修长的青葱美少年一下子变化到一位体型发福、面容浮肿的中年大叔，想必此刻的她一定在心里止不住地摇着头。

　　但在现实世界中，蕊儿只是微笑着，恬静地站在他的面前，用那双迷离的眼眸默默注视着他。

　　宁天穹刚想开口，只见蕊儿将手指轻放在了嘴唇上。

他点了点头，意识到周遭的空气中无处不散布着纳米格点。

就这样，隔着十几米的距离，俩人相对无言地凝望着对方，一阵阵柔和的微风吹拂着他们的脸庞。

时间仿佛凝滞了。

在悄无声息间，天色从柔蓝渐变成深蓝，再凝为淡墨。夜晚缓缓降临，秋虫开始鸣叫，群星缀满了夜幕。终于，蕊儿轻声开口道："我们走吧。"

她的声音并不如赛博世界中那么悦耳动听，但却充盈着一种沉稳的力量感。

"我们要去哪里？"他愣愣地问道。

"音乐家歌迪拉的故乡——"蕊儿莞尔一笑。

宁天穹领会到她的意思，露出了会心的笑容。

随后，蕊儿带着宁天穹经历了一段漫长而辗转的旅程。他们先是乘坐极速大巴，用两天时间横穿了大半个大陆，沿途所见的城市都展现出一种千篇一律的寂静。然后，他们抵达了海边，换乘上渡轮来到了太平洋中一个偏僻的小岛，这座小岛还未被云网格点覆盖。在小岛中央一处幽寂的山谷中，巍然停泊着一架形状古怪的飞船，飞船外层呈现一种闪亮的银色，酷似一只磷光闪闪的甲壳虫。后来宁天穹才知道，这架飞船采用了最先进的隐形材料制成，能够躲过任何电磁波段雷达的追踪。

蕊儿走近飞船，飞船自动确认了她的身份，开启了舱门。

他俩钻进了飞船，宁天穹发现飞船内空无一人，更让他感到惊奇的是，他就像是走进了一间明亮的玻璃阳光房中，飞船外壳神奇的构造能让他对外面的景象一览无余。

蕊儿示意他坐到飞船座位上。

当宁天穹一坐下，座位自动为他扣上了安全带。

紧接着，飞船迅速腾空而起，这突来的颠簸差点儿让他呕吐出来。

所幸的是，接下来的飞行渐渐平稳了下来，飞船向着大海深处飞去。

宁天穹舒坦在半躺在座位上，惬意感受着怡人的大海风光。

在这远离网格的地方，他们终于可以自由地交谈起来。"你是怎样加入到木星基地的？"宁天穹好奇地问。

"说来话长。"蕊儿笑着说，那双充满雾气的蒙眬眼睛闪烁出了异样的光彩。这一刻，宁天穹在她的脸上又看到了赛博世界中那位古灵精怪的羽人的影子，"当我还是十多岁的小女孩时，我喜欢在赛博世界各处漫无目的地云游，像蜜蜂追逐花粉般四处寻找着一切新奇事物。非常偶然地，有一次我在一间异常冷僻的、主要出售天文学家传记类的互动小说店的墙上发现了一份特别的招聘启事，招聘方是著名的 X-Xelee 公司，直到今天，我仍记得上面的招聘词，'带你重返真正的太空，相信我们，你一定不会失望的'。哈哈，这让我想到自己过去阅读过的那些动人心魄的科幻小说。我当时心想这应该会是一份酷毙了的工作，于是投去了简历，并顺利加入了 X-Xelee。"

"然后呢？"

"一开始我只是被安排在地球上负责公司的营运。当然，那时的我并不知道 X-Xelee 的真实面目，糊里糊涂的我只是感到身边的同事都是充满神秘感的家伙。直到有一天，这些家伙终于撕下面具，说我通过了公司的测试，有机会成为'木星基地'的一名'自由战士'。说实话，我当时真的被吓蒙了，不过在一段时间的纠结后，我还是选择加入。"蕊儿定定地望着远方的蓝天，柔声说着。

忽地，飞船开始急速下落，直直地坠向了大海。

"我们要去海底？"宁天穹震惊道。

"是的,海底,那里有我们木星基地驻地球的总部。"蕊儿回答道。

随着一声闷响以及一阵剧烈的船体震动,飞船进入了海水中,他们的周遭顿时变成了一片蔚蓝色的世界。

飞船收起了双翼,在海水中缓慢地下潜,使得宁天穹有机会看清飞船外旖旎的海底世界。对于深邃而浩渺的海洋以及各种美丽的海洋生物,他并没有太多的陌生感,毕竟自己的3D打印躯体也曾多次畅游在碧海深处。但这一次,当他的真实肉身真正徜徉其中,他感到更多的是一种亲切,一种远行游子终于重返家园的亲切感。

这里曾经是地球生命最初的起点。

很快,他们下潜到了阳光难以抵达的深度,飞船开启了船底的高功率聚光灯,圆筒状的光束照亮附近的海域。

渐渐地,飞船外的景致变得越来越单调,就在宁天穹快要走神时,一座座雄伟的海底山脉与峡谷进入了他的视野。

他们已经抵达了海底。

接下来,飞船停止了下降,开始平稳地贴着海底缓缓飞行起来,曲折穿梭在地形复杂多变的海底山峦中。最后,它垂直驶进了一个巨大的洞口中。

这是一座死火山的入口,宁天穹意识到。

飞船继续向着火山口深不可测的黑暗底部下降,在灯光的照射下,可以看到四周由熔浆凝固形成的凹凸嶙峋洞壁。这让宁天穹感到,这个火山洞口就像是通向另一个神秘世界的巨大拱门。

蓦地,他们抵达了火山口最下层的岩石底部,飞船外的视野顿时豁然开朗起来。这是一个天然形成的巨大洞穴,洞穴的正中,一座庞大的金属建筑物屹立在荒芜的岩石之上。这座银灰色建筑物有着错综复杂、棱角分明的外层结构,远远望去,如同一位没有双臂的钢铁巨人凛然站立在海底,极具震撼力。

"这就是我们的基地。"蕊儿开口道。

"你们在这里驻扎有多少人?"宁天穹问道。"一百多人。"蕊儿回答道。

"你们如何建造出如此一座庞然大物?"

"为了隐蔽性,我们将分散的零件一点点运送到这里,然后就地组装而成。"

很快,飞船着陆在了巨人胸部一方向外突出的、类似于停泊港的平台上。待飞船一停稳,从巨人身体上旋即伸出一只管状通道,就如同章鱼伸出的长长触角,牢牢地连接在了飞船的舱门上。紧接着,舱门开启。

"这是一条可供人类呼吸的大气通道。"蕊儿解释道。

宁天穹紧跟着蕊儿走出飞船,沿着通道走向基地。

在通道的尽头,他们步入一间灯光明亮的控制大厅。大厅中满是闪烁不定的显示屏,还有忙碌其间的各类人员。正在宁天穹环顾四周时,一位身材魁梧、身着深蓝色海军礼服的男子走向了他。

这是尼克船长,他在真实世界中的形象与正常人类无异,只是脸角一对微微张合的腮显得很是醒目。

尼克船长热情地给了他一个结结实实的拥抱,"我们的大科幻作家,欢迎加入到'木星自由战士',你是我们计划最为关键的一环。"

宁天穹怔怔地点了点头,不知道该说些什么,尽管他不知道接下来自己将要迎接怎样的命运,但他能预感这样的经历一定比自己写过的所有小说都要刺激百倍。

阿根廷南部港口乌斯怀亚,南美洲最南端的城市,距离南极洲仅有八百公里。

这是一个阴冷的冬日夜晚，一股来自南极大陆的寒流刚刚抵达，气温变得更加冷冽。

若昂一个人漫无目的地行走在几乎看不到行人的大街上，不时地停下脚步抬头仰望星空，通过被基因工程改造过的眼睛，他能仅凭裸眼直接看到木星甚至是木星的众多卫星。

他出生在木卫二的海洋中，在成年后又去到满布环形山的木卫四接受了严苛的军事训练，三年前他以虚假身份潜入了地球，作为木星基地安插在地球各地的数百名自由战士的一员。

白天他藏身于公寓中，意识通过隐蔽的线路曲折驳入到迦南山谷，夜晚时分他还是习惯断开网络，以肉身度过并不算漫长的夜晚。

在很多个无人陪伴、难以入睡的夜晚，他习惯像今天这样漫步在城市中，用仰望与回忆默默排遣着心里的孤独感。还有两年他才能够返回木星基地，在那里还有等着自己完婚的未婚妻丽卡娅。

今天他差不多走到了城市的尽头，再远处就是空荡无人的海滩，在这里他发现了一家名为"浓血城堡"的老式酒吧还在营业。过去自己没有留意到这里还有这样一家酒吧，这不由让他心中感到一阵暖意，要知道真实世界中已鲜有酒吧的存在，只有那些过去时代的地球人才会光顾如此古老的酒吧。

他满怀兴致地推门走了进去，这里的气氛相当地清幽，只有两三位看上去已上了年纪的老人正悠然举杯品味着深红色的美酒。

他随意找了一个安静的座位，一位面容慈祥的老者接待了他，"先生，来一杯葡萄酒吧？"

"葡萄酒？"若昂略微有些意外，他以前很少喝这种酒。

"是的，我们主营葡萄酒，你知道，横贯南美洲的安第斯山脉日照时间长、温差大，非常适合种植葡萄，我们这里的葡萄酒全都坚持使用最传统的手工酝酿。"老者笑容可掬地介绍道。

若昂点了点头,很快,一瓶开启了的葡萄酒与几只精致的高脚玻璃杯送到了他的面前。

"先生,需要我为你演示一下品尝葡萄酒的方法吗?"老者善解人意地问道。

"噢,不用了,我可以使用'生活助手'。"若昂微笑着说。"那好,请慢慢享用。"老者转身离开了。

若昂开启了他身体中植入的记忆芯片——尽管木星战士反感科技将人类引向全民沉迷网络的境地,但他们并不排斥科技,他们的体内植入了五花八门的芯片与辅助机甲。

他依照记忆芯片为他展示的人类品尝葡萄酒的方法,轻轻地将些许美酒倒入酒杯,然后手握杯柱不住地顺时针摇曳,润红的液体在朦胧的光线下缓缓荡漾。很快,一股浓郁芳香扑鼻而来,他已迫不及待地举杯小啜了一口。

这一刻,一种甘醇而细腻的滋味彻底征服了他的味蕾,他一口一口地将浓稠的佳酿送入口中。渐渐地,他的整个身心放松了下来,远离故乡与爱人而带来的孤独感随之变得不再那么强烈……

最后,他醉了过去,直到第二天清晨。

在太阳风暴如期爆发的第二天,木星基地的"破壳行动"悄然拉开了序幕。

在地球海底基地的控制大厅中,宁天穿靠在椅子上,戴上一个特制头盔,准备驶入他久违的赛博世界。

由于无线电波无法穿透深广的海水,身处海洋深处的他只得通过一条细微的中微子通信路径穿过了海水,与太平洋上一处隐蔽的基站建立了联系,转而搭乘上电磁波,变换着路径潜入了赛博世界,最后通过一个虚假的网络地址进入互动小说的发布页面,以自己的账号向赛博世界上传了《进化的使命》,在完成这一切后,他退出了赛博世界。转瞬间,宁天穹的意识回到控制大厅。他摘下头盔,站起身来,看到尼克船长等一大群人正围聚在一起,神情紧张地注视着一面巨大的屏幕。屏幕上呈现的是两个硕大的圆形,圆形中分布着他所熟悉的地理图形,这正是地球的东西两个半球。

一旦鹰先生下载小说,隐藏在《进化的使命》中的程序将立刻激活,迅速追踪鹰先生的位置,并在眼前的屏幕上显示出来。

此刻的大厅一片寂静,大家都紧张而缄默地等待着。

终于,一粒光亮的猩红色小点闪现在了亚洲大陆的东亚腹地——鹰先生果不其然地第一时间下载了小说。在转瞬之间,就如有人快速挥舞起的荧光笔向屏幕投射出的光斑,小红点在虚拟的地球表面飞一般地穿梭了起来,路线曲折往复,飘忽不定。这是追踪程序正在全力破解鹰先生通信路径中的量子加密算法——鹰先生在他的通信路径中精心编织了无数的烟幕弹,世界各处的云网接点以及地球轨道上的诸多通信卫星上都留下了他的踪迹。

此时此刻,大厅中的时间流逝得似乎异常缓慢,所有人都屏住了呼吸,全神贯注地注视着屏幕,心跳随着小红点波动不已。

终于,小红点停了下来,长久地闪耀在地球最南面的那块白色大陆上。

"天啊,原来他的肉身竟藏在南极大陆的极点附近。"蕊儿第一个高呼道。

尼克船长仍是眉头紧锁,他思索着开口道:"鹰先生将藏身之地选在南极真是一个令人叫绝的做法。南极洲孤悬各大洲之外,人烟罕至,能够很好地隐藏他的肉身,而且天然的超低温环境还能够让他栖身的计算矩阵更好地散热,运转更为流畅。可是……这似乎又有些蹊跷的地方。"

"什么蹊跷?"蕊儿急迫地追问道。

"日冕公司的云网格点是利用无线电波通信的。"

"然后呢?"

"我们都知道,不定期爆发的太阳耀斑喷发出的高能粒子会对地球磁场造成磁暴,这将对地球上的无线电通信形成冲击,而影响最大的区域正是南北极地区,只需要级别较小的M级磁暴就能造成两极通信完全瘫痪。而在太阳峰年来临时,强劲到X级的太阳风暴将造成更加严重的后果。鹰先生应该也料想得到这一点才对啊。他为何会把肉身藏至南极?"尼克船长顿住了,陷入沉思。

"我想起来,"尼克船长突然又顿悟道,他的声音变得激动起来,"十多年前,日冕公司环绕南极洲铺设了规模超乎寻常的海底光缆,光缆将南极洲与其他大陆连接了起来,日冕公司对外宣称这样做是为了促进南极洲的信息化。现在想来,背后真正的目的应该是为鹰先生的真身搭建一面阔大的通信路径,以备电磁波通信受阻时使用。"

"那如何是好?"宁天穹紧张道。

"我们自有办法,"尼克船长狡黠地微微一笑,"这一次太阳峰年真是天助我们。我们的行动可以开始了。"

破晓时分,若昂驾驶一叶小船抵达了会合地,这里是靠近南极大陆的德雷克海峡,空荡荡的海面一片寂静,一块块巨大的浮冰漂浮在海面,犹如远古的神祇。忽然间,一具庞大的人形机甲从冰冷的海水中一跃而出。只见这具机甲身高百米,身披深海贝壳一般纹路复杂的盔甲,紧握着铮铮铁拳,一连串粗大的炮管分置于身躯各处。

　　若昂仰望着这位威风凛凛的机甲巨人,不由得露出了一丝笑容。机甲的名字叫"刀锋",他曾经远程操控过这具机甲很多次,这次难得有机会亲自操控。

　　此刻,"刀锋"居高临下地向他微微点了点头,头颅中央开启了一个窗口。

　　若昂借助飞行器飞了起来,进入了位于机甲头部的操控舱,他对这里的环境很熟悉,同时他还见到了机甲中搭载的十多名木星自由战士。只不过这些战士全都是远程操控的3D模拟体,真正肉身的存在只有他一人。为了更加机动无时延地作战,他将担负起操控机甲的重任。

　　很快,他坐上了主操控座椅,进入到了操控状态。

　　"刀锋"壮硕的双脚喷射出晶蓝色波光,腾空而起,朝着南极大陆飞驰而去。

　　在向南飞行的过程中,不断有机甲与他们会合。这些机甲之前都隐藏在地球不同海域,现在得到命令,都赶到了这里。

　　十来具形态各异的机甲组合成一支气势威严的战斗编队,疾速飞行在黎明时分逐渐明亮起来的天空中。

　　终于,他们进入了南极大陆,这片被厚厚冰雪覆盖的土地上有着令人震撼的景致,茫茫的冰原上形态奇异的冰川连绵起伏,还可以看到一只只呆萌的企鹅摇摆着笨拙的身姿,好奇地注视着这群来势汹汹的闯入者。

　　在他们头顶上的天空中,突如其来地翻涌起了五光十色的光晕,就如一片色彩斑斓的无垠波涛。这场十一年一次的太阳风暴正如一把狂乱的巨鞭粗暴地抽打着地球磁场,形成了亮丽如油画的极光。

　　但很快,寂静的冰原有了变化,无数金属黑点如雨后春笋般从冰雪中迅速冒出,向着机甲猛烈迸射出一束束深蓝色的光波。

这些光束是高能等离子束,地面上突然冒出的黑点全都是等粒子炮塔。若昂猛地意识到,原来鹰先生在他藏身之处的附近区域构筑了一道强大的自动攻击系统,一旦隐蔽在雪层下的机器侦测出了闯入者,将立刻唤醒整个攻击系统。

绚烂的光波在天空中形成了一面密织的光网。若昂慌忙操控着机甲躲闪了起来,但暴风骤雨般的光束还是击中了机甲,所幸机甲的防御盾足够厚实,光束并没有给机甲内部造成致命的创伤。

紧接着,机甲中的自由战士也开始反击了,他们操控着机甲胸膛与手臂上的几十门高功率光炮同时开火,闪电状的激光束精确地迸射向了地面上的灯塔。

与此同时,还有不少的机甲战士着陆在冰原上,踩着冰雪大步流星地奔跑了起来,近距离地摧毁掉了负隅顽抗的据点。

一时间,耀眼的火光此起彼伏地闪亮在了白色冰原上,一个个炮塔在一道道强光中爆裂开来,天空中弥散起滚滚浓烟。

在地面与空中强劲的火力支撑下,机甲部队艰难地向冰原的腹地推进。

差不多同一时间,另一队"木星战士"也在另一片战场向鹰先生发起了一轮形式特殊的攻击。

这里是靠近南极大陆的一片太阳光线难以抵达的深海海底,如同深渊般黑暗幽静,温度极低。极端的恶劣环境让广阔的空间中只是零星地生活着一些动作迟缓的软体生物。

但此刻,十余只闪耀着熠熠银色光亮的"生物"气势汹汹地闯入,打破了这片荒凉的世界的寂静。它们以炫目的速度向前穿行,就如一个个神秘的银色幽灵。

骤然间，银色幽灵降下了速度，它们真实的面目得以一一浮现。这并不是什么稀奇的深海生物，而是一艘艘具有流线型外观的金属战舰，只是被设计成了酷似鲨鱼的样子。

在它们身下不远处，有好几根粗壮的管状绳索并行地蔓延在海底，一直延伸到看不到尽头的远方。

这些管状物乌黑色的外表与海底天然形成的斑驳崎岖的地貌很不一样，显得很是突兀。这些管状物正是通向南极洲的海底光缆。

这一群金属"鲨鱼"稍稍停驻了片刻，随后就像是嗅到了海水中令它们兴奋的血腥味，猛地张开了血盆大口，扑向了可口的猎物——坚硬的海底光缆。

"鲨鱼"口中的牙齿由最为强硬的金刚石构成。当锋利的牙齿划过光缆，就如同镰刀切割麦穗一般，光缆截然两断。

金属鲨鱼们一鼓作气地咬断了所有的海底光缆，只见被切断的光缆七零八落地散落在海底沟壑之间。然而，"鲨鱼"的进攻并没有就此结束，它们继续张开大嘴紧紧咬住光缆，通过光缆向遥远的南极大陆发起了一轮"0"与"1"的进攻。

很快，南极大地的控制系统被部分渗透，之前还遍地开花的炮塔阵列被打开了缺口，犹如一团团被逐一掐灭的火苗。

终于，十多名遍体鳞伤的机甲战士会合到了一座高耸巍峨的冰山前，追踪鹰先生的信号正好定位在这里。

机甲战士分散在冰山四周，开足了火力向冰山发起了攻击。在一阵地动山摇的猛烈攻击后，冰山变得摇摇欲坠。忽然间，冰山山体雪崩般震颤了起来，从中央破裂开一道缝，然后如生长的裂谷般疾速扩大。与此同时，一座五面金字塔状建筑物出现在裂缝正中，就如同一只苏醒的史前巨兽，正在从地下缓缓探出身子。

即使以机甲战士的视角看去，这座建筑物也足够气势宏伟，就如同一座规模巨大的宫殿，半透明水晶般光洁的表面映耀着天穹中绚烂变幻的极光，显得威严而神秘。

只见金字塔底部的一扇门自动地开启了，从中拥出了一大群手持激光枪的机器人。

面对这些机器人，为了更机动地作战，机甲战士的胸口纷纷开启了舱门。自由战士们钻出机甲，打开降落伞，跳跃到地面，手持粒子枪与机器人面对面地交火起来。

在一阵火光四射的对射过后，笨拙的机器人还是抵挡不住训练精良的自由战士，支离破碎的机器残体四散横飞，自由战士们以强大的火力向着金字塔大门推进。

很快，若昂跟随队友们进入了金字塔内部，被眼前的一幕深深震撼住了。呈现在视线中的并不是如他想象中那样满是眼花缭乱的精密仪器以及冷冰冰的计算机阵列，而是一幕充满超现实感的画面：各式各样的立方体以近乎怪诞的形式扭曲相连，就如同前卫玻璃艺术家手中精心打磨出的艺术品，造型独特，弧线优美。缓缓流动的浅蓝色透明液体充盈满了所有的立方体，其中还有一些五彩缤纷的图案如鱼儿般翩然游动。

如果不带任何主观偏见的话，这样的场景营造得足够梦幻而迷人，如同置身于一场宏大而神奇的梦境之中。

但若昂也顾不得多看，平端着粒子枪大步流星地冲向了大厅的内部。

一路上，他不断歼灭迎面遇到的机器人，射偏的离子束也造成不少精美的立方体轰然破碎，蓝色液体随之流淌而出。终于，他第一个抵达了在这片立方体丛林的中心地带。一座巨大的水滴状球体静静地矗立在他的面前,金字塔内所有的立方体都通过一根根管道与球体相连,这个完美的球体足有一个足球场大小,一眼望去,似乎有着什么特别的东西悬浮在空荡荡的液体中。

他眼珠中植入的远视芯片迅速放大了这一个黑点,天啊,那是一具人类的身体。这一刻,若昂的视网膜上出现了一个闪亮的"十"字,不偏不倚地叠映在了那具奇怪的身体上,这意味着基地追踪程序最终定位正是此处。

那就是鹰先生! 若昂猛地意识到。他怔怔地注视着这位统领整个地球庞大网络的"不朽领主",看不到对方的脸庞,只能见到一具臃肿的裸体地浸泡在水中,一动不动,鱼肚般光滑的皮肤泛散着黯淡苍白的光泽,活像是悬浮在鱼缸中的一条早已死去的金鱼。但事实上,鹰先生的身体永远不会腐朽,蓝色液体中悬浮着不计其数绝妙的纳米机器,在充当他大脑的辅助神经元的同时,还在时刻监控着他体内每一个细胞,精心修补着他体内每一寸细胞,让他的肌体永葆活力。

在愣了片刻后,若昂将通信器频段调向尼克船长,颤声说道:"船长,我已经找到了鹰先生。现在我需要做什么?"

"想办法让他醒过来!"通信器中传来了船长同样激动的声音。

"好的——"若昂大声回答道,他举起了粒子枪,对着"鱼缸"底部平射出一束微量离子束,"鱼缸"外壁随之破裂,巨量的液体倾泻而出,冲到了地面上。

鹰先生的身体被汹涌的流水裹挟着,向外冲了出来,仰面跌落在地上。

若昂踏着淌水的地面,快步来到了鹰先生的面前。

他终于看清楚了鹰先生的样子,这是一位有着极为普通的东亚黄种人面孔的老者,尽管他的生理年龄已经超过了一百岁,但从面容上看不过五十来岁,远远算不上老态龙钟,那张苍白的脸庞如同一副刚刚制作完工的纸壳面具,没有丝毫的褶皱与老年斑,圆滚滚的脸庞,模糊而松弛的五官,一双深陷在肿胀肌肉中的眼睛死死地紧闭着——他另一个位面的意识或许正在遽然收缩。

如此一张没有太多特点的脸,让人很难将其与在另一个位面中无所不能的巨人联系起来。

此刻在若昂的四周,激烈的战斗还继续。但自由战士们很快地控制住了局面,尼克船长与其他战士陆续会合到了鹰先生的身旁。

终于,蜷缩在地上的鹰先生慢慢地睁开眼睛,他的目光呆滞无神,像是还沉浸在一场没有醒来的睡梦中。

"刚才小说出现了跳节①? 这里还是小说中的情节吗?"鹰先生呓语道,他茫然望着身旁的自由战士。

"鹰先生,这里不是小说,欢迎回到最真实的'真实世界'。哦,对了,你可能已经快忘了,真实世界中你的名字叫作朴俊海。"尼克船长不动声色地说道。

"我已经回到了真实世界……可你们怎么会是小说中鲛人的样子? 你们到底是谁?"鹰先生声音虚弱地问道,他艰难地试着站起身来,来自地心的引力似乎让他很是不堪重负。

"我们是你的掘墓人。"尼克船长一字一顿地回答道。

"是吗?"鹰先生佝偻着喃喃道,那张面具般僵硬的脸孔稍微抽搐了一下,动作缓慢地穿上了递给他的衣服。

尼克船长当面向鹰先生指控了他的罪恶。鹰先生并没有反驳,也没有反抗,只是默然倾听,在迟疑了半晌后,他全盘接受了木星基地提出的解散日冕公司,重新分配资源的要求。

两个小时后,一架搭乘日冕公司代表的飞船抵达了金字塔外。

————————
①互动小说有时会出现技术性的错误,剧情非正常地跳跃到下一段。

一位神色紧张、穿着黑色风衣的中年男子第一个从飞船上快步走下，他的身后跟随着一大群气势汹汹的机器人。这都是当今世界最先进的武装机器人RNS220。

这群荷枪实弹的机器人被自由战士拦在了金字塔外，只有中年人在被确认为肉身身躯，并没有携带任何武器后才得以进入。

来者四十多岁，中等身材，面庞微胖，皮肤白皙，并不茂盛的头发被打理得井井有条，他正是鹰先生的克隆体，被称为鹰先生2号，担任日冕公司的CEO多年，负责整个公司的日常营运。

鹰先生2号被带进了金字塔，从他对周围环境一脸惊愕的神情看来，他似乎也是第一次来到这里。终于，他与鹰先生1号见面了。"父亲——"鹰先生2号动容地呼唤道。他快步走近鹰先生1号，在外人眼中，无论是体态还是气质，他都与本尊如出一辙。"我已经快十年没有见到你的真实模样。"

"你还是老样子。"鹰先生1号淡淡地说，那张表情僵硬的脸庞并没有泛起太多的波澜。

这一刻，一旁的尼克船长迫不及待地打断了他们，"这里不是你们闲话家常的地方，赶紧进入正题吧。"

鹰先生1号神情木然地迟疑了半晌，疲倦地开口："满足他们的所有要求——"

"是的，父亲。"鹰先生2号顺从地答应道，他将目光转向了尼克船长，"你们能跟我到日冕公司总部走一趟吗？"

"不，就在这里，你通过远程操控放弃你们独占的计算资源，并将这一过程向全世界人类直播。"

鹰先生2号无奈地点了点头，抬起手腕，开启了通信器，一张庞大的屏幕瞬间被3D打印了出来，如一幅电影幕布悬挂在了大厅中央。屏幕中呈现出日冕公司总部的情况，鹰先生2号面无表情地向他的部下下达起了命令。

按照尼克船长的要求，日冕公司将在同一时刻强行切断全世界所有云用户的网络进程，将南极金字塔内的直播画面传送给所有用户。

当直播的准备工作就绪，尼克船长站到了屏幕前，准备对着所有赛博世界的冲浪者来上一番激情的演讲。

若昂持枪站在大厅中，维持着现场秩序，之前紧绷的情绪终于可以稍稍放松一些，事情看上去正在有条不紊地进行着，远比他想象的要顺利。

但若昂还是警觉地将目光锁定在了不远处的鹰先生父子身上。此刻的鹰先生1号目光失神地呆立着，就像是被抽去了灵魂的濒死者。而鹰先生2号神色冷峻地陪伴在他的身旁，一双锐利的眼睛游离在四处，不经意间，他的目光与若昂猝然相交。在这一瞬，若昂似乎看到他的嘴角似乎不易察觉地露出了一丝狡黠的微笑，但很快，鹰先生2号收回了目光。

若昂仍然不依不饶地注视他，这位鹰先生2号的表现似乎隐隐有些不对劲……就在他暗自思忖时，他感到自己体内有一股暗藏的奇怪力量被唤醒了，这股陌生而粗暴的力量在他大脑中凶猛地左奔右突，试图控制他的意识。很快，这股强大的力量取得了胜利。他的身体微微地痉挛了一下，猛地向着鹰先生1号举起了粒子枪，手指颤抖着扣动了扳机，一道耀眼的湛蓝色离子束喷射而出。只见离子束笔直地穿过了鹰先生1号的身体，一个拳头大小的窟窿随之出现在他的左胸膛，殷红的鲜血从中喷涌出。

中枪的鹰先生脸上的表情猝然凝固住了，嘴唇半张，像是竭尽全力要说些什么，却发不出丝毫声音，一双眼睛扭曲地圆睁着。这一刻，他那面具般的脸孔终于第一次变得生动了起来，那瞬息万变的目光中混杂了太多的内容：错愕、绝望、不甘、留恋……可在转瞬间,眼珠中的光芒又黯淡了下来。紧接着,那一具在细胞层面被无微不至呵护了数十年、人类有史以来最为昂贵的身体仰面跌倒,硬生生地撞击在了坚实的地面上,发出的也仅仅是一声微弱而沉闷的声响。

"父亲——"鹰先生2号情绪失控地大声呼喊道,弯腰想要去扶起鹰先生1号。

在这一瞬,在体内那股诡异力量的驱使下,若昂又将枪口转向了鹰先生2号。

然而这一次他并没有击中鹰先生2号。就在强光在枪口闪起的一瞬间,一道晶蓝的力场从鹰先生2号身体中蔓生而出,盈盈环绕在了他的全身,熠熠的离子束撞击在力场表面,全部被力场吸收了。鹰先生2号惊险地躲过一劫。

这一切发生得是如此突然,在众人都愣住来不及反应之时,尼克船长举枪打中了若昂的手臂与大腿,若昂随之跌倒。

尼克船长大声喊道:"都别轻举妄动!一定是若昂的身体出现了什么问题!"

若昂在地上痛苦地挣扎着,对自己意外的行为悔恨不已。就在这一刻,他感觉到有一股莫名的力量如电流般注入他的大脑,与之前控制自己身体那股诡异的力量激烈交锋了起来,这是木星基地远程启动了深嵌在他体内的自检程序,去追溯他反常举动的动机。

这个自检程序是一片微型芯片,启动密码由木星总部掌握,在每位自由战士年满十八岁时埋植进头颅中,之后一直处于休眠状态,通常只有在万不得已的时刻芯片才会激活,采用物理方式强行接管木星战士的意识。

自检程序飞快地扫描起了他大脑的记忆区域。在几秒过后,若昂的眼前如电影画面般出现了一幕场景,他看到了一个月前自己在

"浓血城堡"酒吧中的那一次有些蹊跷的迷醉。在那昏黄而暧昧的灯光中,他悠然品味着甘醇的葡萄酒,但很快地,自己看上去开始不胜酒力,最后醉倒在座位上沉沉睡去了。这一刻,在酒馆的一个角落,那位面目慈祥的老者一下子像变了一个人似的,目光变得阴鸷的他幽灵般悄然来到了自己身前,动作迅速地将一把微小针头状仪器插入到了自己头部……

这个令人震惊的画面同样传向了海底基地,紧接着,所有自由战士的通信器中传来了基地的指令:有人向若昂的大脑中植入了芯片,篡改了他的意识。这无疑是一次精心筹划的阴谋,对手看上去早已摸透了木星战士体内的操作系统,同时也知晓着木星战士劫持鹰先生的计划,最后巧妙地借他们之手消灭了鹰先生。可是除了木星基地,还有谁会如此急于彻底消灭鹰先生?这样做最大的受益者究竟是谁?或许答案并不复杂,此举最大的受益者不是别人,正是眼前的鹰先生2号。根据日冕公司董事会的规定,一旦鹰先生出现了人生意外,鹰先生2号将代其行使权力。

于是乎,事情的真相已是昭然若揭,鹰先生2号早已心怀鬼胎,暗自计划着取代他本体的地位。

"鹰先生2号,你不用再演戏了,你就是这一场大戏的策划者!"尼克船长对鹰先生2号厉声呵斥道。

力场笼罩中的鹰先生2号微微扬起眉头,愣怔了一下,但很快又恢复了从容。这一刻,他的眼神陡然变得愈发锋利而阴森了起来,"好吧,虽然戏还没演完,我还是自我介绍一下吧,这场大戏的导演确实是我。可这又怎样?你们奈何不了我,现在所有的通信支链都被我控制住了,此刻向外界直播的画面也已经被我篡改过,外面的人只会看到你们的人开枪杀死了老家伙。要不了几分钟,我的卫队就将抵达这里。在你们被消灭之前,或许我可以坦诚地跟你们交流几句。"

"你真是个狠角色,连自己的父亲都下得了手。"尼克船长冷冷地说道。

"他怎么会是我的父亲?"鹰先生幽幽地反讥道,古怪的表情变得更加扭曲起来,"我们拥有着完全相同的 DNA。我本来就应该是他,而且我比他更年轻、更有活力,也更有能力,可是坐在金字塔尖的却永远只有他一个人。这让我如何甘心?"

"于是你早就预谋干掉他?"

"当然,我一直在等待机会,这次全靠你们完美的配合。你们不觉得木星基地在地球上的发展过于顺利了吗?"

"这么说来,你早就掌握了我们的计划,"尼克船长镇定地说,"你已经掌握了相比普通人多出上万倍的计算资源。坐到云网金字塔的顶端对于你来说还是如此重要?"

鹰先生2号神经质地大笑了几声,"你们这种身处赛博世界底层的生物永远也无法领悟到那种享用无尽网络资源的绝妙感受。当你原本蝼蚁般渺小的意识翩然一变,如云雾般弥散在广袤无垠的世界的每一个角落,如一双无处不在的翻云覆雨的手,无所不能,掌控一切,这种感觉就像是和整个世界交媾,在无尽的虚拟小说中去领悟无尽的人生。到那时,你的脑海中只会剩下一个难以抑制的渴望——不择手段地占有更加浩渺的资源,并且希望这样的占有永远没有尽期。"

说完,鹰先生2号用他充满怜悯的目光环顾四周,就如同一位新晋加冕的国王,正在君临天下,脸庞上凝聚着一种威严、不可一世的神情。

一位自由战士被鹰先生的行为激怒了,突然举枪对着他一阵狂射,然而波光闪耀的力场阻挡住了缤纷而至的粒子光束。就在同时，金字塔外也爆发了激烈的交火，鹰先生2号的卫队正在向此处集结，不计其数的飞船盘旋在天空中，从这些飞船所携带的高能3D打印机中制造出了大批的机械兵，源源不断地降落在地面，气势汹汹地向金字塔内发起了进攻。

尽管训练有素的木星战士具有非凡的作战能力，接连击溃了一簇又一簇猛烈的来袭，然而新生的机械兵又如黑压压的蝗潮般涌上，似乎永远也没有尽头。

看上去这场战斗胜负已定，寡不敌众的自由战士已抗不了多久了。

"投降吧，你们哪儿也去不了。"鹰先生2号盛气凌人地说道。

然而他的话还没说完，忽然间，一道惨白的闪电如利剑般划过他的眼前。紧接着，他头顶的上方隐约传来了几声异响。他不由惊诧地抬头望去，面孔一下子僵住了，只见穹顶外的天空比之前暗沉了许多，但仍有光亮的极光在漫涌，刺穿了正在飞速积聚的灰色云层，透过透明的穹顶倾泻下来。

就在这幽深而梦幻的微光之中，一团光亮的人形凭空出现在了高高的穹顶位置，缓缓下落，凛然降临在了大厅中央。

这是一道并不具有实体的全息幻影，呈现的是一位身材高大的男子，穿着一件蓝红相间的闪亮长袍，高高竖立的头发如一团澎湃燃烧的火焰。更让人难以置信的是，他的面孔正是刚刚死去的鹰先生1号，只是与之前那一位精神委顿的鹰先生截然不同的是，这位"鹰先生"显得精神抖擞、神采奕奕，炯炯有神的目光中透着坚毅和从容。

面对这道突然降临的诡异幻影，在场的自由战士们茫然地面面相觑，谁也弄不清这是怎么回事。

鹰先生2号声音发颤地开口问道："你到底是谁？谁给你的胆

子让你跑到这里故弄玄虚？穿成这个样子,你是在表演百老汇歌剧吗?"

新生的鹰先生1号没有回答,只是如鬼魅般高深莫测地微笑着。鹰先生2号的情绪一下子被点燃,覆罩在他周遭的那道晶蓝的力场再次愤怒地汹涌起来,数道深紫色的等离子冲击波从力场激荡而出,直射向鹰先生1号。然而这只是一道透明的幻影,这些冲击波毫无阻碍地穿了过去。

鹰先生2号见状更加恼怒了,接连又是一通猛烈的攻击,却丝毫没有伤到幻影。

幻影依旧面带微笑地伫立在原地。

"你到底要干什么?"鹰先生2号气急败坏地质问道。

鹰先生1号依然没有回应他,只是怪异地伸出右手,食指直指向了天空,就像是在表演一个神秘的魔术,鹰先生2号抬眼望去。几秒钟后,一幕骇人的异象就毫无征兆地突降在他的头顶之上。一声震破耳膜的雷霆巨响陡然响起,只见一团炽亮无比的火球骤然升腾在金字塔外的天空中,这团火球亮若千万个太阳,完全淹没了之前缤纷闪耀的极光,成为天地之间至高无上的恢宏主宰。

伴随着夺人心魄的巨响,硕大无朋的火球倾泻出了巨量的光与热,磅礴无匹的冲击波向着冰雪大地奔涌而来。虽然金字塔紧急关上了大门,外层材质坚固的表壁阻挡住了冲击波,塔内的人逃过一劫,但还是可以看到金字塔之外来不及逃避的自由战士与机械兵都被冲击波吞噬,甚至是那些亿万年来凝固不变的皑皑冰山被翻滚的热浪疾速融化。

金字塔内也陷入了一片混乱,交战双方都停下了战斗。整个大厅内的照明设备不知为何开始噼啪作响,甚至冒出了闪亮四溅的火花,纷乱的雪花翻涌在了显示屏幕上,几秒钟后,所有的照明都熄灭,屏幕上彻底没有了图像。

鹰先生2号惊恐万状地发现自己蓝色防御力场消失了。

若昂不知所措地躺在地上,他感到自己被一团难以忍受的轰鸣声压迫着,轰鸣声不光来自于建筑物外铺天盖地的冲击波,还来自于他自己的身体内部,那些植入在大脑内的芯片突然工作不正常起来,发出嗡嗡的异响,如同无数根尖利的芒刺猛锥着他的脑细胞。

与此同时,他感到自己的心脏狂乱地抽搐了起来,一股强烈的恶心感从五脏六腑泛起,让他难受极了。在这难忍的痛苦中,他身体中的芯片全都停止了工作,叠加在视网膜上的信息也消失了,耳畔的通信器已没有了声音,更让他惶恐的是,身旁之前还活生生的同伴们大都像一尊尊塑像般呆立在原地,表情如木偶般凝固。这些3D打印的模拟体已经失去了与终端连接的电磁波讯号,彻底成为一团团没有意识的机器。

刚刚天空中爆炸的应该是一枚核弹,他头痛欲裂的大脑中艰难地蹦出一个可怕的答案,与在地表爆炸的核弹不一样的是,核弹在大气层上空爆炸能产生大量伽马辐射,将大气分子中的电子分离出来,这些游离的电子会被地球磁场捕捉,从而产生极大范围扩散的电磁波脉冲,彻底摧毁爆炸源周围所有的电子设备,并对生物体造成了强烈的放射性伤害,只不过一时半会儿还不会给他们造成立竿见影的生命危险。

他不知道核弹袭击的确切范围,但至少在他所身处的这块广袤的南极大陆上,此时此刻,人类又退回到了两百年前还未用上电的那个蛮荒时代。

在随后的时间里,他惊恐不安地看到头顶上的火球正在逐渐变成环形,巨大的能量急剧地注入了云层,形成了一个由灰色云尘构成的蘑菇云,如同一枚硕大的指环飘浮在遥远的高空。

　　若昂仍痛苦地躺在地上,这生不如死的煎熬也不知道持续了多久的时间。终于,地动山摇的冲击波开始慢慢消退。渐渐安静了下来的周遭世界随之陷入了一片令人不寒而栗的死寂:大厅空气中弥散着芯片烧焦的呛人气味,地面上横七竖八地横陈着自由战士的3D模拟体残骸,还有为数不多的肉身自由战士经历了可怕的核辐射后,奄奄一息地躺卧着。唯有不知来历的鹰先生1号仍神采奕奕地伫立在大厅中央,而在他的身前,鹰先生2号全身痉挛着,样子难堪地蜷缩在地上。

　　若昂使出了全身力气,艰难地想要支起身,然而自己沉重的身体已不再听任意识的指挥。他绝望地跌倒在原地,就在这一刻,他感到自己大脑中的某根弦似乎被一只无形的手猛地拨动了一下,又轰然运转了起来。

　　很快地,这股未知的强大力量让他闭上了双眼,混沌的意识中出现了一位色彩明丽的人形,这正是那位身着奇装异服、重生的鹰先生,只是不知为何,眼前的这位鹰先生的表情看上去平和了几分,不再显得乖张暴戾。

　　"你究竟是谁?"若昂虚弱地开口道,这种感觉就像通过潜意识与对方交流。

　　"你们觉得呢?"鹰先生1号循循善诱地开口道。

　　"你真的是鹰先生1号……难道你已经掌握了重生的科技?"

　　"不,我并没有重生。我依然是鹰先生1号,当然,也不全是。你也可以称呼我为鹰先生0.5号。"鹰先生1号微微一笑。

　　"0.5号?"若昂怔怔道。

　　"是的,1的二分之一,你们消灭了我的一半生命,也就是我的右半脑。"

　　"右半脑?"若昂不敢相信自己听到的,"你将左右脑分割了?这如何做得到？"

　　"或许你们并不应该感到惊奇，"鹰先生依然微笑着说，"即使在奇点之前，临床医学实践中已有过很多病例，身患癫痫的病人在切除了一半的大脑后仍能健康地生活。事实上，人类的意识同时存在于两个大脑半球中，并通过一个名叫胼胝体的器官相互连接沟通。由此看来，这个胼胝体就像上帝留给人类的一个神奇的开关，当人类的智慧达到一定高度时尽可以自行断开，将意识一分为二。最初，只是为了安全，不把所有鸡蛋放在同一个篮子里，我选择将自己的两瓣脑叶分居地球遥远的两处，并通过强大的网络通信充当两瓣大脑间的胼胝体。然而让出乎我意料的是，两处分离的大脑在随后与不计其数、不尽相同的互动小说频繁互动，经历了驳杂繁复的信息流冲击，竟不断形成了两个不同的人格。到了最后，两个大脑完全可以独自向外界发号施令。"

　　若昂呆呆听完了鹰先生的话，他的惊骇已是无以复加。半晌过后，他才怔怔道："可是……我记得人类大脑的两个半球似乎有着完全不同的分工。"

　　"你说得很对，人类的左右脑功能分工明确、平行运行，左半球脑细胞主要负责逻辑分析和语言表达，善于抽象思维与复杂计算，而缺乏感性。与之相反的是，右半球脑细胞则主要负责发挥情感、欣赏艺术，充满了丰富的情感与想象力。"鹰先生依然不急不缓地说道，继续炫耀他非凡的神迹。

　　"难怪那位右半脑的鹰先生会热衷于科幻小说。"若昂恍然道，同时他也意识到面前这位只剩下左半脑的鹰先生的性情将更加冷酷无情、更加难以对付。

　　"是的，那半位鹰先生有时太过感情用事，总是沉迷于一些没用的东西，到最后，那些没用的东西还是把他给害了，要了他的命。"鹰先生0.5号不动声色地说着,像是在谈及与之毫不相干的另一个人,"现在只得让另外半位鹰先生跳出来收拾这一摊残局。"

"于是你在大气层中点燃了一颗核弹?"若昂喃喃道。

鹰先生未置可否地笑了笑。

若昂继续问道:"可你又是如何呈现在我们面前的? 我是说我们看到的金字塔中的幻影———"

"出现在你们面前的只是我的幻影,几个小时前,当我从地球某处猛然惊醒,在忍受了失去大脑另一半的剧烈阵痛后,立即调动了一大群纳米机器迅速飞抵了这里。这些纳米机器由特殊材料构成,能够抵抗核辐射,并形成了你们视网膜能够见到的影像,此刻一部分纳米颗粒也进入了你的大脑中,与你的意识进行深入的交谈。"

"你为何要与我交流,告诉我这些真相?"若昂茫然道。

鹰先生并没有马上回答,而是面带诡异微笑凝视着若昂,深沉的目光中充满了蛊惑,似乎在利诱着他和盘托出木星基地的信息。这一刻,若昂突然意识到之前对方与他的交谈不过是为了控制自己的意识,然而他的醒悟为时已晚,自己就如同一个提线的木偶,任由鹰先生控制意识的线索。

"来吧,我告诉了你这么多,现在轮到你告诉我你们的秘密了。"鹰先生目光直直地注视着他的眼睛。

"我们来自木星,地球上的基地位于东太平洋……"莱昂喃喃地开始了陈述。

几分钟过后,莱昂结束了叙述,最后残存的意识如耗尽的电池般戛然熄灭,他永远地闭上了眼睛。而在他躯体所在的真实世界的南极金字塔中,收集完信息的鹰先生0.5号正准备离去。他首先望了望金字塔外。从高空坠落的漫天烟尘弥散在视野中,遮天蔽日,让南极大陆显得更加荒凉寒冷。接着,他收回了目光,面无表情地环视了眼一片狼藉的大厅，最后把阴冷的目光落在了瘫缩在自己脚下的鹰先生2号，"好了，我该走了，你留在这继续享受核辐射的滋味吧。"

"不，父亲——"鹰先生2号惊恐道，他挣扎着支起身体，就如一条从地面突然弹起的垂死癞皮狗。这里地处南极腹地，所有的电子设备都被摧毁，已经半死不活的他没有任何可能走出这里，他的结局不是被周围愤怒的自由战士乱枪结果性命，就是在饥饿与核辐射的双重折磨中暴毙而亡。

"父亲，我错了，请您原谅我。"鹰先生2号苦苦哀求着。

"我已经原谅你了，我不会结束你的生命，你尽可以在这里自生自灭。"鹰先生0.5号漠然说道。

"不，父亲，救救我，带我走——"鹰先生2号抽搐着被核辐射重创的身体，艰难地爬向鹰先生0.5号。

这一刻，鹰先生0.5号无动于衷地俯视着自己曾经最信任的克隆体，慢慢地露出了一丝厌恶的冷笑，然后他的身影消失了。

在数万公里之外的太平洋海底，沉浸于远程操控的自由战士们猛然惊醒，骤然返回到了控制大厅中。他们与3D模拟体的通信信号已完全中断，一时他们还无法获知还留在南极的同伴的消息。

"收到从木星基地观测站发来的消息，刚才在南极六百千米的高空爆炸了一颗核弹。"一直留守在海底的蕊儿紧张地向自由战士们汇报了情况。

尼克船长从惊魂未定中醒来，神色凝重地下达了命令："我们的计划失败了，他们应该很快就会追踪到这里。我们必须马上离开这里。"

控制大厅中的自由战士随即投入到了基地离开海底的准备工作。

一个小时后，平静的海底世界突然变得山摇地动起来，一直巍然屹立的基地缓缓地向上移动了起来，就如钢铁巨人拔出深陷在淤泥中的双腿，摇晃着巨大无朋的身躯向着死火山洞口攀升。

然而，钢铁巨人还没抵达洞口，大量深黑色的不明生物突然从洞口鱼贯而入，一颤一缩地向着钢铁巨人游来。

钢铁巨人打开胸口的高能探照灯，熠熠光束陡然照亮了整片海域，这些黝黑的东西竟是一只只外形丑陋的巨型乌贼。当然，这些乌贼并不是真正的海洋生物，而是从距离此处最近的云网格点3D打印出的深海潜艇，第一时间赶到了这里。

数十只"乌贼"迎着钢铁巨人行进的方向一字排开，凶狠地鼓着突出的眼睛。蓦然间，所有的"乌贼"同时张开斗篷一般蔓生的触角，露出了身躯正中心一方葵花形的圆洞，一团团闪烁着金属光泽的"排泄物"从圆洞倏然滑出。

"排泄物"竟然是一枚枚棱角尖利的导弹！

这些导弹带着强烈的冲击力划破幽深的海水，直直地射向钢铁巨人。

面对着这一波纷然而至的导弹，钢铁巨人转瞬间打开了能量护盾。然而，强劲的导弹还是穿透了护盾的能量场，所幸的是，厚重的物理护甲硬生生地阻挡住了导弹，导弹随之爆裂开来，如同朵朵绽放的银花，在护甲上留下了丝丝创伤。

每一只乌贼在一连发射完五枚导弹后停止了攻击，就如泄了气的气球，萎缩在了原地——这些潜艇只携带了如此数量的导弹。然而，即使大量的乌贼退出攻击，仍有更多的乌贼源源不断地从火山口钻入，从各个方向朝巨人涌聚。

此刻，巨人体内的控制大厅在导弹的冲击下剧烈地摇晃了起来。

"船长，我们需要立刻启动基地的反物质引擎，从洞口冲出去吗？"一位战士紧张地向尼克船长请示道。

"不行，这些潜艇堵塞在死火山的入口，如果强行发射硬碰硬的话，我们基地头部可能严重受损。"尼克船长大声地咆哮道，"基地立即进入机甲状态！"

几秒钟后，控制大厅中央一方装满液体、鱼缸模样的容器中电光汹涌地闪烁起来，从容器内壁伸出了一根根纠结的传导线，如章鱼触角般紧紧附着在容器中央一叶大脑表层，这团悬浮的大脑看上去体积要比人类大脑大得多，它的主人并不是人类，而是海豚歌迪拉。

歌迪拉除了迦南山谷中流浪音乐家的身份，还是基地中最为优秀的机甲操控者——由于它仅剩下孤零零的大脑以及曾经身经百战的网络游戏经历，让其意识与机甲的驳接显得更加水乳交融。

此刻，它的意识通过导线驳入了基地的控制系统，与巨形机甲庞大的身躯合而为一。

在歌迪拉的操控下，基地停止了上升，从钢铁巨人的两侧生长出两只粗壮的铁臂。这一刻，基地终于变身成为一位拥有着刚猛四肢的人形机甲战士。

重装上阵的人形机甲向着进逼的乌贼群高举起了双臂，两只手臂上都装备着巨大的花瓣形离子弹发射器，狂飙般的电荷态霰弹从中骤然而出，礼花一般爆炸着分裂开来，如同一面疾速扩散的巨大渔网抛撒向乌贼群。大面积的乌贼来不及躲闪，被炸裂成一块块碎片。

人形机甲迅捷地转动着手臂，愤怒地扫射了一圈，将各个方向上的乌贼远程打击了一番。

在转眼之间，那些之前还上蹿下跳的乌贼覆灭成了一块块残骸,散乱地漂浮在海水中。

但很快,受到极大挫败的乌贼群改变了战术。大量的乌贼开始以曲折的路线靠近了机甲,身形灵动地游弋在机甲的四周,近距离地发射导弹攻击。如此一来,导弹对护甲的创伤变得更加严重,而机甲离子弹发射器很难对身下的乌贼进行精准的定位。

一时间,机甲的迎战显得顾此失彼,密集的导弹此起彼伏地爆裂在机甲身躯之上。

终于,一波接一波猛烈的攻击在机甲的左手臂上方洞穿出了一个巨大的窟窿,"狡猾"的乌贼们立马洞察到了这一情况,集中火力攻击机甲的这一只臂膀。

很快,机甲的左手臂彻底被毁坏,从中断裂成了两段。

紧接着,乌贼群转而向另一只手臂发起了疯狂地攻击。

照这样下去,机甲的另一只手臂要不了多久也将不保。这一刻,控制大厅中所有人的心都绷紧了。

在这紧急时刻,尼克船长再次展现出了一位首领临危不乱的气质,当机立断地改变了作战策略,"歌迪拉,立即转变为近距离搏斗模式!"

歌迪拉通过通信线路接收到了指令,马上行动了起来,只见一把长达近百米的利刃从机甲右手手掌处伸了出来。

这一柄利刃是由特殊的太空材料铸成,拥有着世上硬度最为坚韧的刀锋,同时利刃由机甲体内的反物质引擎驱动,因此出击具有极强的爆发力,即使在高压强的深海底部也能灵动地使用,并拥有着无坚不摧的力量。

面对密密匝匝的乌贼的围堵,机甲变身为了一位拖着残肢的刀客。首先他抡起长剑,斩断了半黏着的左手臂,紧接着,机甲举剑向乌贼群砍去,无比锋利的刀面频繁地起起落落,毫无阻碍地划过乌贼身体,将大片乌贼拦腰斩断。

在通向洞口的并不开阔的海域中,机甲魁梧的身躯带着强劲的冲击力横冲直撞了起来,一路挥舞着利剑清除着拦路的乌贼。就这样,机甲且战且逃,以雷霆之势杀开了一条血路,慢慢地接近了火山口。

终于,机甲拖着遍体鳞伤的身躯钻出了火山口,展现在它眼前的是一片开阔而空荡的海水。尽管能看到四面八方还有星星点点的乌贼正在赶来,但它们已无法阻挡机甲的行径路线。

机甲倏然收起了右手臂,身体如陀螺般旋转了起来,滚滚的白色气流从脚底喷吐出,剧烈地搅动海水,很快就形成一团海啸般的旋涡。在电光石火间,机甲一跃而起,以恐怖的速度垂直冲向海面。

随着轰的一声巨响,平静的海面高耸起了一座波浪的山丘。机甲冲出了海面,如一把利箭直上云霄,向着太空飞去。

就在机甲即将飞出大气层时,一枚硕大的导弹迎面出现在了机甲正前方。这枚导弹是当今世界最为先进的"雷霆"远程巡航导弹,来自于地球同步轨道上的太空站,能够精准地跟踪到机甲的飞行轨迹。

就在导弹距离机甲仅有数十米之时,位于机甲尾翼的反物质引擎陡然提速,改变轨道,在瞬间做出一个漂亮的九十度垂直转弯。呼啸而至的导弹来不及重新锁定目标,直直地沿着此前轨道飞去,而机甲紧接着一个漂亮的回旋,继续向前飞去。就这样,机甲成功地甩开了导弹。

没多久,机甲进入到了外太空,向着木星方向飞去。

机甲开始在太空中稳速向前。此刻,机甲体内的重力消失了。宁天穹解开了座位上的安全带,头重脚轻地飘浮了起来,失重的他动作笨拙地移动到了机甲的瞭望窗口,将目光投向了地球。视线中那颗蔚蓝色的美丽星球正在缓缓地缩小,消融进了浩瀚而深邃的太空背景之中。自己的身体终于第一次挣脱了地心引力,进入了广袤的太空,不过,他的心中始终有着一种深深的荒谬感,此刻地球表面那些还沉睡在赛博空间的人可能永远不会知道他们与鹰先生进行过的这一场殊死争斗。

希望这一次不是他与地球的诀别。

十天过后,一面暗红色的硕大圆盘出现在了机甲的前方,他们抵达了木星星域。

14．木卫三上的熠熠星光

　　当机甲逐渐地接近木星，除了环绕木星的众多形态不一的卫星外，还能见到众多微弱的光点闪烁在广阔的太空中，就像是漂浮在海面上星星点点的浮游生物。很快，这些光点浮现出了具体的轮廓，原来这是一艘艘具有流线型外观的太空战舰，从尾部引擎涌动出的五彩光亮，拖曳着白色的曲折航迹游弋前行。在更远处，木星的同步轨道上还岿然排布着一座座宏伟的太空堡垒，战舰与太空堡垒折射出的耀眼光芒与柔和的木星光纷然辉映在一起，看上去一片蔚为壮观。

　　这一刻，机甲中所有的自由战士都来到了舷窗前，他们就像是在大海上漂泊了半生的水手，忽然从茫茫海平面尽头见到了起航时的大陆，疲惫的目光中立刻闪烁出兴奋与感伤交织的光亮，他们中的大部分人已经很多年没有回到木星。

　　缓缓地，伤痕累累的机甲驶向木星轨道，最后进入了其中最为庞大的一块堡垒中。

　　这块堡垒呈现出一个巨大的圆环状，如同摩天轮般缓缓旋转着，能够通过自转的方式产生重力。

　　机甲最后跌跌撞撞地降落在了圆环突出的一块平台，对接舱迅速地伸出一条通道与机甲的舱门相连。

在尼克船长的带领下,宁天穹与自由战士们走出了机甲,在对接舱内已经围聚起了很多等待的人,其中很多是自由战士的家人。

历经沧桑的自由战士们面对久别的亲人,已激动得说不出话来,饱含热泪的人们只是长久地忘情相拥。

这一刻,宁天穹也拉起了蕊儿的手,心中充满了感动。不过在感动之余,他们的沉重心情依然无法排解。

他们知道木星基地还不是能够停靠的温暖港湾,要不了多久,鹰先生的复仇舰队就将追杀到这里。他们又将何去何从?

在随后的日子里,停泊在太空堡垒中的机甲得到了全面的修葺,而宁天穹与蕊儿也在这里暂时地安顿了下来,并跟随着尼克船长投入了紧张的迎战准备工作中。

然而出乎所有自由战士的意料,几个月过去了,预想之中来自地球的超级舰队迟迟没有到来,所有人都更加惶惶不安了。终于有一天,有关鹰先生的最新动态传到了木星基地,原来他并没有急于向木星基地复仇,而是迫不及待地推动了一项更为疯狂的工程——迅猛扩张光幕的面积,计划在一年的时间中将光幕变成一个戴森球,彻底将太阳与地球裹覆在内。

鹰先生如此变本加厉的举动或许也不难理解,只剩下一半大脑的他为了避免重蹈自己真身暴露的覆辙,增强计算资源成了他最为迫切的需求。

要完成这项庞大的工程。最具挑战性的无疑是巨量材料的来源,疯狂的鹰先生将目光投向了太阳系的第一颗行星——水星。水星的全部质量重达 3.3×10^{23} 千克,单就质量在太阳系几大行星中并不算大,但其内核由70%的金属和30%的硅酸盐组成,密度非常之高,完全适合用来作为构建光幕的材料。

于是，一项分解水星的超级工程开始了。

从地球传来的电视直播信号中可以看到此项工程实施的画面：日冕公司数目庞大的机器人大军抵达了水星，如机械蚂蚁般遍布这个荒凉的星球表面，然后像是吞噬动物尸体般慢慢地拆分水星星体。拆下的一块块矿物质被装载上飞船，飞向地球之外的广袤空间，一点点地铺就成了庞大的薄膜，与之前的光幕紧紧相连。一旦工程竣工，太阳、金星与地球，都将运行于光幕围聚的球体中。

能够肯定的是，如此浩大的工程至少还要一年半载才能完工。在这段时间中，鹰先生暂时还无暇顾及木星基地。

木星基地正好也趁此机会壮大起自己的实力，因为大家心里都清楚木星基地与鹰先生的最后对决迟早要来到。

对此，木星基地做好了两手准备，将基地人员也划分成了两部分，一部分编入了战斗序列中，上百艘反物质引擎战舰凛然游弋于木星之外的广阔星域，排列成攻击阵列，加强作战训练，时刻准备迎战地球规模庞大的舰队。尽管即将要进行鏖战的双方在战舰数量上完全不成比例，但相较地球战舰笨拙的可控核引擎，木星舰队装载的反物质引擎具有加速更快、变向更为灵活的优势，因此木星舰队以少胜多也不是完全没有可能。此外，木星方面还有别的制胜法宝，他们在地球通往木星必经的小行星带中精心构筑了一道强大的反物质防线，一个个反物质炸弹伪装成了小行星的样子，一旦地球飞船进入防线范围，反物质炸弹会突然启动，如机动而隐蔽的鱼雷出其不意地击向入侵飞船。在刹那间，地球战舰将在反物质与正物质湮灭的爆炸中化为一团团闪亮的光子汤羹。

另一方面，剩下的人员全都投身到了宇宙远航计划中，已经初具规模的恒星际舰队时刻做好了整装待发的准备，一旦最坏的结果出现——木星基地被攻陷，远航舰队将第一时间搭载大部分自由战士,撤离木星基地,迅速飞出太阳系,奔向最近的人马座α星。宁天穹与蕊儿以及尼克船长这一批地球归来者,全都被编到了远航舰队中,他们仍服役在带他们逃离地球的机甲中,这艘光荣的机甲已焕然一新,并升级了反物质引擎,被正式命名为"星坦号"。在整个远航计划中,"星坦号"将作为远航舰队中最大的星舰"无尽的燃烧号"最关键的僚机。

在随后的日子中,尽管紧张而忙碌的备战成了宁天穹与蕊儿生活的主旋律,但在其中也还是插入了一小段温馨的变奏曲——蕊儿接受了宁天穹的求婚。在"星坦号"上,战友们为他俩举行了一场简单而不失浪漫的婚礼。婚礼结束后,基地特批了他俩一个月的蜜月时间,于是他俩有幸踏上木星几大卫星的环游之旅,对木星基地的历史来了一次深入的探询。

他们的第一站是木卫二。尽管俩人曾数十次在互动小说中踏足木卫二,但真正置身于这片神秘的冰天雪地还是让他们感到兴奋不已。随后他们进入了厚厚的冰层以下,乘坐外壁透明的潜艇,如同气泡般悠然穿行在五光十色的冰下海底世界,领略了各种奇形怪状的史前生物以及"鲛人"成长中所经历的那些冰与血的洗礼。

在结束了木卫二的旅程后,他们前往到了木卫四。木卫四的体型在木星众多卫星中并不出众,从太空中望去,木卫四光秃秃的表面布满了大大小小的陨石坑,这不禁让人联想起了月球,但就是在这颗荒凉的星球上屹立着太阳系内规模最大的天文观测站——这里是整个木星基地的圣地。

他们的着陆飞船直接降落在天文站内部一个平台上。当他们走下飞船,天文站的灯光陡然次第明亮了起来,像是在迎接他们的到来。只见一条曲折的大道串联起了许多覆盖各种频段的天文望远镜,这些形态各异的望远镜就像是从木卫四表面生长出的巨大金属花瓣,对着深空兀自运转着。

整个天文站看上去空无一人。

"需要我充当你们的向导吗?"一个低沉的声音突然在他们身后响起。

宁天穹慌忙转身望去,一位身着干练的夹克、牛仔裤与黑色长筒靴的老者不知道什么时候出现在了他们的身旁,老者个子不高,一头蓬松的银发,面容矍铄,一对炯炯有神的湛蓝眼睛,看上去像是一位来自上个世纪的气度不凡的老牛仔。

蕊儿惊讶得张大了嘴,"你是……鲍勃?"

宁天穹心中一个激灵,眼前这位老人就是X-Xelee公司的创始人——大名鼎鼎的鲍勃?可是他不是已经在十多年前就去世了吗?

老者笑了笑,"不,我只是一名拥有着鲍勃记忆的人工智能。"

"人工智能?"宁天穹茫然道。

"是的,鲍勃的意识伴随着肉体的消亡永远地逝去了,他的骨灰甚至按生前遗嘱被抛洒进了木星气态海洋中,出于对鲍勃的一种纪念,基地的自由战士们用鲍勃生前的记忆加上最先进的具有自我学习功能的人工智能,合成了现在你们看到的'我',希望我能够或多或少地模拟出鲍勃可能的意识,当然,我必须强调我的行为只是鲍勃可能的行为。"

"你需要再参与基地的决策吗?"宁天穹问。

"当然不会,我的工作只是守护着这座庞大的天文台,""鲍勃"耸了耸肩,"你们知道,这里是鲍勃一生中最引以为傲的作品,他生前最喜欢做的一件事就是安静地待在这里,一个人沉浸在宁谧的星空中。"

"我们的到来没有打搅到你吧?"蕊儿开口道。

"当然没有,我的工作之一就是接待像你们这样的参观者。你们需要我带着逛一逛吗?""鲍勃"邀请道。

宁天穹不由得会心地笑了笑,欣然接受了"鲍勃"的好意。

两人打开了脚下的助力装备,跟随"鲍勃"漫步在了天文站中。一路上,"鲍勃"详尽地介绍了这些天文探测器的性能,相比残留在地球的天文探测器,这里的设备要先进几个数量级。

"你当初为何会修建这个天文站?"宁天穹好奇地问。

"很多年前,在我还没满三十岁时,有幸得到了幸运女神的眷顾,在奇点来临前创办了一家做电子支付服务的互联网公司,在取得第一桶金后,财富如同滚雪球般猛涨。然而在拥有了巨额的资本后,我不无失落地发现,所谓科技飙进,改变的只是人类的生活,外太空探索却像被冻结住了,停滞不前。人类文明的发展越来越走向自我封闭的内向型,童年时代自己所迷恋的那些与外星人接触的幻想距离我们时代越来越遥远。渐渐地,一直埋藏在我体内的极客梦复苏了起来,让我带领着X-Xelee公司走出了地球,去寻找外星人的踪迹。我始终不相信生命的涟漪只是碰巧出现在地球一隅……"打开了话匣子的"鲍勃"动情地回忆着往事,在不知不觉间,他似乎已不是一位简单的"人工智能"。

"你们……寻找到了吗? 我是说外星人。"宁天穹问道。

"是的,我们寻找到了他们的一些蛛丝马迹。""鲍勃"对着他微微一笑。

"寻找到了?"宁天穹一愣,他没想到"鲍勃"会给出如此确切的一个答案。

"鲍勃"并没有立刻回答宁天穹的问题,而是幽幽地问道:"你对费米悖论怎么看?"

"我一直在思考着费米悖论,我们身处的宇宙显得如此之空旷,而外星人迟迟没有现身……我想是我们的科技还未达到能够与之交流的层面。"宁天穹迟疑道。

"事实上,通过木卫四天文台得到的庞大天文数据加上先进的数据分析技术,我们惊奇地发现,弥散在太阳系内的星光携带着一些特别的信息。""鲍勃"平静地说道。

"特别的信息?"

"是的,有一些具有明显非随机性的信息被调制在光波中,然而,信号的调制方式是如此复杂,远远地超过了我们目前的解码能力。""鲍勃"不无遗憾地说。

"你是说,外星人利用星光进行通信? 这是在向人类传递讯号吗?"宁天穹震惊道。

"有这样的可能,""鲍勃"顿了顿,"不过我对此还有一个更为大胆的猜想:这些穿梭于星际间的星光或许就是外星生命本身。"

"你是说——"

"我们苦苦寻觅的外星人看上去藏头匿尾,但事实上,存在着一种可能,他们以远远超出我们想象的方式栖身在宇宙中,恒星所发散出的星光就是承附他们的载体。"

"你的思想实在很超前!"宁天穹怔怔地感叹道,他被"鲍勃"话中的意向深深震住了。

"或许有一天,我们破解了这些星光的奥秘,也就能够与他们交流了。但在这之前,我们能做的只有不断地向深空挺进,不断地搜索更为广泛的星光,寄希望于在这过程中与他们相遇——""鲍勃"沉吟道。

随后,他们都陷入了缄默。天文台的灯光逐一熄灭了,宁天穹感到自己的身体浸入了一片与太空息息相关的深沉黑暗中,唯有遥远的星辰清晰可辨,此时此刻,他回味着"鲍勃"所展示的深远意象,那些朦胧的星光如大海的涟漪般在他心中来回激荡,他有了一种全新的感受,事实上每个人类身体的每一个细胞的每一个原子都来自于星际间亿万星辰演变,是这些星光在漫长的岁月中塑造了我们的种族,如今这些星光又犹如灯塔般召唤着我们走向深空的彼端。

15．基地覆灭

很快,宁天穹与蕊儿结束了短暂而充实的蜜月之旅,返回到了"星坦号"上。

日子又波澜不惊地过去了一年。尽管鹰先生的超级工程还未结束,但似乎也已接近了尾声,因为即使通过"星坦号"瞭望镜用肉眼望去,也能看到日渐扩张的光幕如日食的阴影一般,慢慢地遮掩住了太阳的一大部分,要不了多久,太阳就将完全被覆盖。

与此同时,基地还破译了来自地球的信息。日冕公司打破四年一次升频的惯例,在半年内两次提升了云网的主频,于是乎,整个地球都沉浸在一派群情振奋的狂欢气氛中。看起来鹰先生已经安抚好地球内部,正腾出手来收拾木星基地。

好在木星基地方面也完成了缜密的战斗部署,数百艘战斗舰以编队的形式,有序分散于木星朝向地球的区域中,时刻严阵以待着鹰先生的来犯。

而如"星坦号"这样的远航飞船也都做好了充足准备,飞船携带的超冷真空离子阱早已蓄满了足够的反物质燃料,随时可以启航飞向太阳系之外。但为了节省燃料,所有远航飞船都关闭掉了引擎,借助木星的引力缓缓围绕木星旋转,成为木星的一颗颗同步卫星。

　　此时的宁天穹已融入到了"星坦号"忙碌而充实的工作中,他成了一名程序员,每天的任务是调试飞船的程序。

　　就这样,他的身体每天随着"星坦号"绕着木星飞行,而当飞船离开木星朝向太阳的那一面,进入另一面的一刹那,宁天穹总习惯于来到瞭望口观望外面的景致变化。

　　尽管已经围绕木星旋转了上百圈,但每次随着飞船进入木星背面阴影时,他的心脏还是会不由自主地猛然绷紧,这种感受就如蹦极运动中身体跳离了起点。因为在这一刻,从飞船的瞭望口中再也看不到自己熟悉的太阳与地球了,之前还散发着柔和光辉的木星也不再能反射太阳光,由此整个空间星球骤然暗淡了下来,就如同一位刚才还面带平和微笑的变脸者,在眨眼间换上了另一张无比阴沉的脸谱。在接下来的四个小时中,木星那近乎黑暗的庞大躯体都将占据从瞭望口望出去的几乎整个视野,给人一种不可名状的压抑感,只有在整个星体边缘还能看到如日食环一样的白色光弧,若有若无,这是木星极其微弱的星环。

　　或许他终归还是一个在地球表面长大的人类,当在太空中看不到地球那一抹朦胧而生动的蓝色以及太阳光亮的红色光晕,一种孤寂感还是会从心底油然而生。

　　但要不了多久,他跌落的心情又会平复下来,他平静地回到位置上继续自己的工作,并随着飞船缓缓穿行在木星的阴影中。

　　很快,四个小时过去,还有十分钟,"星坦号"又将驶出木星的背面,重新见到地球与太阳。

　　与过去一样,他放下了手中的工作,来到瞭望口前,憧憬着去拥抱飞船驶出黑暗的第一束光亮。

　　然而还没等来那一束太阳光,宁天穹突然见到飞船外一道无比耀眼的强光乍起,陡然刺破了沉沉的黑暗,将广袤的宇宙空间照得一片通亮。

整个宇宙空间像是被一把熊熊烈焰点燃了似的，变成了一片强光肆虐的海洋，摄人心魄的光涛漫涌其中，原本闪亮的星星也被这光潮淹没，消失了。

这片已经沉寂了很久的宇宙空间似乎又回到了曾经有过的洪荒年代，动荡而炽烈。

在暴涨的光芒中，视频通信屏幕滚涌起了雪花，与其他飞船的通信全部中断。

宁天穹的心猛地一紧，在木星的另一面，太阳以及地球方向上一定发生了什么惊心动魄的宇宙级别的大事件。

但从目前的信息看起来，还很难判断如此剧烈的光亮究竟是来自突如其来的太阳氦闪，还是鹰先生引发了某种未知的力量。

唯一让人稍感安慰的是，此刻的"星坦号"是安全的，因为木星用自己庞大的身躯抵挡住了冲击波。可是一旦"星坦号"驶出木星背面，将面临怎么样的浩劫？

"尼克船长，我们还要继续向前吗？"宁天穹急切地转头向着尼克船长惊呼道。

他的话语打破了驾驶舱中惊慌失措的缄默，所有人的目光都投向了尼克船长。

"立即转向！"尼克船长没有迟疑，当机立断道。

"星坦号"紧急开启了位于船头的反物质引擎。在电光石火之间，正反物质猝然湮灭，释放出以百分之九十四光速移动的带电介子，这些高速介子在磁场的作用向着同一个方向飙进，然后直接从引擎喷口中喷射而出，产生出巨大无匹的推力，在转瞬间将飞船的航向折返了。

接下来，飞船将速度控制下来，缓缓游弋了起来，始终保持在木星背面的中心位置。

飞船外夺目的强光还在持续，没有丝毫消退的迹象。而作为太阳系中自转最快的行星，木星仅仅九个多小时就完成了一圈自转，于是"星坦号"上的战士们很快就目睹了几个小时前"大爆炸"在木星另一面留下的一连串累累伤痕。

只见木星波澜壮阔的云层中多出了许多大大小小的不规则的暗沉圆圈，这就如同一位巨人拿起画笔给木星原本的条纹中生硬地涂上了一些并不协调的斑点。用望远镜将这些斑点放大，斑点变成了一团团澎湃汹涌的蘑菇云，这些应该是数目可观的巨大物体被摧毁，纷纷坠向了木星的金属海洋，在木星气态表层留下了一道道狰狞而醒目的划伤，久久难以愈合。

紧接着，宁天穹看到了木星最大的卫星木卫三。此刻的木卫三的样子已经面目全非，过去屹立着壮观天文台的卫星表面变得光秃秃，整个球体被焙烧成了一坨深黑色的干硬晶体。

一个小时后，他见到了木卫二。

木卫二的样子更加触目惊心，它的体积至少萎缩了一半，白皑皑的冰层消失了，甚至连冰层下的海洋也不见了，只剩下焦黑而斑驳的金属内核。

宁天穹难过地想象着还生活在木卫二海洋中的那些鲛人，他们在猝然而至的热浪中化为蒸汽。唯一让他心里稍稍好受一点的是，鲛人的死亡在眨眼之间完成，应该感受不到太多死亡痛苦的煎熬。

陆续地，宁天穹观察到木星六十六颗曾经形态各异的卫星命运与木卫二、木卫三一样，全都被焙烧成一块块干硬的残骸，仍在虔诚地沿着木星颤巍巍地旋转，只是它们的轨道已被极大地改变过了。

在整个过程中，宁天穹的身体一直难以抑制地微微战栗，这些曾经美丽的天体就如惨死在飞来横祸中的无辜生灵，在猝然间走到了生命的尽头,这让他更加不忍去想象那些木星基地飞船上同伴们的命运,但与此同时,他的心底也感受到了一丝庆幸,他们无疑是幸运的,是木星以它千分之一个太阳的庞大身躯庇护住了"星坦号",暂保了飞船上的船员生命无虞。

在漫长而压抑的十二个小时后,诡异的强光终于戛然而止般地消退了,这一过程就如有人突如其来地关掉房间中的灯光关门离开了,在转瞬间,飞船外的太空又恢复了之前的暗淡昏沉。

很快,吱吱作响的电磁干扰也消失了,通信器重新恢复了正常。末日般的灾难似乎已经过去,但谁也不知道那骇人的"死光"还会不会再次闪耀,尼克船长在考虑再三后仍不敢贸然下令飞船驶出木星背面。

但为了弄清楚太阳系中到底发生了什么,"星坦号"释放出了一只无人探测器,到木星另一面的太空中去一窥究竟。

与此同时,"星坦号"的所有通信器被开启到了最大功率,向木星附近广阔区域进行广播。

在此后并不短的时间中,他们也收到了寥寥十余条的回应。但这些回应让他们更加揪心了,回应全都来自于与他们一样恰好处于木星一侧从而幸存下来的飞船。

三个小时后,"星坦号"收到了无人探测器发回的讯息。

首先出现在屏幕上的是木星附近区域的画面,画面中的景象让所有人都感到不寒而栗。木星另一侧并非他们想象的一片狼藉、满目疮痍,恰好相反,广袤的空间中呈现出的是一片空无一物的干净,这样的干净更加令人悚然不安,之前凛然游弋在木星外层的恢宏舰队以及木星基地苦心构建起来的多个空间站与太空城,全都荡然无存,甚至连一直活跃在木星内侧杂乱而繁多的陨石与彗星也都不见了踪影。可以想象得到,十几个小时前,有一股令人畏惧的神秘力量对木星外层所有人造物与天体蛮横无理地进行了一次片甲不留的清场。

紧接着,探测器的视线颤颤地转向了太阳方向。

在可视的视角中,被光幕映掩了一部分的太阳看上去仍是过去那一颗不温不火燃烧着的猩红火球,并没有什么不正常。而在电磁波、紫外线、X射线以及伽马射线频段上,正值主序星的太阳的辐射量也没有任何增强。由此一来,发生太阳氦闪的可能性被排除了。

在太阳的外围,看上去已经竣工的光幕也毫发未损地闪耀着,如一面发光的半球型镜子,光亮整洁的镜面扩张在太阳一侧,而巨大的开口正对着木星方向。还能看见太阳子民——地球、金星——都安然无恙地穿行在光幕形成的薄壳内。唯一让人感到有些奇怪的是,整个光幕似乎正在缓缓闭合,这就如同某种海底软体动物大口吞噬完食物后正在心满意足地收拢起身躯。

"天啊,他们动用的竟是太阳光!"宁天穹第一个意识道。

众人迅速地领悟到了他的想法,在二十几个小时之前,鹰先生的光幕不再只是一面用于吸汲太阳能的薄膜,而变身成为一把人类有史以来拥有过的最具杀伤力的超级武器。数以千亿计的光幕格点以精心设计的阵列次第排布开来,形成了一面巨大的凹面镜,将太阳散发出的近乎所有的光与热全部汇聚到一起[1],再一股脑地倾泻到了凸透镜的焦点——木星外层广阔的空间,随后,镜子的焦点迅速地移动起来,如一把精准的手术刀般定点地将木星基地的所有据点逐一清除掉。

这很像是发生在地球上一个流传甚广的传说的翻版:两千多年前的古希腊叙拉古城,天才科学家阿基米德指挥战士们利用五百面

---

[1]太阳每秒钟释放的全部能量相当于一秒钟内同时爆炸910亿颗100万吨级的氢弹。

铜镜反射太阳光,点燃了海面上罗马人庞大的战舰阵列,最终挫败罗马人的进犯。

可以想象,在那一刻,太阳如同一位被激怒的暴戾巨人,使出全身蛮力抬起一只硕大的巨脚,狠狠地踩向了木星外层空间,所有的人造物,甚至是木星的卫星在这并不成比例的力量面前都如同微不足道的蚂蚁,来不及躲闪,在瞬间被压碾成粉末。

木星基地之前苦心构筑的小行星带反物质防线也成为毫无用处的马其诺防线。

直到这一刻,众人终于明白了老谋深算的鹰先生此前为何迟迟未对木星基地发起进攻,反而致力于光幕扩张。这一切都是鹰先生精心筹划的结果,甚至于发起攻击的时间也是如此地处心积虑——当时恰巧是木星基地几乎所有重要设施都转向了太阳一侧,对此木星基地竟没有丝毫的防备。然而,这样的顿悟来得实在太晚了。

幸存下的飞船汇聚到了一起。统计下来,不过十二艘飞船,里面大部分还是不具备远航能力的近空飞船,剩下的自由战士包括歌迪拉在内人数也不过六十多人。最后,所有人都会聚到了最大的飞船"星坦号"上,召开了一次商定剩下人命运的会议。

在"星坦号"最大的生活舱中,六十多名自由战士看上去都是一脸神色恍惚的样子,还没从突如其来的灾难中回过神来。

尼克船长神色严峻地环视了一圈,打破了沉默,"我们已经发现地球的庞大舰队正在飞速驶向木星,我们不是他们的对手,立即启动远航行动是我们唯一的选择。"

"我赞同船长的决定,所有人都会聚到'星坦号'上,马上启程离开太阳系。"宁天穹提高音量说道,他一直紧紧握着蕊儿的手。

"不,我不能离开木星。"一位年迈的自由战士急切地打断了宁天穹的话,他那双胀鼓着的血红眼珠中充满了仇恨的火焰,"我在木星出生长大,组建了家庭。现在我的妻子、儿子全都死在这里,我哪里也不去,我要留下来与鹰先生决一死战!"

"是的,我们哪里也不去!"

"让鹰先生血债血还!"

这一刻,有十来名自由战士也情绪失控地附和道。

"你们只会白白送命。"尼克船长目光严厉地怒视着反对者,作为剩下人中最高职位,他自然而然成了首领,有权力下达指令让对方服从。

反对者们毫不示弱地与尼克船长对视着,双方都不愿妥协。最后,一位反对者还是放软了态度,恳求道:"船长,我们已经没有活下去的打算。让我们留下来,还可以掩护你们,延缓地球舰队的追击。"

尼克船长一下子愣住了,在许久的思考过后,还是无可奈何地点了点头。

就这样,六十多名幸存的自由战士分成了两部分,十多名留在了木星区域准备与鹰先生决一死战,而剩下的五十二名战士踏上了远航之路。

16. 太阳之怒

在木星淡淡的光芒映照下,"星坦号"开启了反物质引擎,颤颤巍巍地挣脱了木星的引力束缚,向着太阳系外层空间缓缓地开始加速。

对于"星坦号"这样庞大的船体,最终达到百分之四十光速足足需要两年的时间。而此刻鹰先生的核动力驱动的舰队已完成了加速,追赶至了距离木星不远处。

一个月后,上千艘战舰如同秋天的蝗潮般气势汹汹地抵达了木星星域。这些战舰全由机器人驾驶,携带着最先进的粒子炮。

留守的十二艘木星飞船从木星背面猛冲了出来,如飞蛾扑火般冲向了鹰先生的舰队,灵动地穿梭其中。

鹰先生的舰队不得不放慢速度,摆出了严密的攻击阵列,将木星战舰包围了起来。

最后,就当密集的火力将孱弱的木星战舰打击得千疮百孔时,这些即将报销的残骸同一时间引爆了舰内携带的所有反物质。顷刻间,强光迭起,正反物质激烈湮灭,木星广大区域内的所有战舰都变成一团光子的汤羹。

在"星坦号"上,五十二名自由战士饱含着热泪目睹了木星方向上忽闪起的点点火光,那是留守的自由战士用反物质与自己的血肉之躯延缓了鹰先生的追击。地球的飞船不再有机会追赶上他们。

又经过了一个月的飞行，"星坦号"进入了太阳系的边缘柯伊伯彗星带。

柯伊伯彗星带是一个远远超过冥王星内侧的广袤地带，黑暗而冰冷的空间中幽灵般散布着大大小小冰封的原始星球。

"星坦号"在如此荒芜的柯伊伯带孤独地飞行了半年。直到某一天的某一个时刻，所有的战士都停下手中的工作，将飞船交给电脑控制，然后会聚到控制大厅中。

他们今天要举行一个小小的仪式，与太阳系作最后的告别。

当所有人都到齐后，一幅全息图像浮现在他们的头顶，图像中呈现的是飞船在距离地球二百三十亿公里之外的太阳边缘俯瞰整个太阳系的图像。

首先出现的是在可见光频段的图景。

由于广袤的奥尔特以及柯伊伯星云带的存在，探测器的视野中簇拥满了半透明的灰白色絮状物，整个太阳系就如同一团云蒸雾绕的云雾，而模糊云雾中央那一团面积不小的、极其暗淡的光斑正是即将完全被光幕包裹起来的太阳，就如同一枚失去了光泽感的铜币。

他们已经看不见覆裹在光幕中的地球。

由于光幕屏蔽了太阳，太阳系的外层将变得更加寒冷，宁天穹突然有些伤感地想到。

"此刻'星坦号'距离地球十八个光时，在我们的飞船外的太空中，太阳风的强度已不足以抵抗星际介质的压强，太阳风完全停滞了下来。按天文学家的理论，我们已经抵达了太阳系的尽头，再向前就是广阔的星际空间。"为大伙解说画面的是大副拉里，他是一名造诣颇深的天文学家。

　　拉里的话让大家都沉默了，宁天穹充满感伤地望着全息图，从此刻起他们就将真正脱离太阳系的疆域，成为一群无家可归的"星际孤儿"。

　　忽然间，全息图中的太阳系消失了，取而代之的是一些抽象的图形。

　　"现在大家看到的是太阳系边缘磁力线分布图。"拉里开口道，"蓝色曲线代表的是磁力线。来自日冕层的太阳风带电粒子，与来自遥远星辰的星际物质剧烈作用，由此形成了如此奇特的磁场分布。"

　　宁天穹注视着图像复杂的屏幕，在黔黑如墨的太空背景之上，挤满了一团又一团环状蓝色光圈，这些梦幻的光圈形状各异，相互嵌套，纵横交错，如是散布在太阳系外缘的一圈圈炸洋葱卷。

　　这里就是太阳系抵御宇宙射线的最后防线。

　　"每个'磁泡'足有地球到太阳那么宽阔，"拉里介绍道，"它们是在'旅行者号'第一次飞出太阳系时收获的有趣发现，过去我们一直认为太阳系边缘的磁力线应是非常优美、整齐、平滑的几何曲线，但事实上，你们瞧，相对独立的磁泡如啤酒泡沫一样纷乱分布。"

　　"这种结构对太阳系边缘的特性有何影响？"宁天穹好奇地问。

　　"这些巨大而繁多的磁泡如同多孔的滤纸，允许一些宇宙射线透过穿孔进入太阳系。另一方面，'磁泡'可以挡住一些宇宙射线，使其陷于'磁泡'中。如此一来，进入太阳系的宇宙射线被过滤了一次。只有很小部分宇宙射线会抵达近地空间，刺破地球的磁场与臭氧层，投射在地球表面。你知道，过量的宇宙射线会碾碎一切生命的可能性。而在另一方面，宇宙射线的强度又与地球生命的基因突变息息相关，基因的突变很多时候推动着地球生命的进化。"

　　"你是说，这些汹涌的磁泡如同一只节拍器，遥遥掌控了地球上生命进化的节奏?"宁天穹急于总结道。

"是的,在某种意义上可以这样说。"拉里低声说道。

宁天穹点了点头,他充满敬畏地凝视着磁力线图像,大大小小的磁泡还在瞬息变幻,如同阳光下的气泡,在破碎中相互交融,又如是一幅鲜活灵动的抽象派油画,充盈着某一种不为人懂的深远含义……

在某一刻,变化多端的磁场像是触发了他大脑中某一根神经,一种新奇的想法突如其来地楔入他的思想中。"我有一种奇怪的感受,整个太阳系的边界就像面向银河系广播的一面显示屏。"宁天穹喃喃道。

"你的比喻很贴切。"拉里怔住了,他注视着屏幕,认真思考了一会儿,接着说道,"你的想法真是有意思,太阳就如一块飞速运转的CPU,不断输出电磁波、高能粒子这样的计算结果,而溢出的波粒则以光或接近光的速度穿梭在太阳系内,最后径直投射在了太阳系边界的巨大显示屏上……如果真是如此的话,谁又在收看这块屏幕上演的缤纷节目?"

尼克船长接过了他的话,"观众或许就是我们一直在寻找的外星文明吧。可是鹰先生的光幕现在将整个太阳包裹起来。以后光幕才是太阳的显示器。此前一直收看太阳系节目的外星人总有一天会找上门来的。"即使在此刻,尼克船长仍不忘开着玩笑。

"好吧,希望找鹰先生算账的外星人们能早日来到。"宁天穹附和道。

在这一场惊心动魄的逃亡途中,宁天穹也收获到了一个令人激动的好消息,他的人生身份即将发生巨大的转变——蕊儿怀孕了,几个月后他就将成为父亲。

在兴奋过后,如何为即将降生的孩子取名成为让宁天穹绞尽脑汁的一件事情。

但很快,旅程中一次神奇的遭遇让宁天穹获得了启发。

当飞船行进到太阳系外一隅,飞船中沉寂已久的射电天线突然捕捉到了一束无线电的呢喃。这是一段承载于一千四百二十兆赫频段上、带有明显调制信号的电波,能量极其微弱而又不容忽略,信号源应该就在距离"星坦号"不远的地方。

所有船员都为这一发现而兴奋不已。这是人类期待已久的外星文明的飞船向"星坦号"发来的接触讯号吗?

"需要让飞船减速与它进行接触吗?"飞船驾驶员已经开始激动地幻想着与即将到来的外星人"第五类接触"。

"暂时不用,先锁定信号源。"尼克船长冷静地给出了指令。

很快,借助飞船多普勒探测器探明到了信号源的完整信息,信号源距离"星坦号"五千亿公里,移动速度为200公里/秒,行进的方向与"星坦号"一样,也是半人马座的比邻星,但以这样太过缓慢的速度飞抵比邻星足足需要两千年。

宁天穹不禁陷入了沉思,这样的一串数据让他感到似曾相识似。

"'旅行者5号'。"他恍然意识道。

当飞船从信号源两千亿公里外掠过时,一张"不明体"的高分辨率正面照被光学望远镜捕捉了下来。

照片证实了宁天穹的猜想。

这是一个满载着各种传感设备的圆柱状探测器,如同一只孤独转动的陀螺飘浮在茫然无际的太空中,正缓缓地向着未知的远方行进。

的确是"旅行者5号",奇点时代以前人类发射的最后一只星际探测器。与它的几位前任一样,"旅行者5号"也携带着一张"捎给外星人"、记载着人类文明符号的唱片。它曾经是人类飞得最快、飞得最远的人造探测器。但如今携带的核电池只能维持基本运作，甚至丧失了与外界联系的功能，连发出的电磁波讯号也满是错乱无章而毫无意义的编码。

宁天穹久久地注视着照片，今天的"旅行者5号"就如同一位在漫长岁月中逐渐凋零的老兵，前行的步履变得愈发蹒跚，如今更是被更为强大的后来者无情地超越。从此以后，"星坦号"将成为人类历史中飞得最远的人造物。尽管如此，谁也无法抹去它出发时所肩负着的光荣与梦想，它永远都将是人类探索宇宙的一座不朽丰碑。

这一刻，宁天穹突然得到了灵感，"蕊儿，我想到了，我们孩子的英文名就叫Voyager，中文名就叫宁航之，男孩、女孩都能用。"

"'宁航之'，字面上看上去很美。更深的寓意是？"

"《诗经·卫风·河广》中的一句，'谁谓河广，一苇航之'。"宁天穹轻声沉吟道。

蕊儿也跟着念咏了起来，同时她打开了"生活助手"，感受起了诗句背后的深远意境。在"生活助手"呈现出的虚拟画面中，她见到了一位孤独的旅人踽踽羁行于天地间，一条河面宽广而浩渺的大河横亘在他的面前。在踯躅片刻后，旅人在岸边信手折下一根芦苇掷于惊涛骇浪的江面，而后纵身一跃，飘然凌立于这一根脆弱的芦苇之上，最终有惊无险地横渡江河，安然抵达了彼岸。

蕊儿理解到了宁天穹的用意，她轻轻地点了点头。

在离开太阳系疆域半年后，宁天穹迎来了女儿的诞生。

在一间临时当作产房的太空舱中，他充满煎熬地目睹了蕊儿的整个分娩过程。

蕊儿承受了两个多小时昏天暗地的折磨。在机械手臂的帮助下，小生命终于探出了稚嫩粉红的小脑袋，慢慢地将整个胎体娩出。接着脐带被切断，婴孩发出了第一声清脆的啼哭。而后离开子宫庇护的小生命手脚慌乱地挣扎着，没有任何依靠地飘浮在没有重力的空气中，显得非常孤立无助。

这个新生命就像是整个人类的缩影，艰辛的成长之路迫使其离开地球母体舒适的温室，她必须学会步履蹒跚地走向危机四伏的太空。

当他回过神来，伸出用颤抖的臂膀轻轻抱起了哇哇啼哭的婴孩，笨拙地摇晃了起来。猛地，婴孩停止了哭喊，睁大着圆圆的眼睛好奇地望着自己，这一刻，宁天穹不禁热泪盈眶，他在她皱皱的脸庞上小心亲吻了起来。

"宁航之——"他轻声唤道。

他意识到自己的小天使将是真正意义的新一代"太空人"，她将在茫茫太空中度过一生。

半年后平常的一天，宁天穹抱着女儿来到了飞船的瞭望窗旁。在他轻哼的摇篮曲中，可爱的女儿慢慢地闭上了眼睛。

待女儿入睡后，宁天穹仍怀抱女儿伫立在瞭望窗前，他将目光投向了窗外。此刻远去的太阳系内层图景就如同一幕飘着飞雪的暗夜，能够勉强看到的只是影影绰绰的彗星暗影，以及来自遥远恒星的微弱星光，在这一片浑茫的黑暗中，太阳早已难辨踪迹。

他怔怔地陷入了回忆，想起了那些遥远的地球往事，就如同刚刚发生在昨天……直到一道无比炽烈的强光乍现，将他猛地拉回了现实，他惊慌失措地抬眼望去，飞船外的视界已淹没在了一片明亮至极的强光之中，肆虐的光芒如鞭子般猛抽着一切天体，原本晦暗的彗星幡然展现出了光彩照人的面貌……但就在刹那间，这道乍起的诡异光亮又戛然熄灭了。

窗外又恢复了混沌与沉寂，像是什么也不曾发生过。但让宁天穹不敢相信自己的眼睛的是，他看到了一小团莹莹的淡红色光晕出现在了太阳系最中心的位置——那是久违了的太阳！

这并不是幻觉，鹰先生的光幕被抹去了，被屏蔽已久的太阳涅槃重生在了宇宙中。刚刚到底发生了什么？

宁天穹慌忙将熟睡的女儿放回了婴儿床，快步返回到飞船主舱。在这里，所有人都在焦急地等待着答案——飞船各频段探测器收集到的信息正在汇总，很快呈现在了屏幕上。

在望远镜镜头拍下的高度放大倍数的影像中，几天前太阳系内所发生的图景更加触目惊心呈现了出来。在毫无征兆的一瞬间，一朵灿烂的火焰之花从鹰先生的光幕中破壳而出，炫目地怒放在漆黑而空漠的太空中。这一瞬，太阳不再是一颗偏距于荒凉猎户座悬臂一隅、微小而平凡的中等质量黄矮星，它仿佛在骤然间走完了其一百亿年的寿命，跳跃式地抵达了生命的巅峰，变成了一颗无比璀璨的超亮彗星，并一举成为一万光年内最为明亮的一颗星辰。

狂暴的、携带着巨量带电粒子的太阳风从太阳日冕层磅礴而成，猛扑向太阳周边的一切存在。冲击波首先抵达了金星，在满布火山与熔岩的金星表面燃烧起了刺目的巨焰。紧接着，冲击波抵达了地球，万幸的是，地球表面浓厚的大气层以及严密的磁场顽强地抵挡住了太阳风的袭击，太阳风只在地球表面的大气中镂刻下纠结而绚烂的极光。然而距离地球不远的光幕就没有那么幸运，轻薄的光幕如同被点燃的纸糊灯笼般迅速地破碎、解体。

不过，这一惊心动魄的过程只维持了两分钟。紧接着，太阳又重新堕落回了之前的模样——一颗普通的中年主序恒星，不温不火地释放着柔和的光与热。

很快，当冲击波如潮水般退去，光幕消失，太阳系内层又回到了几年前的模样。当然水星已经化为光幕消失不见了。

如此具有冲击力的画面让主舱内所有人面面相觑，谁也不知道太阳这一次突如其来的爆发究竟是怎么回事。"氦闪"降临？还是宇宙另一个层面未知的力量所致？……但与此同时，所有人又都感到了一种玉石俱焚般、快意复仇的畅快感，鹰先生苦心构建的光幕终于倾覆了。

然而"星坦号"此刻已经远离地球，电磁波抵达飞船需要走上足足三天。也就是说，地球上的文明可能在三天前就被强闪电完全覆灭了，惊恐不安的木星战士们此时能做的只能是焦急地等待来自地球的新闻报道。

第二天早上，宁天穹从浅睡眠的梦中醒来，他见到眼前的人造空气中有一团物质正在如蜜蜂般嗡嗡震颤，如黏土一般渐渐成形。没过多久，一台如老式自动售货机的闪亮机器矗立在了他的面前。

正在他起身伸手想要触碰机器的表面时，一道遽然迸射出的绿光将他固定在了原地，霎时间，荧荧的绿色光团将他整个包裹了起来。

他的意识离开了飞船。

17. 穿着晚礼服的归来者

当太阳爆发的那一刻,在太阳系内层的地球表面,世间万物都侵浴在一片无比明亮的光芒里,天与地恍若连在了一起,而更让人惊异的是,一条条五光十色的光弧漫涌在天空中,如同狂风怒号中飘舞的彩绸,上下翻飞,摇曳变幻。

这是壮丽的极光,太阳释放出的巨量带电粒子流剧烈轰击地球磁场,形成了低纬度地区白天也能见到的美丽极光。

当然,绝大多数的地球人没能有幸目睹到这一持续了数分钟的旷世奇景,因为这一刻他们才刚刚从赛博世界的美梦中悚然惊醒。

在赛博世界中断的那一刻,化身为太阳神阿波罗的格雷格正身处浪漫的爱琴海海滩,惬意地沉浸在一个希腊神话主题的派对中。

他那雕塑般健美的身躯就如蛟龙般在碧波中翻腾起伏,畅游了好几圈后,才回到了岸上的遮阳伞下,化身为维纳斯的女伴此时正裸露着性感曼妙的身姿,平躺在柔软的沙子上,静静地享受着阳光的沐浴。

在与女伴一翻激情缠绵后,格雷格身心舒坦地躺在沙滩椅上,目光慵懒地望着风情万种的海滩:翻滚的海浪、摇摆的棕榈树、远处山顶上巍峨的神庙,当然还有海滩上那些与他一样化身为形态各异的远古神祇的玩家：冥王哈迪斯、女神雅典娜、宇宙之王宙斯……

在和煦的海风中，格雷格任由思绪飘散开来，慢慢地，他合上了双眼，进入了浅睡眠。

忽然间，格雷格的耳畔传来此起彼伏的尖叫声，他慌忙睁开眼睛，愣住了。曼妙仙境正在飞速消失，碧海蓝天间那些旖旎景物就像被一只巨大而无形的橡皮擦一片接一片地抹去，留下了一片片马赛克一般的波纹。

当周遭的景物都逐一被抹去，最后一波消失的是海滩上的众神。格雷格眼睁睁看着身旁的维纳斯被泛起的波纹吞噬。

紧接着，骇人的波纹又向他袭来。在大半边身体被吞噬掉后，他眼前一黑，彻底地退出了云网的界面。

刺眼的光线透过微张的眼皮进入他的瞳孔。他猛地睁开眼，怔怔地注视着头顶上光影斑驳的天花板，自己老态龙钟、大腹便便的身体包裹着一件白色紧身衣，体态僵硬地平躺在一个透明的"柜子"里。

自己莫名其妙地回到了空洞而呆板的真实世界。

在愣怔了半晌后，他艰难地支起身来。一位机器人已经站在他的面前，似乎一直在等待他的醒来。

"格雷格先生，你还好吗？"机器人充满关切地开口道。"发生了什么？"格雷格惶惑道。

"一场太阳能风暴毫无征兆地爆发了。"机器人神色哀伤地回答。"怎么可能？ 光幕不是在设计之初就已考虑到了这一点，其完全有能力抵抗十倍于太阳风暴的电磁冲击吗？"格雷格仍是困惑不已。

"你说得没错，可是这一场突如其来的风暴强度远远超过了我们之前的预想。风暴在太阳的一个局部区域爆发，在不到一分钟时间内输出能量几百倍于正常值。而更为蹊跷的是，这无比巨大的能量只是如脉冲光束般径直袭向了光幕，顷刻间将光幕整个摧毁了，又立刻熄灭。如果太阳风暴能量再增加上几倍，就将对地表的人类肉身造成生理伤害。"机器人说道。

"云网由此完全停摆了？"格雷格意识道。

"云网失去了光幕的能量，陷入大面积的瘫痪，但也没有完全停摆，因为人类紧急启动了废弃在各个沙漠中的太阳能光板，这些重新工作起来的光板勉强为城市提供了能量需求，只是人类的网络退回到了奇点以前的水平。"

格雷格点了点头，陷入了沉思。这一切就像是童话故事里午夜十二点的钟声响起，神奇的魔法突然失效，漂亮的水晶鞋消失了，华丽的马车也重新变回了南瓜，光彩夺目的灰姑娘又被打回到了灰头土脸的原形。

机器人继续说道："格雷格先生，你目前仍保留着联合国秘书长的职位，请你立即赶往联合国，在那里组织召开紧急会议。"

格雷格下意识地按了按太阳穴，怔怔地说："请告诉我会议的网络地址。"

"不，先生，这一次并不是网络会议，需要你的肉体亲自走一趟。"机器人回答道。

格雷格又愣怔了许久，然后茫然地点了点头。

格雷格搭乘的直升机紧急飞到了纽约的联合国大楼。

他走下直升机，面对着眼前那座由无数天蓝色玻璃格子组成的大厦，一直凝滞在心中的那一种不真实感变得更加强烈了。或许是习惯了云网世界中天马行空的形态，这座记忆中高大恢宏的建筑物在正午强烈阳光的照射下，显得过于平庸，很是陈旧不堪。

离上次他的真身出现在这栋大楼中已过去了二十多年。

他不由抬头仰望天空。天空中的太阳又变回了很久以前的老样子,依旧是那个让人无法直视的巨大存在,高高在上、充满威力的它像是正在嘲笑着地面上失魂落魄的人们……

他在机器人的带领下走进了古老的大楼中。在这里,他见到了很多熟悉的面孔,这些都是他之前的同事,所有人看上去都没有衰老多少,强大的微修复技术让他们看起来容光焕发,然而唯有眼眶中的混浊与疲惫无法遮掩。

尽管有诸多不适应,格雷格体内那股非凡的领导才能还是很快地复苏了,他迅速地进入自己的角色中,几天后,停摆多年的联合国重新运转了起来。

一个紧急应对委员会仓促地成立。这个委员会由奇点以前的各国领导、各学科科学家以及日冕公司代表组成,一场马拉松式的讨论随即开始。

在一间明亮宽敞的会议厅中,上百位委员如几十年前一样,围坐在一排排弧形的锃亮红木圆桌前,唇枪舌剑地表达着自己的观点。

"可以肯定的是,我们头顶上的太阳依旧运转正常,发射出的光谱稳定而有序,并没有任何进入十一年一次活动峰年的迹象,硬要怀疑太阳发生了小规模氦闪是缺乏说服力的。"一名身着素格子衬衣的高个子第一个站起身来,急于表达自己的观点,他是 NASA 的资深科学家阿松桑。

"你们别忘了来自地球内部的破坏,那些病毒般残存着的一小撮该死的宗教极端恐怖分子,他们天天叫嚷着要让地球退回奇点之前的封闭世界。"一名穿着有些不合身的军装的军人提高了声音,他是美国国防部长里德,逼人的眼神如鹰一般犀利,"我的智囊团告诉我,太阳是一个由巨大核反应构成的动态平衡系统,哪怕一点点外部扰动也会触发这个系统的局部脱离平衡态,迸发出太阳风暴级别的电磁辐射。科学家们，我这样说没有错吧?"

"将军，你的说法完全正确，可是近来我们并没有观测到太阳表面遭受过什么外来物体的撞击。"阿松桑反驳道。

就这样，会议渐渐变成了众人针锋相对的争执，蔓延其中的火药味越来越浓。

当讨论进入到第三天，会场气氛越发地沉闷。正在台上演讲的是墨西哥人德纳佩纳，他是一名玛雅文化的宣扬者。

德纳佩纳穿着一身满布星辰纹路的怪异披风，目光灼灼地注视着台下，情绪激昂地高呼着:"这是太阳神的震怒! 予以无知人类愚蠢行径的惩戒! 至高无上的太阳神用阳光创造了世间万物，而渺小而贪婪的人们却企图屏蔽神的恩泽，这是何等荒谬可笑。面对这从天而降的灾难，人类唯有用玛雅历法中盛大的祭祀向太阳神乞求宽恕，原谅人类的罪恶——"

墨西哥人惊世骇俗的言论并没有激起台下昏昏欲睡的听众多少反响。然而突然间，不知会场中谁声音颤抖地惊呼了一声:"我的神啊——快看窗外!"。

这一刻，所有人的目光全都投向了窗外，出现在他们眼中的是一幕不可思议的超现实场景。

一艘圆盘形的银色飞碟不知什么时候降临在了联合国大楼外，静静地悬浮在上千米的高空中，通体散发着耀眼的光芒，就如天空中的另一个太阳。

这艘从天而降的飞碟来历很快得到了确认。根据地球上还运行着的最先进的太空望远镜捕捉到的画面，神秘飞船是从地球与太阳之间的一个区域里凭空浮现而出，而后悄然进入大气层，径直降临在纽约的联合国大楼前。飞碟整个出现过程让人匪夷所思，在广袤的太空中稀薄的星际物质在某种未知的力量牵引下，飞速汇拢在了一起,如有一双无形的手在堆砌沙雕一般,最后聚合出了一艘有着流线型轮廓的飞碟,是的,这一过程很像是人类的3D打印机,只不过这台超级3D打印机就是宇宙空间本身,而操控它的人无疑拥有着人类无从理解的非凡力量。

就在所有人都陷入不知所措的惶恐之时,联合国大厦的射电天线接收到了一束来自飞碟的无线电波,无线电波中以人类的方式编码着一段中英文讯息。

这段讯息的内容非常言简意赅:地球文明,你们好。请派出一名代表走到飞碟下面,我们希望与你们进行一次交流。

面对这样的讯息,紧急应对委员会立刻召开了一轮有关人选的商讨。最终,这一事关地球命运的重任还是落在了格雷格身上。

在夕阳西下的黄昏时分,格雷格身着一身笔挺的西装,缓步走出了联合国大楼,心情忐忑地走向了飞碟。在他身后的大楼中,众多训练有素的狙击手的瞄准器正跟随着他的脚步,地球多处的核弹都已定位着飞碟。然而这些在格雷格看来都毫无意义,唯一能让他感到一丝心安的是,此刻嵌入他身体中的"生活助手"芯片仍在工作,这能够让他随时连入地球网络,并向全世界直播他与异星人接触的全过程。不过他拿不准"他们"是否会不高兴他这样做。

他来到了飞碟之下,抬头仰望着头顶上的圆盘。整个圆盘涌动着幽幽的蓝色波浪,如同一片波澜起伏的海面。

就在他恍神间,身旁浮现出一位身着宇航员连体服的人,四十多岁的年纪,相貌介于普通与俊朗之间,他正神情慌张地打量着四周环境。看上去这位中年人对自己突然出现在飞碟下面感到非常无所适从,但很快,对方镇定下来,开口道:"格雷格秘书长,你好。"

"你是——"格雷格疑惑道。

"我叫宁天穹,以前一直生活在地球云网中,我见到过你,在每一年的跨年晚会上。"

格雷格点了点头，对方应该和自己一样也是一个人类，"你是一名宇航员？"

对方还没来得及回答，格雷格就像被飞碟底部的幽蓝的海水吸引住似的，双腿猛地离开了地面。

他感到自己的身体就如一片羽毛，轻盈地飘向了飞碟，接着如同穿过一张气泡的表膜一般，毫无阻碍地进入了飞碟内部。

那位中年宇航员也与自己一同进入了飞碟。

呈现在格雷格面前的是一个奇异的界面，他与中年宇航员孤立无援地悬浮在一片白茫茫的空无一物的世界中，这让习惯了实体的他感到了一种失重般的眩晕感。

恍惚之间，在离他不远的地方浮现出一个人形。出乎格雷格意料的是，出现在自己面前的也是一个具有人类模样的生命体。更让他惊讶的是，对方身着一套19世纪欧洲贵族常穿的黑绒礼服。

"格雷格、宁天穹，你们好———"对方绅士般彬彬有礼地向俩人行了一个鞠躬礼。

格雷格愣住了，精通数门语言的他立刻辨识出了对方使用的是标准的德语。

"你是……人类？"格雷格疑惑着用德语开口道。

"当然，我出生在地球，并在地球生活了六十二年。"对方微笑着回答道。

"后来离开了？"格雷格听出了对方的弦外之音。"是的。"对方似乎并不急于说出离开的原因。

"可以请教阁下的名字吗？"被称作"宁天穹"的中年宇航员问道。"当然，我的全名叫路德维格·玻尔兹曼。"对方回答道。

这个名字让宁天穹稍稍愣怔了一下，然后震惊地点了点头。

　　路德维格·玻尔兹曼——这对格雷格是一个完全陌生的名字，但他体内仍在工作的"生活助手"迅速地从数据库中调出了这位玻尔兹曼的生平。他"曾经"是19世纪后半期奥地利杰出的理论物理学家，热力学和统计力学的奠基人，提出过一连串赫赫有名的物理理论。尽管这些艰深的物理名词已经超出格雷格的认知范围，但从资料中物理学界对他的评价可以看出，这位玻尔兹曼无疑是那个时代一位极具开创性的大师。在资料的最后还附着一张黑白照片，照片与眼前的人的确是同一个人。只不过与黑白照片中那一位眉头紧锁、心事重重的中年人不一样的是，眼前的这位来客显得从容而淡定，明亮的目光中盈满了岁月沉淀下来的豁达与睿智。

　　"阁下真的是路德维格·玻尔兹曼，一百多年前那一位奥地利物理学家？"格雷格问。

　　"是的，看来你已经查阅到了我的资料。"

　　"可是，阁下不是已经在1906年……自杀身亡，难道你并没有死？"

　　"当然，我并没有死，我的意识在自杀前被转移到了宇宙云网中。"

　　"宇宙云网？"格雷格愕然道。

　　"我使用了你们能够理解的词汇。是的，很像是你们在地球上构造出的云网络，你们身处的宇宙很早以前就被更高的文明改造成了一张更为巨大的云网。他们在宇宙各处安置了无数的格点处理器，用于实时存储与运算数据，我们看到的普通恒星、超新星、脉冲星、黑洞，都只是一个个功能不同的格点处理器。"

　　"你的意思是外星人用形态各异的宇宙天体构建出一个广博的网络……"格雷格艰难地跟上对方的思维。

　　"是的，一个高等文明进化的最终极形态无疑将是告别了笨拙臃肿的实体之躯，将他们的广阔意识上传到更加广阔无际的宇宙网络上。"玻尔兹曼说，"与此同时，云网中的智慧掌握了量子纠缠的超光速通信，能够通过遍布宇宙各个角落的格点瞬时打印出任何实体，这样我们的意识可以随心所欲穿越广漠的宇宙空间操控3D实物，于是从你们的视角看，我的飞船像是从空无一物的外太空突然浮现了出来。"

"原来外星人已经上传到网络，难怪我们一直无法找到他们的踪影。"宁天穹恍然道。

玻尔兹曼微微一笑，"人类很难想象得到，浩瀚宇宙中亿万恒星散发出的炽热光芒，黑洞与类星体辐射出的各种射线，包括此刻投射在你视网膜上星星点点的光子，以及穿过你身体的中微子光流，都蕴藏着哪一位外星生命一丝半点的数据。而我们的太阳恰巧也是这样一张阔大网络的一个计算格点。"

"太阳……计算格点，太阳系的……其他天体呢，还有我们人类……"格雷格感到一股深深的无力感。

"你们应该清楚，太阳的质量占据了太阳系总质量的百分之九十九点八，其他天体的总和还不到太阳系的百分之零点二，那些相比太阳微不足道的行星、卫星、彗星，以及地球上更为渺小的生命，仅仅只是太阳漫长计算过程中产生的一小串冗余数据，而整个人类文明从太阳获取的所有光和热，只不过是太阳计算过程中生成的一小撮数据流。"玻尔兹曼继续不动声色地说。

"你的意思是我们的光幕……"格雷格有气无力地嗫嚅道，他已经差不多猜到了答案。

"是的，你们的光幕已经足够大，吸收了太多的太阳光，阻挡住了宇宙云网计算格点的输出，大约在人类时间的半年前，宇宙云网的一位底层网络管理员无意间发现有一个计算格点总是出现数据包丢失现象，这引起了他的注意。他调出了这个格点所在星域的历史影像资料，很快弄清楚了其中的缘由，原来是计算格点附近一颗微不足道的行星上极其偶然地迸生出一支自称为人类的智慧种族，与宇宙间大多数文明的发展轨迹相似，这支种族在不大的行星上创造出了低端的实体文明，然而行星上捉襟见肘的能源储备成了他们文明发展的桎梏，于是他们开始着手建造包裹他们恒星的人造工程，最大化地截取恒星能。这一位底层网络管理员在观察清楚这一切后，启动了计算系统的纠错指令，太阳爆发出一束电磁爆摧毁了你们的光幕。"玻尔兹曼平静地说道。

格雷格与宁天穹都愣怔住了，久久说不出话来。

与此同时，飞碟外地球上百亿的人类通过网络直播收看到了玻尔兹曼与两人的交谈，所有人都被玻尔兹曼带来的全新观念震撼住了，过去人类所认识的那个看似随意的宇宙就此坍覆了。在一个焕然一新的宇宙图景中，广袤的时空一点也不空寂，与之相反，一个波澜壮阔、被精心设计过的宇宙，就如同高峰时段车来车往的立交桥一般喧嚣而拥挤不堪，横冲直撞其间的每一个粒子、每一个原子、每一个电子、每一个夸克，无不携带着滚滚信息，这些隐秘的信息无时无刻不在流动、传递，涟漪般散播在整个浩瀚时空中。而更让人难以接受的是，人类过去孜孜寻觅的外星种族或许并不是远在天际，而是近在咫尺地蜷伏在我们太阳系内，以数字化的编码栖身于那些川流不息的璨璨光流之中。而这一切，人类触手可及，却全然无从去感知与理解。

人类在宇宙中的处境就如一群不知天高地厚的蚂蚁，盲目地爬行在一个遍布服务器的机房里，曾经整天兴冲冲地想要寻觅别类生命，服务器里兀自运作的程序当然不会理会它们，只是，当有一天蚂蚁们无意识地咬断了网线，破坏了信息的通畅交流，机房中值班的网管察觉到了这个状况，于是掏出一罐杀虫剂要清除掉蚂蚁……

"你们还好吗？我能继续我的讲述吗？"玻尔兹曼关切地问道，

在飞碟超现实的环境中，他的声音听起来很是缥缈。

格雷格回过神来，茫然地点了点头，"你的意识是如何上传到宇宙云网中的？"

玻尔兹曼微笑着回答道："发现地球文明的那位网络管理员依照惯例快速地梳理了一遍人类的历史，他在浩如烟海的历史影像中搜索到了熵函数的发现者，也就是我。云网有一个特别的传统，对于宇宙间每一个文明中第一位独立发现熵公式的个体，云网都将对其进行一次嘉奖，邀请他加入云网。于是，这位管理员穿越到了1906年的奥地利，找到了准备自杀的我，然后将我的大脑取出，并对大脑进行一番改造，最后驳入了宇宙云网中。"

"你已经成了宇宙云网的一员，"宁天穹酌量着开口道，"而你此刻来到地球的目的又是什么？"

玻尔兹曼并没有立即回答他的问题，而是讳莫如深地将话题转开了，"你们有没有考虑过，戴森球其实是一个明显的悖论。"

"我不明白你的意思。"宁天穹一怔。

"道理很简单，我们假设戴森球是宇宙间普遍存在的。同时，宇宙间也普遍存在各种高等文明。那么这些文明理应早已将其所在的恒星包裹成戴森球，然后总有一些以邻为壑的具有侵略性的文明会如瘟疫般逐渐扩张到邻近的恒星。如此一来，绝大部分恒星都会消失在人类的视界中。可是地球人为何仍然能够在夜空见得到满天星辰？你不觉得，宇宙之中一定有某种机理阻止了戴森球的形成吗？"

"这个机理就是你们宇宙云网？"宁天穹惊恐地说出了答案。

"是的，宇宙云网为了保持网内数据流畅的传递，会阻止每一次试图将恒星变成戴森球的行为。"

"就像你们摧毁我们的光幕那样，接下来你们……将要惩戒我们阻碍云网的行为?"格雷格的声音由于恐惧而变得剧烈颤抖。

"不,事情并不是你想象的这样。"玻尔兹曼耸了耸肩,"在宇宙过去的历史中也曾有过很多次新生的智慧文明在成长过程中无意识地破坏云网格点的事例,从始至终云网对于这种行为态度都是宽容的,甚至可以说是非常欢迎的,因为云网将对这些智慧文明提供放弃实体生存整体驳入云网的机会。当然,云网将首先评估出你们种族的特性,判断其是否达到了云网的驳入标准。"

"如此说来,我们也有可能驳入云网? 评估的标准是什么? 人类能否通过?"格雷格难以抑制住激动。

玻尔兹曼脸上浮现出一丝意味深长的笑容,他并没有直接回答格雷格的问题,"在我告诉你结果之前,还是先让我给你讲述一个故事,这个故事是我在宇宙云网中的一段真实的经历。云网对人类的评估结果就蕴含在这个故事里。"

"一个故事——"格雷格颇有些失落地沉吟道,此刻的他非常急迫地想要知道评估结果。

"故事有些长,两位可以放松自己,坐到沙发上听我慢慢讲述。""沙发?"格雷格疑惑环顾空空如也的四周。就在这一刻,他身旁的空气中浮现出了两张阔大的沙发。他与宁天穹忐忑地坐了下来。

待俩人坐定,玻尔兹曼开始了讲述。

18. 宇宙云网

当玻尔兹曼缓缓睁开双眼,惊奇地发现自己站在了一艘人类大航海时代才有的独桅帆船上,庞大的三角形白色风帆高高扬起,宽阔的甲板上还站着之前与自己交谈的那位复眼人,帆船静止一般飘浮在一个晶莹的气泡中,气泡正在平稳地向前跃进。透过透明的膜,玻尔兹曼见到了一片茫然无际的澄蓝世界,不计其数的光点如同五光十色的鱼儿般翩翩游摆其中,似乎又如万花筒般组合出某种玄奥神秘的意象,这一切犹如童话中如梦似幻的海底世界。

"这里是你说到的那个位面?"玻尔兹曼愣怔着开口道。

"是的,你已经来到了我们的位面,现在正航行在我们位面深层空间中,你现在看到的是我们位面的真实景象以你所能理解的形态在你眼中的三维投像。"复眼人平静地说。

"这里已经不是我之前生存的宇宙。"玻尔兹曼猛地意识道。

"不,这里与你生存的是同一个宇宙,"复眼人意味深长地笑了笑,"这个世界完全搭建在你们能见到的宇宙物质之上,但是这个世界存在的维度你们又无法感知。打一个比方,这样的关系就如你的思维存在于你的大脑沟回中,你打开颅腔并不能找到思维,但思维却是真实存在的。"

"你的意思是,我现在置身于一个仅仅依靠想象而存在的虚拟世界中。"

"或许你可以这样认为。"复眼人缓声说道,"你可以把整个宇宙的所有天体想象成一个大脑的无数脑细胞,我们身处的这个世界就是运行在这个大脑中的一个梦,一张巨大的网络。"

"所有的天体?"玻尔兹曼怀疑自己听错了。

"是的,近乎所有天体。除了少数云网诞生之前的类星体。"复眼人不动声色地说。

"为什么要构造出这样一个横贯宇宙的网络?"玻尔兹曼困惑道。"这涉及计算的本质,你应该能理解,按照你发现的热力学熵增定理,在宇宙中,大到恒星的运行,小到微观粒子的碰撞,都是一次次不可逆的计算过程。"复眼人注视着玻尔兹曼。

"不可逆……你们并没有掌握阻止宇宙熵增的科技?"

"是的,熵增原理是我们这个宇宙中亘古不变的物理桎梏,哪怕任何一次微小的运算也是一次不可逆过程,意味着能量的消耗以及熵量的增加,站在全宇宙的高度,我们宇宙的能量与物质的总量是一定的,甚至可以计算出宇宙能够拥有的最大信息量。而不加节制的熵增必将导致宇宙加速走向热寂,因此,高等文明必然会选择更为合理的低熵增计算方式去延续自己的文明。"

"于是——"

"于是宇宙最初的文明构建出了一个网络,一个物理底层构筑在了物质微观尽头的量子极限之上的网络,网络最低限度耗能的计算方式与宇宙自身的运行已是浑然一体,在现有的宇宙中,不会再存在比这更加本原的计算方式。相比之下,你所在的文明的计算方式还停留在蒸汽机的水平,即使在一百多年后的此刻,你们的文明仍只是停留在半导体器件的水平,通过操控纳米尺度上一大簇半导体电子的迁移去完成一比特运算,很是粗糙,换句话说,你们的文明从诞生起始所做的一切,无非是在我们构建的计算云网络上搭便车。"

那一刻的玻尔兹曼呆立在原地,尽管他的一生都致力于研究物理世界的复杂度,但复眼人揭示出的这个世界的复杂度已经远远超出他的理解与想象。

正在玻尔兹曼陷入恍思之时,甲板上的复眼人伸手轻轻一指。一束白光从他的指尖迸出,穿过薄膜,在气泡正前方幻生出一面巨大的银亮色二维长方形,方形内翻涌着炫目的波澜,像是通往另一片时空的星际传送门。

"现在我们要去哪儿?"玻尔兹曼问道。

复眼人抬眼平视着前方,无数只的复眼放射着炯炯的目光,"我带你去领略我们宇宙云网最初是如何创造出来的。"

玻尔兹曼还来不及做出回应,气泡就带着他们陡地穿过星门,飘浮在一片混沌未开的虚无中。刹那间,一团无比耀眼的大火球破空而出,如同绽放的烟花般暴涨着扩散开来。

"我们的宇宙诞生于这一次无中生有的大爆炸。"复眼人开口道。

玻尔兹曼愣愣地点点头,他眼中的图像飞速地被切换着视角,在放大了无数倍的画面中,他看到无数微观粒子剧烈地作用,嬗变成全新模样的粒子,新的粒子紧接着热烈地参与反应,形成更加纷乱的粒子羹。

这完全是他的热力学第二定理一次直观的演示,一切都在沿着时间的箭头从低熵向高熵跃进。

"你看到的是微观层面上,夸克、玻色子、质子、中子、中微子、正负电子轮番登场,相互碰撞,最终在大爆炸的三十万年后,结合成了中性原子构成的气态物质。"在复眼人冷静的话语中,玻尔兹曼见到这团膨胀的炙热红色火球终于平静了下来,沸腾的物质渐渐冷却,变成一团团浓度不均的气体云块,逐步在自引力作用下凝聚、坍塌,并缓缓地旋转了起来,在这些云块的中心渐渐呈现出不断加深的红色,最终,一颗颗刺目的星体从巨大气体盘碎裂而出,拥挤地闪耀在广袤的宇宙中。

复眼人的声音再次响起:"你看到的是在宇宙大爆炸两亿地球年后第一批恒星婴儿潮,第一批诞生的恒星是被你们人类称之为类星体的巨型恒星,这些类星体的质量足有你们太阳的数百倍,因此星体内部的燃烧十分激烈,仅仅在几百万地球年的时间里就耗光了体内的氢燃料。由于这些恒星全部具有超过你们太阳十倍的质量,因此它们全部在死亡后坍塌成了黑洞———一个密度无限大的奇点。"

"只有几百万年的恒星?"玻尔兹曼有些惊讶地说,他所处时代接收到的天体知识让他对恒星并没有足够的了解,但直觉告诉他这样的恒星寿命太过短暂。

"是的,只有几百万年时间,然而就是在这并不算长的时间中,生命幸运地出现了。"

"生命?"

"是的,你注意看这些恒星的周围。"复眼人说。

玻尔兹曼的视角迅速转换了起来,飞快扫过一颗接一颗的恒星,他见到了这些恢宏的恒星创生又熄灭,在转瞬的一生中除了最后坍塌为阴冷黑洞外没有留下任何痕迹;还有一部分恒星在从气体盘中孕育而出时,剩下的的物质围绕着新生恒星开始了一系列激烈的变化,在恒星光芒的搅拌下,聚成了行星,行星慢慢演变,渐渐有了些许生气,然而,行星上还来不及发生太多改变,就在恒星的死亡爆炸中灰飞烟灭。

就这样，玻尔兹曼目睹到了无数恒星的生死轮回，却没有丝毫生命的迹象。

终于，他在一颗恒星的周围见到了不一样的景象，在一团黄色的气态行星中，一条条莹白色的条纹状的生命在混沌中诞生，犹如带着电弧的鳗鱼款款摇曳。紧接着，玻尔兹曼惊讶地目睹到，气态行星在恒星抛散出的频繁而炽灼的热浪激发下，其中的微小生命飞速演化，进化成固态生命，最终这个种族达到了其文明的一个高峰，建造出了能够星际远航的飞船，漫无边际地穿梭在宇宙中，甚至具有了搬动恒星的力量。

"你看到的这个种族就是我们宇宙的第一批文明，这个种族在《大宇宙百科全书》中被尊称为'先创者'。成熟起来的先创者差不多掌握了这个宇宙全部的物理奥秘，已遍布宇宙各处的他们开始忧虑起宇宙的未来。"复眼人说。

"宇宙的未来?"玻尔兹曼好奇地问。

"是的，原理很简单，先创者担心文明频繁的实体活动将给宇宙造成过度的熵增，在他们看来，自己文明虽然无法避免熵增的发生，但是他们能够降低熵增的速度。于是先创者决定动手改造宇宙的形态，搭建出一个可供他们意识漫游其间的低耗高效的网络。"

"先创者究竟做了什么?"

"当时的宇宙布满了行将坍塌的类星体，这些类星体一旦发生坍塌，星体庞大无匹的质量会在瞬间被压缩到一个无限小的奇点上，形成宇宙的第一批黑洞。于是，先创者在初生的黑洞中植入了计算程序的种子，这些幼小的黑洞开始随先创者的指令生长起来，它们迅猛地吸收宇宙间的气体、尘埃云与暗物质，在自身体积不断膨胀的同时，黑洞外缘还形成了一圈围绕着黑洞视界高速旋转的环状物质云——你们称其为吸积盘。在黑洞潮汐般的引力与X射线的共同作用下,吸积盘中的气体快速凝聚成团,流水线般创生出一个个精妙的量子计算机。这些量子计算机就是你们今天所见到的亿万恒星,而作为恒星摇篮的黑洞就是你们今天观测到的位于每个星系中央的超级黑洞。"

"真是匪夷所思,没想到吞噬万物的黑洞竟是宇宙云网最初的建设者。"玻尔兹曼惊诧道。

"在黑洞的推动下,不断诞生的星辰就如同一点点地搭积木,最终搭建成了今天你们见到的密如网状、秩序井然的宇宙,一百三十亿年来这个宇宙中亿万星辰又孕育出不计其数的文明。而如今,你们看到天体的形态与分布之所以是这样,完全是由云网信息的传递模式决定的。"

复眼人的回答让玻尔兹曼久久呆立在原地,他一时还无法完全理解这话语中的深层次含义,但他能感觉到对方寥寥几语已经道出了宇宙网络存在的根基,这也是大千宇宙之所以会呈现出人类今天所能观测到的形态的本质原因。

复眼人继续说道:"你们能观测到宇宙中的电磁波、中微子、引力波,俱是宇宙云网中奔突的信息流,其速率与强度遵循着具体的通信协议。光速当然也不是信息传递的极限,有些高优先级信息完全可以超越光速,比如两个处于量子态纠缠的粒子携带的信息即可以超距离瞬间交流。"

"这些数据流承载着先创者的意识?"玻尔兹曼的思维艰难地跟上对方。

"你的直觉很对,但先创者只是云网的建造者,在云网建立后的上百亿年间,不断有新生种族接触并驳入了云网络。"

"还有其他外星种族生活在这个界面?"玻尔兹曼诧异道。

"当然,我就是其他外星种族的一员,在云网络中担任最底层的普通管理员,负责监控一大片星域网格的运转。以你们的时间概念,我们的种族大约在两千多万年前整体驳入了宇宙云网络。"复眼人说道,"所有文明在向高等文明演进的过程中都会走向吸汲恒星能量的阶段,这都将影响到云网络的正常流转,云网络会对其进行干涉,并有选择地邀请这些文明驳入云网。这样一来,宇宙中所有发展至高端的文明大部分都栖身在了这一个界面。"

"所有的文明都从实体宇宙转移到你们的界面,可是离开了物质界面……文明拥有的一切岂不都是空中楼阁?"玻尔兹曼忧虑地问。

"不,地球人,你们理解错了,我们生活在一个充满了物理限制的宇宙,这些条条框框的物理规则与常数,在我们宇宙大爆炸之初的那次创世的真空涨落中就已然决定,我们无力去更改它们,但我们可以用我们无尽的创造力在这些物理法则之上创造出一个更绚丽生动的世界。相较物质而言,创造力与想象力才是文明前进的更为重要的推动力。"复眼人说,"好吧,让我带你领略一下不同文明在云网中的生活。"

玻尔兹曼似懂非懂地点了点,这一刻,气泡带着他们再次穿越了星门,回到了宇宙云网的界面。远处密密匝匝的光点熠熠闪耀,如同繁花丛生的梦中梦一般。

气泡疾速向前飘飞,飞速驶近其中一个光点时,他才惊奇地发现光点竟是一个半径至少上万公里的几何体,这座硕大的几何体难以置信地呈现出一种极端抽象的拓扑结构,就如同一团以超现实手法揉捏出的巨型五彩纸团,复杂、优雅,而不失协调。这时气泡飞速掠过星球表面,玻尔兹曼见到了一大群光怪陆离的建筑群,这些扭曲的建筑就像是竞相盛开的花朵,还在飞一般地成长,炫目的花纹与符号飞舞在空间中,整个星球就如同是一件浩大的精妙绝伦的艺术品,每一个细节似乎都包含着无限可能的创意。

在梦境一般的建筑群中,玻尔兹曼惊奇地发现有一只形如水母的琥珀色巨大生命体正灵动地游弋其中,在他游经的路径上,新生的奇异建筑如积木般铺成开来,他应该是这些建筑的创造者,玻尔兹曼心想,这多少与地球上的涂鸦艺术家有几分相似。

"这是什么?!"玻尔兹曼惊叹道。"我们世界中生命栖息的星球。"

"可星球怎么可能呈现如此怪诞的形态?"玻尔兹曼疑惑道。

"这里面并没有引力,也没有电磁波,这个世界的人们完全可以依照自己的喜好构造出形态天马行空的星体。不同生命群体聚集在形态各异的星球上,生命体可以随心所欲塑造自己栖息的星球,有的生命种族喜欢热闹,上万生命体拥挤在一个星球,也有生命选择一个人离群索居在一个星球上。"复眼人平静地说。

"云网生命过着怎样的生活?"

复眼人并没有立刻回答他。

正在玻尔兹曼恍惚之时,复眼人开口说道:"云网中的生灵作为高度自由的个体,尽可以恣意挥霍不朽生命,他们可以四处漫游,或是专注于艺术创造,甚至追求个体爱情,当然,也有大量生命体选择研习更为实用的技能——魔法。"

"魔法?"玻尔兹曼愕然道,他不敢相信自己的耳朵。

"是的,我检索了你脑袋中所有的人类词汇,如果选择最为贴切的词语描述这种构筑我们世界的技能,那么,这一个词语无疑就是'魔法'。至少在我们这一层云网中,无处不在的魔法元素主宰着我们的世界运行,每个生灵都是天生的魔法师,我们只需要随意施展出一个小小的魔法,就能凭空创生出世间万物,也能轻易地让万物随心而动,还可以让魔法成为攻击别人的武器。"复眼人继续风轻云淡地说着,"当然,从你们存在的物质层面去理解,精湛绝伦的魔法只不过是复杂的数学算法。"

"数学算法?"玻尔兹曼震惊道。

"为什么不是数学算法呢?"复眼人露出了一丝高深莫测的笑容,"云网中除了上载的意识之外皆是无生命的程序,先进的数学算法能够创生出强大的程序,强大的程序最终以神乎其技的魔法呈现在我们眼中。如果把你所在的世界认为是物理科学界,那么我们云网的第一层则可以称作数学魔法界。云网是一个完全开放源码的操作系统,所有生灵尽可以自由研习魔法,然后将自己的所成如打补丁般加载于云网。"

玻尔兹曼呆呆地立在原地,作为一名精通数学的物理学家,他开始有些理解复眼人话语中的奥义了。永恒的数学法则独立于时空之外,自己所在的宇宙只是数学所能描述的诸多世界的一个子集,而生活在虚拟化云网中的生灵可以自由地创造数学魔法,无限拓展云网的边际……

19. 云端之战

"你能想象我所描述的宇宙云网的世界吗?"玻尔兹曼停下了讲述,微笑着注视着格雷格。

"我倒能够想象,"格雷格愣怔着从倾听中猛然回过神来,"或许与我们地球上的云网世界有着几分相似,很多社区都是由魔法元素主宰。"

"好吧,我继续我的讲述。当我的意识进入云网,在云网中有过一段很长的漫游经历,去到了很多地方,学到了很多知识,也经历了很多事,但最为重要的是亲身经历了第二次银心战争。"

"第二次银心战争? 宇宙云网中还有战争?"格雷格惊奇道。

在复眼人的陪伴下,玻尔兹曼乘坐着独桅帆船在云网世界中漫游。有一天,他们穿过星门来到了一个别样的时空。

驶出星门的瞬间,玻尔兹曼被眼前的景象惊呆了,一场蔚为壮观的星际大战正在广漠的空间中上演。遥遥望去,爆裂的蓝白色光芒一波接一波地绽放,如同漫天飞扬的晶莹天鹅绒。而视野中最为醒目的还是战场正中央一颗巨大的银光闪闪的星球,形状很像是一枚别致的海螺,一圈圈螺旋而上的光斑闪耀在星体表面,无形中给人一种这颗星球还在向着未知的方向迅猛生长的震撼感。

他们的独桅帆船直奔向激战正酣的战场,透明般穿行在此起彼伏的冲击波中。玻尔兹曼终于近距离地看清了交战的双方,一方是形象整齐划一的机械人,这些全身散发着冷酷金属光泽的机甲战士骑着一种像是比目鱼的半机械生命体,手持炫目光剑,他们全来自身后的那个海螺状星球———可以看到同样装扮的机甲战士还在从海螺星中不断鱼贯而出。交战的另一阵营则显得人数更为庞大,成员的形象也要驳杂许多:身形魁梧的树人、长着翅膀的精灵、身披盔甲的骷髅人、长相酷似蜥蜴的肌肉战士……还有无数玻尔兹曼无法用语言形容的云网魔法师骑乘飞鸟、翼龙或是单人飞艇,手持奇形怪状的武器,数十人聚成一圈,一同围攻一个机甲人,他们施展出形状变化万千的魔法光束,将机甲人死死地束缚在一点,而机甲人以更高的频率奋力挥舞光剑,左砍右挡,光芒四射。

在云网的漫游经历让玻尔兹曼心里明白,此刻自己看到的一幕并非完全真实,而是玄奇高深的云网幻境在自己潜意识激起的一种镜像,以人类能够理解的形式呈现在他的脑海中。

但这一幕幕惊心动魄的战斗画面让玻尔兹曼很是热血沸腾,他不由想起北欧神话中诸神混战的场景①。很难想象,发生在另一个异时空的宇宙大战竟与人类的远古神话有着几分相似。

"这场大战爆发于两万多地球年前,这也是距今最近的一场星际战争,史称'银心之战'。交战双方是闪族与反闪族盟军,你看到的机甲人就是闪族。"复眼人不动声色地说道。

"云网怎么还会有战争?"玻尔兹曼不解地问。

---

①指北欧神话"诸神的黄昏"这一预言中的一系列巨大劫难,包括造成许多重要神祇死亡的大战以及无数的自然浩劫,之后整个世界沉没在水底。经过漫长的沉沦后,幸存的神与两名人类重新建立了新世界。

"说来话长,战争的缘起可以追溯到闪族生命的起源。"复眼人解释道。

在复眼人的话语中,一段栩栩鲜活的影像流入了玻尔兹曼的意识中,他见识到了闪族文明离奇的前世今生。

闪族最初诞生于一个环境极端复杂多变的脉冲双星系,一颗主星与一颗伴星相互围绕对方高速旋转,就如一对动作娴熟的双人舞者,舞者的舞步会在旋转中越来越快。这样一来,两个星体庞大的质量急剧拉扯时空将鼓荡出骇人的引力波。与从太阳光中获得能量的地球文明不同,闪族是一种引力波生命,他们闪电般穿梭在双星之间狭窄的星域,驾驭自己的身躯在时空震荡的海啸中维持平衡,在吸汲引力波能量的同时,又要避免坠入脉冲星星体引力的旋涡,因此闪族想要存活下去,必须精准无误地计算出双星系内瞬息万变的引力分布。久而久之,计算成了他们种族的图腾,以至于闪族在整体驶入云网后仍未放弃对于计算过于偏执的追求。为了获得更强大的计算资源与速度,他们偷偷在云网众多计算格点中安置了很多木马病毒,疯狂抢占格点计算资源,使得他们思维的主频远远高于云网其他种族。这样一来,他们在独立的小王国里逍遥地享受着超频的快感。

猛然间,视野跳转,玻尔兹曼又回到了喧嚣鼎沸的激战现场。"闪族的行径真是疯狂!"玻尔兹曼感叹道。

"最终,闪族卑鄙的计谋还是暴露了,别的文明对其发出了多次严厉警告,然而闪族依旧我行我素。所以,就如我们现在所看到的,云网中几百个文明种族组成了声势浩大的反闪族联盟,前来武力征伐闪族。"复眼人顿了顿,"好了,玻尔兹曼,现在就让我们加入激战中去吧。"

玻尔兹曼还没反应回来,就发现自己变身为了一位身形英武的独眼骑士,身披闪亮的黄金盔甲,手持一柄雪亮的锋利长矛,骑着一匹八足的白色独角兽。这是北欧诸神之王奥丁,他恍然意识到。而身旁的复眼人则化身为了雷神托尔,一头飘逸的长发,满脸红胡子,一袭红色披风,手持一柄大锤。

果然不出玻尔兹曼所料,宇宙云网以他脑海中假想的北欧神话作为背景元素复原了这场战争。

玻尔兹曼跟着复眼人冲向了最近的一团厮杀人群,只见被众魔法师包围的这一名闪族机甲人已有些疲于应接,挥剑频率逐渐减缓,冷不及防地就被一束魔法光波击中。复眼人对着机甲人用力地掷出了"雷神之锤",神锤狠狠砸中对方头颅后又弹回到复眼人手里。这一刻,玻尔兹曼的战斗激情也被点燃,他奋力地舞动起"永恒之枪",猛刺向了机甲人。在遭受了连续数次"神器"的打击后,这名机甲人直接爆裂开来,化成齑粉。

玻尔兹曼并没有停止进攻,他又奋勇当先地加入盟军魔法师对其他机甲人的合围中。

逐渐地,盟军人数的优势显现了出来,还没被歼灭的机甲人再也招架不住围攻,他们纷纷放弃了对抗,丢盔弃甲地退缩回了自己的老巢——那一颗形如海螺的银色星球。

盟军并没有乘胜追击,而是将浩荡的魔法大军分散开来,团团包围了海螺星。

玻尔兹曼也驾着独角兽抵达了海螺星外。突然间,他惊奇地看到自己胯下的独角兽张开大口,喷出一团湛蓝的魔法光球,而此刻周遭的每个盟军魔法师身体也都焕发出一团团夺目的湛蓝光团。这无数个湛蓝光团有节奏地震颤起来,像是要通力谐振出一曲气势磅礴的时空交响曲。倏然间,一团团光球离开了他们,摇晃着飘向了海螺星,这些晶莹的光球在飘行过程中不断碰撞,迅速融合为一体。很快地，单个光球的体积变得越来越大。最后，所有的光球经过一连串合并后竟只剩下两个，每一个都足有海螺星球大小。只见两个光球从两个方向朝海螺星靠拢，透明般穿过星体，最后如同肥皂泡般合在一起，形成一个更为巨大的蓝色光团，将海螺星整个覆盖在了其中。

"盟军开启了一道魔法封印，"身旁的复眼人开口道，"封印将闪族从盘踞多时的计算格点中一一清除，使他们的计算能力变得越来越羸弱。最终闪族文明将被囚禁在一个运算频率大大降低的时空中，他们从此不再有可能赶上其他种族的进化速度。"

整个闪族就像掉进琥珀中的苍蝇，欲速而永不达，玻尔兹曼在心中感叹道，这真是他们应得的报应。

战争就此结束了。可就在玻尔兹曼的心刚放下的时候，一道金色霹雳陡然划破了蓝色光团，从中跃跳出一只暗红色的庞然大物，他有些不敢相信自己的眼睛：这竟是一只足有海螺星大小的龙形机械怪兽！这一只不知闪族从哪儿召唤来的怪兽挥舞着四只金属巨爪，口中吞吐着混杂闪电与烈焰的冲击波，咆哮着扑向盟军。

玻尔兹曼下意识地扬起长矛，然而机械巨龙的攻击是如此迅疾凶猛，锐不可当。顷刻间，利爪划过，一束汹涌的冲击波化作一匹凶恶的巨狼，张着血盆大口向他迎面扑来，将他的身体猝然撕裂成碎片。

紧接着，他见到自己的意识离开了已经死亡的躯体，如一团半透明的人形气球，幽灵般飘浮在了战场中。与此同时，他惊恐地看到周遭的战场已经变成一片血海，堆满了不计其数的盟军魔法师尸体，到处都是支离破碎的飞舰残骸，全身着火的翼鸟痛苦万状地飞蹿。

尽管玻尔兹曼知道，云网生灵拥有不朽的生命，战死的魔法战士可以选择飘回世界中心复活,那里存储了所有上载到云网的生命的原始数字拷贝。但战争的魔法创伤会对计算格点强行格式化,将使魔法师丧失掉驳入云网以来获得的绝大部分法力,因此即使复活也不再具有战斗力。

于是乎,在转瞬之间,胜负竟以这样匪夷所思的方式扭转了,还活着的盟军魔法师不足十分之一。这一刻,趾高气扬的巨龙停止了进攻,缓缓退回了闪族阵地,如守护神般围绕海螺星活力蓬勃地游弋起来。

此刻,整个云网像是陷入了惶恐不安的沉默,悲壮肃杀的暮色笼罩整个寰宇。一旦邪恶的闪族就此取胜,卷土重来全面掌控云网格点,云网必将跌入万劫不复的黑暗深渊。

而对此自己却无能为力,只能作为一丝空气般无足轻重的游魂,哀伤地目睹整个云网的末日。

"诸神的黄昏。"他莫名地想起了北欧神话里众神无法逃避的悲剧宿命。

这一刻,他见到了身旁同样半透明飘浮着的复眼人。

"刚才究竟发生了什么? 那只凶猛的巨龙究竟是什么?"玻尔兹曼惊恐地问道。

"被逼入死路的闪族不甘心接受失败,竟丧心病狂地动用上了黑洞的力量,完成了瞬间的超频计算。"复眼人皱起了眉头,像是陷入到了一段苦涩、不愿回想的记忆中。

"黑洞的力量? 你是指恒星死亡坍塌而成的黑洞?"

"是的,刚刚在你们生活的物理底层世界中,闪族操控大质量物体迅猛撞击向位于银河系中心的黑洞,瞬间让黑洞变成了一台超级量子计算机。黑洞内部极速完成了一轮运算,破解了盟军的数学魔法封印,紧接着,黑洞输出的海量数据流凝成一只威力骇人的魔法巨龙,猝然扑向了盟军。"

"黑洞除了吞噬物质,还能输出数据?"玻尔兹曼不解道。

"是的,黑洞并不是全黑的,你们文明的霍金教授就曾经证明过黑洞自身也会发出辐射,你们的物理教科书称之为'霍金辐射'。"复眼人解释道,"输入数据以物质的形态作为编码,而计算的结果则藏匿在黑洞的辐射中,由此一来,黑洞即可以实现并行运算。然而需要指出的是,这样的计算过程极具破坏性,被吞噬物质的绝大部分信息将永远消失在黑洞视界之内,仅有一小部分信息能够返回我们宇宙,因此这种粗暴低效的计算方式就如自杀一般,将爆炸式增加我们宇宙的熵,这在云网中是绝对被禁止的。"说着,他突然转过身望着玻尔兹曼,"想不想从你们物理界的视角见识下这场战斗的惨烈?"

玻尔兹曼刚点了点头,他眼前的场景就旋即跳转了。他与复眼人来到了一片犹如印象派油画的奇异空间中,举目四眺,墨黑的背景镶满了一圈圈五颜六色的光环及光弧,他分辨不清这些光圈的远近,形状各异的它们就像凝固于一幅二维画面中,就犹如是熠熠太阳投影在了波光荡漾的海面之上,破碎成了千万个不同颜色的光晕。这些光之涟漪交相辉映,犹如倒影中映耀着倒影,梦境中叠生着梦境。

"我们现在来到了银河系中心,距离你们太阳系二点六万光年外的半人马座 A 星系,这里潜伏着银河系最大也是最古老的一个黑洞。"

"我没想到黑洞竟是这个样子。"玻尔兹曼惊讶地说,他心目中的黑洞外缘应该是一幕狂暴吞噬周围物质的激烈景象。

"我们现在见到的是战争爆发之前的黑洞图景。这个超大质量的黑洞自从一百二十亿地球年前先创者借助其催生亿万星辰之后,在漫长的时间中就一直处于非常安静的休眠状态。尽管黑洞很长时间不再吞灭天体，但它庞大的质量依然还存在，巨大的引力场还是会形成引力透镜，强力扭曲途经此处的恒星光芒，每一颗恒星都会在你眼中呈现出多个镜像，因此你会见到这样一幅瑰丽梦幻的画面。"

复眼人的话音刚落下，玻尔兹曼视野中的景物突然变化了起来，有一只看不见的巨手开始搅动整片星域，二维的画面飞快地跌宕起伏起来，光环的光亮变得支离破碎，摇曳不定，一团团巨型深绿色星体如同幽灵般浮现了出来，还在如滚雪球般越集越大。

"这些是闪族从宇宙别处搜集来的物质球，足有你们的太阳大小。闪族将挪动这些物质球撞击黑洞。"复眼人介绍道。

很快地，一个个物质球摇晃着移动了起来，加速滚向了一个方向，当物质球抵达一个光点时，猛地被一股无形的力量剧烈拉拽，爆裂开来，紧接着，已被撕裂的碎片倏地消失了。与此同时，一个光亮的涡旋逐渐出现在了物质球消失之处，能量的惊涛骇浪喷射而出，绚烂的光芒汹涌绽放。此刻，这一只沉睡已久的宇宙怪兽终于被激活了，饥不择食的它大口吞咽起周围的物质。

一时间，黑洞周边广阔的空间就如褶皱般剧烈起伏弯曲，玻尔兹曼感觉身体也在这畸变的时空中不住地颠簸。

"这就是你们文明在公元2008年观察到的那一次人马座A星系黑洞突然爆发的壮观景象，五千五百万倍太阳质量的物质以及物质所携带的信息被黑洞吞灭，伴随能量的注入，黑洞视界边缘将产生一对对虚粒子对，粒子对的其中一个会掉入黑洞的深渊，而另一个将以霍金辐射的形式放射出来。这样，被吞噬物质的一部分残缺不全的信息经过运算重返了宇宙，闪族调动起物理层宇宙的引力波躯体，迅速地游动在黑洞视界周围空间中，将捕获到的信息凝聚成一柄杀伤力巨大的超级魔法利器。"

"最后盟军失利了?"玻尔兹曼揪心地问。

"你接着往下看。"复眼人未置可否地回答道。

转瞬间,玻尔兹曼又跳转回了宇宙云网,一片狼藉的战场上盟军阵营仍是哀鸿遍野。然而在血色笼罩的战场之上,被冲击得支离破碎的盟军并没有坐以待毙下去,还活着的寥寥可数的魔法师又挣扎着聚拢在了一起,在广袤的空间中缓缓排列成了一个庞大的多边形阵列。待队形排定之后,阵列中的魔法师齐声念诵起了某种咒语,这些微弱的声音如同游动的火苗,逐渐地汇叠在一起,慢慢地壮大。顷刻间,无数道色彩纷呈的魔法光束凭空磅礴而出,汇聚成一个波澜壮阔的魔法阵列。紧接着,魔法阵列飞速旋转起来,瞬息变幻出了一组组如星象般复杂玄奥的图形。一时间,周遭的时空都好似随着这撼人心魄的律动,有节奏地震颤了起来。

他们在积蓄着某种力量!

"他们在干什么?"玻尔兹曼急切地问。

"剩下的盟军战士组成了圣光魔法阵,他们正在努力做最后一搏,尝试一道从未使用过的终极魔法——天神召唤术。"复眼人沉吟道。

"天神召唤术……他们想要召唤出什么?""宇宙云网的先创者。"

"先创者? 他们此刻身在何处?"

"先创者的身影已经在宇宙云网中整整消失了几十亿年,没有人知道他们的确切归宿。对于他们的去处,我们有着很多种版本的传说,有人认为先创者整体进入了休眠状态,直到宇宙熵增到热寂时才会复活,准备以背景微波辐射的方式进行下一轮宇宙。还有人认为宇宙云网络自下而上形成了多层平行结构,先创者从始至终都

生活在云网更上一层。但就像生活在物理层的你们无法感知我们
宇宙云网的存在一样,生活在云网最底层的我们自然无从知晓他们
的生命形态。"

"这一次先创者出现了吗?"玻尔兹曼紧张道。

复眼人没有回答他,玻尔兹曼紧张地将目光转回了魔阵。须臾
之间,一团刺目的湛蓝光球在魔阵前方破空而出,横亘在魔阵与恶
龙之间,荧光球如同一个即将初生的生命,急骤蠕动,似乎只待破茧
而出的那一刻。

而在海螺星一侧,暗红恶龙像是察觉到了什么,开始躁动不安
起来,猛然间,恶龙怒不可遏地扑向了光球。

就在恶龙双爪触碰到光球的一刹那,光球如蛋壳般迅速开裂,
在一道犹如宇宙创生的强光之中,一道金光万丈的阔大人形出现在
巨龙身前。这个奇异的金色人形只具有一个模糊的轮廓,看不见具
体的身躯与脸庞,就像是另一个世界的生命投映在他们时空的一道
光影。

先创者显身了。

面对翩然降临的人形,恶龙猛扑而至的利爪遽然停住了,蜿蜒
张扬的身躯凝滞在了空中,如同被冰冻结了一般。只见凌空而立的
人形缓缓扬起右手,恶龙所在的局部空间立刻如高温熔化的蜡烛般
扭曲变形,龙形迅速地坍裂成碎片,消失在空间中急剧起伏的褶隙
中。

紧接着,令玻尔兹曼目瞪口呆的一幕发生了:他看见融化掉恶
龙的空间还在继续汹涌波动,如时间反演一般又重新聚合成了一只
气势汹汹的巨龙,只是这一次巨龙的身躯调转了方向,狰狞的利爪
朝向了海螺星。

巨龙仰天发出了一声怒吼,猛地飞跃而起,直扑向了海螺星。

机械利爪锐利地切割起了海螺星，在数道耀眼白光过后，星体直接分裂开来，不计其数的闪族机甲人从四分五裂的星体中蜂拥而出，仓皇地四散而逃。

巨龙并没有放过这些落跑的机甲人，它飞速扭转身躯，喷出一团团墨绿的涎液。机甲人一粘上涎液，旋即被引爆，一时间，一朵朵爆裂的蘑菇云升腾在了空间中。

当所有的机甲人都在此起彼伏的爆裂中灰飞烟灭之后，巨龙腾跃着消失在了一道紫色闪光中。

紧接着，远处那个金色人形泛起了层层如水的光波。没多久，人形如水渍般消失于无形。

"召唤出的先创者帮助我们击败了闪族。"复眼人开口打破了沉默，"后来我们才明白，原来先创者使出了一道云网中从未有过的魔法，改变了巨龙所在时空的因果律，使得巨龙反戈相击。"

"改变因果律？这如何办得到？"玻尔兹曼惊诧道。

"云网先创者无疑拥有相比我们的数学魔法更为高层次的法术，"复眼人说，"改变事物的因果法则应该是他们的武器之一。事后我们揣测，先创者或许是通过修改云网的源代码实现了这一法术。"

玻尔兹曼呆立在原地，说不出话来，心中的震撼已是无以复加：在这个繁复的宇宙中，科技的可能性远远超出他的想象。此时此刻，在他身后，恢宏的魔法阵列正在解体，一条条色泽各异的光流向四面八方散去，不同的种族正在返航。

"无论怎样，战争结束了。"复眼人沉吟道，"云网幸运地躲过一场浩劫，然而黑洞造成的巨量熵增已无法挽回。这是云网有史以来最为惨烈的一场大战，彻底改变了云网的格局。在这场末日暴风雨肆虐过后的废墟之上，云网中的所有文明都必须重新审视自己的提升之路,生命不应只是趋利避害的计算程序。正因为这一次沉痛的教训,我们开始评估每一个试图加入云网种族的特性,对于如闪族一般生性贪婪的种族,我们将拒绝其加入。"

20. 审判日

玻尔兹曼结束了他的故事，目光深沉地凝视着格雷格与宁天穹，就像是一位表情严肃的长者。

"我们人类……"格雷格禁不住问道，如梦方醒的他意识到此刻整个人类文明正在接受宇宙云网的试炼……抑或是审判，而玻尔兹曼的故事预示着审判最后的结果。

"可能收看直播的绝大多数观众还是一头雾水，没有从我的故事中得到答案，"玻尔兹曼依旧不动声色地说，"现在就让宁天穹为你们讲述另一个故事，一个过去几年真实发生在太阳系中的故事。听完，我相信你们自然会有答案。"

宁天穹愣怔住了，他能明白玻尔兹曼的用意，这应该也是玻尔兹曼将自己的意识召唤回地球的原因。在迟疑了许久过后，他强压住心中翻腾的波澜，开始讲述起了自己的经历，自己如何一步步得知鹰先生独享光幕能源的真相，又如何与木星基地自由战士并肩作战企图倾覆鹰先生的特权却败走木星，最后木星基地又如何遭受摧毁而踏上茫茫逃亡之路……

在自己的讲述中，宁天穹仿佛又再次经历了这几年的曲折跌宕。渐渐地，他的语调平静了下来，最后，他抬眼凝望着玻尔兹曼，

"我的故事讲完了,玻尔兹曼先生,宇宙云网的决定是……"

事实上,他的心中早已有了答案。

"是的,很遗憾。"玻尔兹曼沉吟道。这一刻,他一直平和的脸庞划过了一种深沉的哀伤,这是作为一名人类个体所表现出的物伤其类的巨大哀伤,"宇宙云网观测到人类在奇点后的生活形态,世界网络的大部分资源被日冕公司垄断,从而判定出人类种族具有与闪族一样贪婪的特性。"

"宇宙云网将要对人类做什么?"格雷格惊恐万分地打断了他。

"你不用太过惊恐,人类并不会因此遭到灭顶之灾。只是云网将用一张完全透明的膜将整个地球包覆起来,让人类无法再离开地球,干扰到宇宙云网的正常运转。"

"一张透明的膜——"格雷格惊恐道,"人类就像是……一只关在笼子里的小白鼠。"

"也不尽然,人类在地球的生活并不会受到影响,只是退回到奇点之前的世界。"

"可是人类的文明将被锁死。"格雷格难过地说。

"不,文明并没有被锁死。"玻尔兹曼说,"一直以来,人类对文明的理解进入了误区。云网评价一个种族文明的高低并非占有物质的高低,而是着眼于这个种族是否能以有限的资源创造出丰富的文明,其实这与我们宇宙中所有种族面临的难题是一样的,热力学第二定理是我们宇宙扑颠不灭的永恒主宰,'在一个有限的时间与空间中,一切与热运动有关的过程都是不可逆的'。我们生活的这个宇宙全息膜内的最大信息量是确定的,所有种族要想避免在宇宙尽头的灭亡,唯有在宇宙热寂之前获得足够的智慧,去解答出宇宙熵增加这道终极难题。"

在玻尔兹曼的话语中,一个"$S = K \ln \Omega$"的方程式浮现于空中,熠熠闪光,犹如一道昭示万物之理的永恒神谕。

这是热力学第二定理方程式,又称为玻尔兹曼公式,"生活助手"提醒格雷格,他似懂非懂地点了点头。

玻尔兹曼继续轻声说道:"另外,你们也不必太过绝望,云网还留给人类一个窗口,一千年后,云网还将对地球文明进行再一次的评判,以甄别其是否达到进入云网的标准。"

"一千年——"格雷格喃喃道,他无法想象彼时的人类是怎样的一个生活状态。

"好了,格雷格,我此行的目的达到了。马上要离开了。再见。"玻尔兹曼向着格雷格与宁天穹挥了挥手,他将作为唯一的地球人在宇宙云网中度过了漫长的时间,与云网中所有文明一同继续努力去探究"熵"的最终极秘密。

"玻尔兹曼——"格雷格想要再说些什么,但在这一瞬,他见到宁天穹消失了,飞船底部的圆盘变得透明起来,自己的身体在一个力场的作用下离开了飞船,孤立无依地飘浮在高空,他惊恐不安地望着头顶上方飞船跳跃式地远去,然后消失在视线中。

最后,他缓缓地降落在了地面。

他怔怔地望着天空,周围的世界似乎并没有发生任何让他可以感知的改变,天空依然蔚蓝,太阳并没有熄灭,远处的联合国大厦依旧巍然屹立。

半个小时后,位于中国海南文昌的宇航中心尝试着向外太空发射了一艘无人探测器,运载火箭冲天而起,紧接着,火箭与探测器分离,探测器开始向着地球外层飞速移动,一切看上去都是那么正常,然而当探测器抵达五千公里的高度时,超现实的场景出现了,在控制大厅的大屏幕上,代表探测器的光点突然凭空消失,与此同时,光点又从地球西半球的外太空蹿出,以消失时的速度直直地冲向地球表面,最后坠落在南美洲热带丛林中,所幸没有人员伤亡。

在这之后,人类又接连向外太空发射了几次探测器,所有的探测器无不在五千公里高空消失,然后从与消失点完全几何对称的地球另一端神奇地蹿出,折返向地球表面。

但与此相反的是,五千公里以外的太空探测器能够毫发无损地返回地表。

由此,人类不得不接收一个可怕的现实:距离地球表面五千公里的一层空间被一种近乎魔法的科技扭曲成了一个诡异的曲面,这个曲面只允许物质从外进入膜内,而膜内的任何实体物质都无法出去,只有电磁波、引力这样的辐射波能够从内部穿透这层膜。

整个人类都陷入了一种从未有过的茫然无措的情绪中,从此以后,他们必须慢慢适应生活在一个半径为五千公里的幽闭玻璃球中。

没过多久,另一则重磅消息又攫住了所有人的注意力:一直下落不明的另半位鹰先生终于浮出了水面,原来他藏身于乌兹别克斯坦境内一处已经沸腾了上百年的超级地火之下,两年前他利用耐高压高温的超级材料构成的钻头不断向地下挺进,穿过熊熊燃烧的天然气,为自己在凝固的岩浆形成的地壳深处构建了一处宽阔的栖身之所。在这之前,鹰先生为了隐蔽,一直将自己的左半脑与右半脑分距于地球相隔遥远的南北极,但自从他的右半脑被木星自由战士锁定到真身消灭后,深感不安的鹰先生急忙将栖身于北极永冻的冰海之下的左半球转移了出来。然而,此刻光幕停摆,地火之下储存的巨量电力即将消耗殆尽,用于维持他生命的庞大生命维持系统也将停止工作,鹰先生不得已向地面发出了求救信号。

很快，人们按照求救信号找到了鹰先生的位置，他们甚至在地火附近找到了一处联络站，里面遗落着失去动力的机器卫士与一艘造型奇怪的飞船，人们惊奇发现这艘带着一个巨大钻头的飞船正是由耐高压高温的超级材料构成，能够向地心深潜。

一支先遣队随之组建，驾驶着这艘地心飞船向地火深处进发，最后抵达了地下两千米处鹰先生精心构筑的阔大地下宫殿。

尽管早有心理准备，然而当先遣队队员真正目睹到鹰先生的真身时还是震惊得目瞪口呆，因为呈现在他们面前的只是孤零零地浸泡在满是纳米机器溶液中的半叶大脑。

面对这半叶满布褶皱的大脑，他们感到无所适从，甚至无法用语言与之进行交流。

所幸最后他们还是通过主控电脑与鹰先生联系上了，然而让他们深感意外的是从电脑中传递出的话语非常难以理解，就像是一位严重精神病患者杂乱无章的呓语，颠三倒四，支离破碎。从这些晦涩的只言片语中先遣队队员只能阅读出此刻鹰先生的几种强烈的情绪：强烈的惊恐不安，以及对死亡的无比恐惧，甚至还有对自己过去的行为造成今日地球之厄境的深深歉意。

相关专家猜测，鹰先生如此怪异的行为，或许是从之前无所不能的网络主宰遽然间退缩到窄仄的局域网所造成的生理与心理的双重冲击所致。

与此同时，寻找到鹰先生的这一幕场景通过电磁波向全世界进行了直播，引发了世界范围的巨大争议。有一部分人主张宽恕鹰先生，但绝大部分人则表现得义愤填膺，他们情绪激动地要求公审鹰先生，甚至呼吁直接宣判他的死刑。

但很快，愤怒的人们发现他们的愿望落空了，因为他们根本不需要亲自动手——鹰先生的半叶大脑很快就要衰竭掉了。

事实上,当人们找到鹰先生时,他的寿命已远远超出了人类正常的生理极限,之前身体机能之所以没有衰老,完全是依靠数以十亿计的纳米机器群来维持与修复。然而现在光幕被击毁,即使动用地球上所有电力也无法运转起这个系统的万分之一。由此一来,一旦鹰先生储备的电能消耗净尽,他的生命也就如一株被猛然拔离土壤的植物,在转眼间枯萎掉了。

隔着透明的玻璃,人们目睹了鹰先生死亡的整个过程。事实上,玻璃缸中静静漂浮着的那半叶大脑并没有丝毫的变化,甚至连一个微小的气泡也没鼓起,只有脑电波的戛然而止宣告了鹰先生漫长无涯的生命走到了尽头。

所幸的是只剩最后一丝电力的计算机忠实记录下了鹰先生濒死时的脑电波,根据那一串抽搐般波动的曲线以及鹰先生生前的尊容,人们复原出了他濒死时的表情。

这张复原出来的照片日后无数次出现在各式各样的媒体之上,给每一位目睹到照片的读者无与伦比的震撼与警示。

照片中定格的是一张扭曲得近乎狰狞的面孔,脸上每块颤动的肌肉中都写满了惊恐,双眼夸张地圆睁,嘴唇痉挛地张合着,像是想要声嘶力竭地尖叫却又发不出任何声音。这样的表情很像是某一个人做了一个冗长的噩梦,在最初经历了一连串荒诞离奇的快感后却在惊悚的梦魇中猛然惊醒,迎面袭来的是无尽的空虚与孤独。

这一刻,这张脸庞不再是鹰先生一人独有,而像是整个人类被内心蔓生出的疯狂欲望折磨的一个缩影。

21．无尽的远方

宁天穹的意识从地球返回到了"星坦号"。

此时此刻，"星坦号"仍孤独地行进在太阳系外0.5光年沉寂的太空中，前方的半人马座α星依旧还是一颗朦胧、不具有实体的光点。

全体船员心情沉重地听宁天穹讲述光幕覆灭事件的整个来龙去脉。宇宙颤然闪现的惊天真相让船员们震撼不已。从那一刻起，飞船之外的世界，那些原本空洞的虚空与朦胧的星辰都幡然蜕变成了另一番模样。而宁天穹恍然想起的是在木卫三的天文探测站中，鲍勃如同先知般窥见宇宙密码的一丝蛛丝马迹，让他不禁感叹于鲍勃穿越时空的深邃远见。

一个月后，飞船接收到了一封来自地球的无线电波。

通过电波携带的视频，船员们得知了危机过后的地球临时政府逐渐走上了正轨，地球上的人们带着一时还难以适应的心理落差，开始慢慢学习着在一个没有光幕的世界中生活下去。

在视频的最后，地球临时政府向木星基地表达了愧疚与歉意，真诚地邀请"星坦号"重返地球，与地球人一道重建地球文明的荣光。

一天过后，"星坦号"向地球发回了一封同样感人至深的公开信：

所有亲爱的地球同胞：

大家好，感谢你们的邀请，但我们全体船员（包括五十二个人类与一只海豚）在深思熟虑后达成了一致的决定：

我们选择不返航，继续向银心挺进。尽管宇宙浩渺、前路漫长，人类的生命如同沧海一粟，然而相信终有一天，我们或者我们的子孙将抵达太空深处那些曾经孕育出文明的星球，或许他们的文明已经上传至宇宙云网，但在那些星球上一定还残留着一些遗迹，供我们观览、凭吊，甚至也可能遇到与地球一样被光膜禁锢的文明，我们将隔着光膜学习这些文明的得失。

一路上，我们任何新的发现、新的感悟都将以电波的方式传递回地球。

我们也热切地期待着你们发来有关地球的一切信息。

就让我们成为地球文明播下的两颗不一样的种子，隔着遥远光年的距离，沿着分岔的轨迹生长。

终有一天，在宇宙的某一个角落，我们还会再相遇。好运，地球。

好运，"星坦号"。

再见——

与公开信一同抵达的还有宁天穹寄给母亲的一封私信。

妈妈，请原谅儿子这么多年来第一次给您写信，或许您已经从电视中了解到儿子此刻身处何方以及是如何度过这几年的。是的，

这就是我向你提到的那个绝密的"太空项目"。不错吧,你的儿子和儿媳妇,还有你的小孙女,此刻已经离开了太阳系,正在向真正的太空深处飞去……

在信的最后,出现的是宁天穹的女儿宁航之的照片,她已经年满两岁,长着一张胖乎乎的粉嫩脸颊,调皮地睁大着一双天真无邪的眼睛,充满好奇地凝望着这个世界。